陕西地域文化视野下的《诗经》研究

《诗经》与岐山

李沛生　杨慧敏　著

陕西新华出版
陕西旅游出版社

图书在版编目(CIP)数据

《诗经》与岐山 / 李沛生,杨慧敏著. – 西安：
陕西旅游出版社, 2016.3（2024.1重印）
　ISBN 978-7-5418-3328-1

　Ⅰ. ①诗… Ⅱ. ①杨… ②李… Ⅲ. ①《诗经》-诗
歌研究②文化史-研究-岐山县 Ⅳ. ①I207.222
②K294.14

　　　中国版本图书馆 CIP 数据核字(2016)第 044742 号

《诗经》与岐山　　　　　　　　　　　李沛生 杨慧敏 著

责任编辑:韩　双
出版发行:陕西旅游出版社(西安市唐兴路 6 号　邮编:710075)
电　　话:029-85252285
经　　销:全国新华书店
印　　刷:盛大（天津）印刷有限公司
开　　本:787mm×1092mm　　　　1/16
印　　张:16.5
字　　数:300 千字
版　　次:2016 年 3 月　　第 1 版
印　　次:2024 年 1 月　　第 2 次印刷
书　　号:ISBN 978-7-5418-3328-1
定　　价:79.80 元

梦回《诗经》唱凤鸣

蔡　晖

关　雎

关关雎鸠,在河之洲。窈窕淑女,君子好逑。

参差荇菜,左右流之。窈窕淑女,寤寐求之。

求之不得,寤寐思服。悠哉悠哉,辗转反侧。

参差荇菜,左右采之。窈窕淑女,琴瑟友之。

参差荇菜,左右芼之。窈窕淑女,钟鼓乐之。

这是《诗经》里放在最前面的一首诗,也是描写男女之情最经典、最上口、最简单明了却又意味深长令人回味无穷的作品,基本上国人都会流畅吟诵,或是起码能吟出前四句来,这就是《诗经》的魅力。用今天的文字和语境来描述,就是:

鱼鹰儿关关和唱,在河心小小洲上。好姑娘苗苗条条,哥儿想和她成双。

水荇菜长短不齐,采荇菜左右东西。好姑娘苗苗条条,追求她直到梦里。

追求她成了空想,睁眼想闭眼也想。夜长长相思不断,尽翻身直到天亮。

长和短水边荇菜,采荇人左采右采。好姑娘苗苗条条,弹琴瑟迎她过来。

水荇菜长长短短,采荇人左拣右拣。好姑娘苗苗条条,娶她来钟鼓喧喧。

这首诗,既是梦境重演,更是实景回放。想象任由心境去自由发挥,有一点可以肯定,它确实是对民间原生态的展现,民众之盼。无论时光怎么飞转流逝,情爱总是在复演,人性美好是永远理想的追求。当灵魂与人性一起跳动时,书写人性与灵魂的诗也在跳动,而涌动的诗潮,把诗意推向了高潮甚至是巅峰。

百姓的诗跟百姓的话一样,朴实、真切、直白而含蓄。好男儿见到好姑娘怦然心动,好姑娘见到好男儿倾慕不已,这是人性的冲动。妙龄少女怀春,翩翩少年钟情,这是人性的回放。人生的主题永远是情和爱,这是一个古老而又鲜活的话题。《关雎》是先锋情歌，也是千古绝唱。至今，没有哪一首诗能把男欢女爱写到这个程度，唯有此诗。

女曰："鸡鸣。"士曰："昧旦。"
"子兴视夜，明星有烂。"
"将翱将翔，弋凫与雁。"
"弋言加之，与子宜之。"
宜言饮酒，与子偕老。
"琴瑟在御，莫不静好。"
知子之来之，杂佩以赠之！
知子之顺之，杂佩以问之！
知子之好之，杂佩以报之！

这是《诗经》里的另外一首诗《郑风·女曰鸡鸣》，也是首情诗。我们不妨再用今天的语言来展现一下这首诗：

妇：（醒，摇老公）唉，醒醒，公鸡打鸣了，起来吧。
夫：（打哈欠，睁眼，翻身，合眼）天还没亮呢，让我再睡睡。
妇：（继续摇）别睡了，起来，看看天，启明星都出来了。
夫：（起身，穿衣）好吧，好吧，我出去走走，给你打野鸭和大雁去。
妇：（笑）打中了，带回来，给你做烤全鸭和烤全雁。
夫：（笑）呵呵，摆一桌好菜，咱俩喝几盅，就这样子慢慢一起老去。
妇：弹弹琴，鼓鼓瑟，还有比这更舒服的小日子吗？
夫：知道你对我好，等我攒钱买只漂亮的玉佩犒劳你。

两口子斗斗嘴，做做工，吃吃饭，喝喝酒，弹弹琴，歇歇脚，相互体贴，彼此照顾，偶尔给对方一点儿小惊喜，小日子过得平平实实，有滋有味，令人羡慕向往。烦恼多，往往只因欲求多，简单点儿，爱，会更容易些。

能让诗在人们心中存活3 000多年的唯有《诗经》，其他，都是步其后尘而不及。因此，后世对《诗经》的热爱和研究，就一直保持了3 000多年。期间，硕果连连，不计其数，包括诸子百家等等。孔子一生都想入秦拜周，结果心愿未了，只能梦见周公，以梦周公而安为乐。我想，如果没有《诗经》，他何以频梦，何以知周，何以复礼,何以《论语》?

　　有时候,研究者比创造者对《诗经》更加执着和痴迷。于是,一个有趣并正在发生的事件出现了,来自《诗经》故乡的李沛生和杨慧敏,在《诗经》主要产生地——岐山,用自己特有的岐山方式来研究《诗经》。正如作者所言,在岐山和周原大地都能找到《诗经》中所描述的,而且,都可用岐山话吟诵。《诗经》不光是诗,更是情景画卷。这是一个了不起的发现!

　　应该说,研究《诗经》的人很多,能完整背诵和讲述《诗经》的人也不少,但像作者这样把《诗经》放入岐周这个特定地方和文化里,从根子上研究《诗经》的人还鲜有见到。或许,这就是最值得肯定和称道的地方,无论其研究的深度与广度如何,它都是划时代的,前所未有的,也是标志性的。

　　很难给周文化所涉及的地域划定一个范围,因为《诗经》已经给出了明确答案。它衍生出的文化及文化以外的延伸,已经无法用文字来形容和度量了。中国文化的一切,似乎都没能超越周文化的范围。随着中国文化在全球的传播,周文化已经远远超越了人们的想象,成为人类史上最为灿烂的明珠,照耀着世界文明。

　　在汉代,"五经"就被列为官学,"五经"为《诗》《书》《礼》《易》《春秋》。即《诗经》《尚书》《礼经》(《周礼》《仪礼》《礼记》)《周易》以及《春秋》。解释《春秋》的有"三传"(《左传》《谷梁传》《公羊传》)。《诗经》为五经之首,地位最尊。

　　作为岐山人,我十分赞同周文化是中国文化之根的说法。因为离开周文化,中国文化就无从谈起,《诗经》便是这一说法最好的佐证。

　　《诗经》所涉及的应该是最初和最全面的中国文化的创造与发明。它不仅仅是对政治、政体、官制、经济、文学、情感、农业、牧业、水利、生态、军事、道德伦理、人文自然、天地天文、气象、服饰、礼制礼仪、法律条约、民俗民规、诗赋歌乐的记述描写与创新,更重要的是它将中华民族的聪明才智上升到一个全新的高度,并赋予其精神与灵魂。文化的意义在于传播、制衡和创新。而《诗经》则以诗赋的形式,让文化第一次广泛而迅猛地传播,就如今天的互联网一样,开创了全新的世纪,即不用纸张,也能让文化口口相传于天下,相传于世界,并扎根于人心,形于实践,效于社会,福于万民,礼于邦国,成就新的中华伟业。

　　讲中华文化,很难不提及西周、不谈及岐山、不讲到《诗经》,无论哪个方面,哪个行业,哪种文化形式。难怪有人说:"岐山无孔子,周公是先贤。"也难怪有人说:"炎黄二帝出岐山,中华先祖在西岐。"因为种种之说,均源于一部《诗经》。

岐山人很骄傲,骄傲就骄傲在岐山出了一部《诗经》;岐山人很自豪,自豪就自豪在炎黄是岐山先祖。今天,当我们在岐山的大背景下来重新研究和学习《诗经》时,我们看到的不只是一个具体的地域,而是整个世界和人类。我们不能说世界文明就仿制和复制了周文化,但周文化确实支撑和支持了世界文明和人类文化。作为身躯主干,《诗经》让中华文化同样得到了世人的敬仰和尊重。

许多人研究《诗经》,总脱离岐山文化这个最基本的文化元素,实际上,这是一个必需、必要和不可或缺的元素。大多将研究的方向和方式以及目光确立或是锁定在表象的、文字的、韵律的、风格的浅表层次上,或是就《诗经》而《诗经》,就文字而文字,就研究而研究,不像这两位作者,是从源头和根上去研究。因此,许多研究的学术化味道极浓,而实质深层的东西很少,除了解读和猜想,更多的是在整个作品中寻求理想化的情景或相似的风格词语。而两位作者的研究,让《诗经》重回故乡,重回泥土,重回她发芽、生长的土壤,从而找到灵魂跳动的韵律与呐喊。

了解一个人要了解他的身世,读懂一部作品要知道它的背景。对文学作品的研究,同样要知道她的"身世",否则,很难做到准确。特别是对《诗经》这样的经典巨著和文化之祖,必须让她在故土上放大,否则就会异变成文字游戏。

很显然,作者是在做后者的潜心研究。他们把岐山的《诗经》和心中的《诗经》对接,把岐周的《诗经》与书本的《诗经》相关联,力争从历史的大背景里发现或是研究《诗经》的精神与灵魂,从而过滤析出沃土之下的根脉与走向。让我们从另外一个角度,另外一种目光重新审视《诗经》,熟悉《诗经》,研学《诗经》,让《诗经》在现代时光中复活。

如果说西周是元圣时代,那么,《诗经》就是一部元圣史,即中国最早的、最系统的史记,并且是以诗的形式来表现的。《诗经》的创作者中不乏贵族,但更多的则是民众。《诗经》是民众和劳动者的创造与创作,是劳动者生命的记忆与印证。现在浓缩在《诗经》里的 305 首诗赋,只是其创造的一部分,或是精华的一部分。而至今流传于心的《诗经》,唯独在岐山这个地方可以去感受和体味。语言有时在岐山显得很苍白,甚至是多余,因为意象有时是不能用文字准确表述的,就像音乐,只能来听而不能来读一样。

站在周原岐山,有时你不用刻意去想,《诗经》中所描绘的情形就会浮现在你的眼前,无论春夏秋冬,微弱的风里,也流淌着诗的画意。你看到的一切,都与《诗经》相关。岐山、秦岭、岐水、渭水都镶满词赋。闭目闻声,处处都是礼乐韵律。

就像演员走向舞台、将军走入战场，展现的不仅仅是自如，而是灵魂。尽管 3 000 多年过去了，《诗经》在岐山犹如时光穿越，河水倒流，显示着另一种复活与生力。从这个意义上讲，作者的贡献是明显而卓越的。尽管，他们的研究还不够精细和老到，存在着明显的不足，但这已经很了不起了。

作为岐山人，我 17 岁就离开了家乡，但我的灵魂和梦从未离开过《诗经》的故乡。当然，岐周也是我的故乡。而《诗经》，是我梦回故里的唯一途径。作为岐山人，我为自己对《诗经》的研究和理解的浅显而始终不安。好在作者帮我们起步开始圆着这个梦。因此，我非常感谢他们，也感谢许许多多关注和潜心研究《诗经》并关注岐山的人。因为岐山不仅是岐山的，就像《诗经》不只是属于周原的一样，她是属于中华民族的，是属于全人类的。我们要做的，只不过是要让《诗经》的精神发扬光大。唯有如此，中华文化才能够转化为中国的复兴梦，中华民族才能够永远立于世界强盛之林，而不是被虚无主义的外来文化所侵蚀、所替代。守住文化血脉的"根"异常重要。

读《诗经》，一定要去岐山、去周原、去周公庙，在那里，你对《诗经》和人生的理解会更具象、更开阔，也会入血为画。

2016 年 12 月

作者简介：蔡晖，又名建西，陕西岐山人，现居北京。著名新闻评论家、新闻调研专家；著名诗人、作家；新华社军事新闻信息中心主任，新华社《国防军事动态》总编辑，新华社高级记者；中国电视艺术家协会理事。著有《昨日春秋》《秋夜思塘》《多情雨季》等十多部作品。

前　言

　　长达 1 000 多年的夏、商两代，竟然没有留下多少诗作，确实有点遗憾，但好在接续他们的大周王朝不失时机地弥补了这一缺憾。早周、西周、春秋近 600 年中，我国诞生了撼世的扛鼎宏著——《诗经》。煌煌一部《诗经》，是展示上古中国历史风云的卷轴，300 幅绚丽多彩的画面，向我们生动、形象地描绘了那段历史嬗变的基本轨迹。《诗经》的诞生和发展既是文之欣、史之欣，也是民之欣、国之欣。它与《荷马史诗》、莎士比亚作品并驾齐驱，是世界范围内无与伦比的三大名著之一。它对中国文化而言，影响力之大超过历史上任何一部诗歌总集。其重要文化意义在于，它是中国成书午代最早的一部重要书籍，是"五经"中保存最好、最完整、最可靠的一部。在秦始皇焚书的烈焰中，很多文献被付之一炬，荡然无存。不少典籍是汉儒后来四方拼凑整理的，唯因《诗经》琅琅上口，好记易学，无数民众烂熟于心、口耳相传、众口吐珠才使《诗经》得以保留下来，这与其说是民众救了《诗经》，还不如说是《诗经》救了《诗经》，这是民众的力量，更是《诗经》的力量，在劫能逃充分显示了经典诗作超强的生命力和神圣性。

　　汉以前，《诗经》被称作"诗""诗三百"，其中一些作品是周公制礼作乐的产物，是周代礼乐教育的重要内容，单从此种意义上讲，周公也是《诗经》最早的主创或总编，是《诗经》的重要作者之一。周公是岐山人，他在他的采邑和官邸——岐山周公庙一带制礼作乐，有可能也在岐山创作和编纂过《诗经》的部分内容。2004 年周公庙西周遗址出土了不少甲骨文、青铜器等珍贵文物，其中发现多枚甲骨上有"周公贞""周公"字样，再次证明周公采邑就在周公庙一带。

　　不少学者认为《诗经》是孔子编纂完成的，但在周公姬旦的世袭封地鲁国保存着一套周乐，鲁襄公二十九年（前 544 年），吴国的公子季札访问鲁国，鲁国国君"请观周乐"，演奏的内容大致和今本《诗经》相同。当时，孔子才 8 岁，显然尚无能力从事编纂《诗经》这项艰巨的工作。可见在孔子之前，说不定早在周公时代,《诗经》主框架和部分作品大形已定,周公以后的作品是逐步增补进去的,并且经过了孔子及其弟子对《诗经》进行整理、订正、增删、润色、提高,内容才更加规整完善,逐步成为经典。

"诗"一出世,就被当时社会所重视。在独尊儒术的汉代,它被尊称为"诗经",列群经之首;后来排序者按诸经出世年代列序,《诗经》也居群经前列。经者,是必须被奉为座右铭的典范,是国人的必修课。它之所以称"经",主要因为它揭示了中华民族的灵魂,展示了民族文化的特质,挖掘和表达了人性的本质,真切表露了中华民族最原始的情怀和道德观。从汉代起,大多数朝代将其奉为和西方《圣经》一样的经典,成为社会精英的必修作品,内容涉及政治、军事、经济、社会、文化、礼仪、祭祀、伦理等各个方面,长期被人们奉为修身齐家治国平天下的重要法宝。

305 篇《诗经》分为《风》《雅》《颂》三大类,这种分法的根据是什么,一直争议较多,一般以郑樵的"音乐分"为主流。"十五国风"包括 160 首作品。"风"者,风土之音、民歌民谣也。"二雅"包括 105 首作品。"雅"者,朝廷正乐之谓也,是西周包括岐山在内的王畿之地的乐歌,多流行于宫殿、庙堂贵族活动场所。"三颂"包括 40 首作品,"颂"是宗庙仪式演唱的祭歌。"雅""颂"须用正宗"雅音",即岐、丰、镐一带的语音颂演,都是主旋律作品,欣赏这两类作品,可以启发人们向善的天性,使人们既产生愉悦又不会流于邪僻。《雅》中还有数量不少的讽喻之作,有埋怨老天对恶人不严加处置的,有对时政不满的,有忧民忧世的,有对腐朽当局公开指责的,插花与裁刺结合,体现了周代上流社会股股正气,也形成了有褒有贬完整意义上的雅正风格。据传,《诗经》当年都有对应的演唱曲谱,部分还有对应的舞蹈,随着历史变迁,乐舞逐步失传,现在只能看到文字部分了。

《诗经》创作的年代,大约为公元前 1134 年到公元前 597 年,包括先周创业、西周盛衰、东周解体、列国争强等阶段。《诗经》涵盖的范围,用今天的区域来说,最东边是《齐风》,到山东半岛;最西边是《秦风》,到甘肃;最北边是《邶风》,到河北省;最南边到长江汉水流域,覆盖了当时华夏文化族群居住地域的大部分区域,可谓"雅颂遍周国,新风布天下"。

《诗经》内容广博,万象容集,既是文学名著,也是历史学、社会学著作,同时对研究考古学、民俗学、文化学、语言学、神话学也提供了重要资料。《诗经》堪为反映早期社会生活的一面镜子和百科全书。阅读《诗经》可以领略那个时代人民的言行、风貌和感情,可以了解各群体之间利益纷争的矛盾史实,可以体会先民生存状况的困苦艰难和不懈奋争的精神面貌。

《诗经》主要内容包括：

反映农事的诗篇。周人本是一个古老而长于农耕的部族，农耕又是周代社会经济的重要组成部分，因而周之先圣特别重视农业生产，所以《诗经》中有大量反映农事劳动的诗作，如《生民》《公刘》《七月》《大田》《载芟》《良耜》等。这些作品为我们研究周代社会农业生产状况及社会形态提供了可靠资料。从这些劳动之歌中，可以感受到浓郁而丰沛的"人气"，那就是团结一心、吃苦耐劳、积极向上的生活态度和生命不息、劳作不止的奋斗进取精神。

反映战事和徭役的诗篇。有周一代，四夷交侵，周夷之间的斗争未有止息，内部叛乱时有发生，《诗经》中有不少反映这类战事的诗作，如《出车》《六月》《江汉》《无衣》《采薇》等。其中有的表现反对外侵、保家卫国，有的表现平定内部异心分子叛乱，有的表现战士同甘共苦、合力御侮的战斗意志，有的表现战士勇赴沙场、急国家之所急的爱国热忱，这些诗作体现了先民维护和平、爱国、爱家的优秀品质。

反映爱情、婚姻问题的诗篇。《诗经》中以恋爱、婚姻问题为题材的作品达 90余首，主要在"风"中，其数量众多、内容丰富，涉及青年男女爱情生活各个方面。有对爱情执着追求和直率表白的，如《关雎》《摽有梅》等；有表现约会时的快乐和失恋的痛苦，如《静女》；有离别的相思煎熬和别后重逢的惊喜，如《采葛》《风雨》等；有受礼教压迫，恋爱不自由的，也有对不满抗争的，如《将仲子》《柏舟》等；有爱情真挚专一的，如《出其东门》。《诗经》中的爱情诗歌是该部作品艺术成就最高的部分，历来深受读者喜爱，有些今天读来仍然感人至深，余味无穷。婚恋诗歌从一个方面反映了先民思想感情的真挚、热情、奔放和淳朴。

政治讽喻性质的诗歌。西周中后期，由于周厉王、周幽王的暴政，使得国运凋敝，民不聊生，西周王朝逐步走了下坡路，终被犬戎所灭。这类反映衰世的作品所占比例较大，主要包括《国风》中的讽刺性民歌和《大雅》《小雅》中贵族文人的讽喻诗。这类诗歌内容丰富，观点鲜明，语言泼辣，涉及当时政治、经济、社会、生活的方方面面，像一把把锋利的匕首直刺腐政要害。《国风》中如《新台》《墙有茨》《南山》《株林》等，无情揭露了当局者的丑恶行径，表现了劳动人民嫉恶如仇的斗争精神。《大雅》《小雅》中的讽喻诗，由于多出于洞察政声民情的上流文人之手，所以或反映政治腐败、社会黑暗的现实及对当局者的不满和痛恨；或反映悯时伤世、忧国忧民的情感，都体现了正直之士对国家危亡的关心和忧虑，如

《桑柔》《板》《荡》《正月》《十月之交》等。有些作品口诛笔伐当局奸佞的卑劣行径，批判性很强，但当局未见明显打压，说明那时对不同声音的惩处没有后世有些朝代那么专横、残暴，将发不同声音者置于死地。若如后世一些暴君，我们也许就看不到这些精品。

反映对压迫不满和抗议的作品。有剥削就有反抗，这是一条颠扑不破的真理，无论哪个时代都避不开这一铁的规律。《伐檀》《硕鼠》无疑是这类作品的典型代表。

反映商、周开国的史诗。周初的王公和史官乐师，在周室推翻殷商统治建立周王朝初期，出于缅怀先祖巩固统治之需要，创作了不少歌颂周人祖先丰功伟绩的诗篇。最突出的就是《大雅》中一组叙述周民族开国历程的史诗，即《文王》《文王有声》《生民》《公刘》《绵》《皇矣》《大明》等篇目，叙述了周自始祖后稷至武王灭商的整个发展过程。这些史诗不仅勾勒了周族的发祥、创业和建国的历史，而且塑造了后稷、公刘、古公亶父、文王、武王、周公、姜太公等才智出众者的艰苦创业的英雄群体，这些被誉为"史诗"的诗篇叙述的许多重大事件就发生在岐山，主人公多出于岐山，因而作者在记述先周历史的同时，也满怀深情地歌颂了圣地岐山和从岐山走出的先圣群体。从这些诗篇中，我们可以感受到早期周人征服自然、顺应历史、创新奋斗的智慧和艰苦创业的精神，对增强中华民族的自信心及自强不息的奋斗精神有一定的积极意义。《鲁颂》是周公封国的诗作，众多的诸侯国唯有鲁国有《颂》，既说明鲁国地位的重要，也说明《诗经》编著者对周公之人之国的偏爱，也许以这种对鲁僖公及鲁国的歌颂和记述，深切表达对《诗经》之祖、鲁国之祖周公的高度崇敬。《商颂》叙述了商民族开国及其中兴史，歌颂了商族祖先的奋斗精神，也反映了周人作为胜利者对失败一方的宽容和国格的尊重。周人在自己很重要的作品集里给对手留出一块让其歌颂祖先、歌颂功业的地方，说明周人胸怀的宽广和周文化的开放、包容。

反映宴饮、祭祀的诗歌。《周颂》中不少诗作是赞颂神灵祖先、祈福禳灾的诗歌，保存了我国古老的祭祀诗。周代祭祀诗多反映祭祀先祖和天、地、山、川等的重大活动，反映了周人怀先忆老、尊重自然的情结，是中华民族敬老爱老传统的重要源头。当然他们还有一个政治目的，就是通过祭祀崇拜、歌颂祖先和各类神灵，以维护内部团结和巩固政权。虽然这类作品形式典重古拙、语言板滞，有宣扬祖先神明和天命的思想，但有较高的文化史料价值。这类作品大多与先周有关，有的出自岐周，大多作品演颂的场所就在岐地宗庙。《诗经》还有不少宴饮诗,如《鹿鸣》《伐木》《天保》《鱼丽》《南有嘉鱼》《彤弓》《宾之初筵》等。这些作品既有描述享乐的一面，又有描述好礼重德体现礼乐文化的一面，是古代中华文化独特的产物,具有相当厚重的文化史料价值。

著名历史学家顾颉刚先生说过:《诗经》这部书,在中国所有书籍里面,是最有价值的一部,也是信得过的最古的书。余秋雨曾说过,《诗经》是地地道道的诗,是中华文化的起点之一。从思想史和文化史的角度来看,《诗经》的价值与它的权威性都是十分重要的。早在汉代,"五经"就被列为官学,"五经"为《诗》《书》《礼》《易》《春秋》,即《诗经》《尚书》《礼经》(《周礼》《仪礼》《礼记》)《周易》以及《春秋》,解释《春秋》的"三传"(《左传》《谷梁传》《公羊传》)。《诗经》为五经之首,地位至尊,这是从先秦留下来的学术传统。早在《诗经》形成的时期,即西周到春秋中期,在教育贵族子弟的"国学"里,"诗"已是重要内容。当时"诗、乐、舞"相结合,构成完整意义的礼乐文化,学习它不但可以学习知识和技能,更重要的是可以陶冶心智,学到做人的思想和行为规范。遗憾的是,今天我们只能通过诗篇的文字了解其思想内容,欣赏其艺术价值。孔子评价《诗经》有一句著名论断——《诗》三百,一言以蔽之,曰:"思无邪"。即诗中大多内容很纯正。他谈及《诗经》的重要性时还讲道:《诗》可以兴,可以观,可以群,可以怨。"《孟子》中"引诗者三十,论诗者四",可见这位亚圣对《诗经》多么推崇。荀子认为《诗经》最主要的功能就是教化各级各类人,《诗经》将儒家道德推向极致,体现了天地间最大的道理,即真正学好诗,就能成为圣人,不学诗,不懂礼仪则与禽兽无异。朱熹、姚际恒等大儒对《诗经》更是赞颂有加,并留下鸿篇巨著。

著名诗人雷抒雁曾说:"《诗经》是一个民族从远古发出的第一段歌唱的旋律。"歌唱不是唱歌,它涉及一个民族的起源,是一部民族的心灵史。它是先民心迹赤诚的祖露,是一幅最少雕琢而动人心魄的天然画卷。对每一个民族来说,诗是人类文化的母亲。它产生的过程是十分严肃的。它必须在倾听民声、倾听民愿、了解民情的基础上,达到听"风"观"政"的目的。所以说声音通政,是跟政治紧密联系在一起的,这在那个时代有它的历史需要。而在今天,我们读它不单是看政治,还要体会当时的人物情感,触摸远古初民诗性的灵魂如何在歌唱。这说明《诗经》是一部原生态的历史教科书,是先民一腔痴情与真实生活碰撞后的自然流泻,它是感知先民喜怒哀乐及奋争、怨恨、思念和绝望等真实情绪的可靠凭据。《诗经》是一部帮助我们认识历史,把握现实,面向未来的宝贵经典。

《诗经》最突出的艺术特色是"赋""比""兴"。平铺直叙为"赋";打比方为

"比"；先说一件事物，而引出另一件事物为"兴"。这种创作手法的成功运用，使作品达到栩栩如生、情景交融、亦诗亦画的艺术境界。作品浓郁的形象思维和灵动、鲜明、含蓄的特点，发轫了几千年中国诗词创作和发展的基本创作手法，是现实主义创作方法最重要的源头。《诗经》赋、比、兴艺术手法迄今仍为我国诗歌创作的基本法则。为《楚辞》、汉乐赋、唐诗、宋词树立了典范和楷模，对中华文学风格乃至东方文学风格的形成和定型影响深邃长远。它在艺术上的重要作用是任何一部早期作品都无法代替的。

　　明代岐山知县韩廷芳云："岐山是凤鸣之地，文、武、周、召四圣继出，纪纲礼乐大道焕始。"记载礼乐易医的国学经典就诞生于此或与此地有千丝万缕的联系，其中礼乐经典《诗经》的故乡就在岐山。据《宝鸡市志》载，《诗经》中有136首诗与宝鸡有关，其中绝大多数与岐山关系最为密切，《大雅》《小雅》《秦风》《豳风》《周颂》中，一些诗作源于岐周民歌。公认《周颂》是《诗经》最早的作品。司马迁在《史记·吴太伯世家》中对《颂》给予了很高评价："至矣哉，直而不倨，曲而不诎，近而不逼，远而不携，迁而不淫，复而不厌，哀而不愁，乐而不荒，用而不匮，广而不宣，施而不费，取而不贪，处而不底，行而不流。五声和，八风平，节有度，守有序，盛德之所同也。"这说明《颂》无论从形式、内容都达到当时的最高水平，是典范之类的佳作。《颂》中大多数作品出自周之宫廷，是以周公为主的周王室上层成员亲自创作，或经他们组织收集、整理、加工提高，在当时都称得上是高规格、主旋律作品，这些作品反映了当局者的政治思想，这种旗帜鲜明维护当局者利益的作品是其他作品所不能代替的，因此，一直被周人所倚重，在周人的大型庆典、祭祀岐山、祭祀祖先等重大活动中是必不可少的演颂作品。

　　"二雅"流行于上流社会，105篇基本上是西周作品，其中不少是包括岐周在内的"西人"贵族所创作，高亨认为："二雅"都是西周王室、王畿作品，《大雅》绝大多数是岐周时期的作品，10首"文王之什"多为周公作品，其中五首史诗式的经典中，大都提到了岐山。《文王》中"周虽旧邦"的"周"指的是岐周；《大明》中王季的妻子"挚仲氏任，自彼殷商，来嫁于周"的"周"也指的是岐周；《绵》中的"至于岐下"和《皇矣》中的"帝省其山"的"其"和"山"都是"岐山"。说明《诗经》中公认的史诗式作品均与岐山有密不可分的关系。《文王》《清庙》《时迈》《思文》《天作》和包括《武》《酌》在内的《大武六章》为周公代文王所作。《卷阿》《公刘》《泂酌》等是召公所作，都是用来教育成王的作品，卷阿之地也是岐山的著名历史名胜和旅游胜地。

《风》中一些作品出自岐地。周南、召南的地域在岐周,《周南》《召南》诗作内容大多出于岐周,一些反映的是岐周的物事和风土,这些作品或为周、召二公亲自捉刀,或为周、召二公安排采集当地民歌,或对岐周民歌进行整理订正,或根据教化需要润色提高。《豳风》多为周公之作。《秦风》中多有反映岐周物事之作品。

　　《诗经》中记述的不少重大事件发生在岐周;《诗经》中的一些主人公是诞生或成名于岐山的圣贤;《诗经》中一些难懂的字词,是今天岐山人还在使用的方言,凡此种种,说明岐山是这部千古名著的故乡。

　　《诗经》的不少作品,和周代圣贤一样都是从岐山脚下起步前行、成长、壮大的;305 首诗歌组成悦耳的交响曲,它动人心弦的开场锣鼓是在岐山脚下敲响的;《诗经》在岐山完成庄重的奠基礼和开幕式,由此走遍周国,走向全球,为中华文明和世界文明增光添彩。

目　录

煌煌《诗经》 流韵岐山

品《诗经》 说岐山

《诗经》散绎

附　录

煌煌《诗经》 流韵岐山

岐山是《诗经》的故乡

　　《诗经》既是我国第一部诗歌总集,中华礼乐文化的重要组成部分,也是周代社会生活的生动画卷。这部千古名著的第一页是从岐山翻开的,《诗经》的基本骨架是周公在岐山的官邸搭建形成的,《诗经》中不少作品出于岐山或与岐山有着千丝万缕的联系,岐山是《诗经》的故乡。

　　虽然时间已经过去了3 000多年,但《诗经》中周代群雄的高大身影,岐山的山水草木、风土人情、乡音俗语,在我们品读《诗经》时往往会不禁浮现在眼前,令人产生共鸣,此情此景使我们感慨万千。我们为岐山是《诗经》的故乡而骄傲,这份珍贵大礼是历史老人对岐山的深情眷顾。《诗经》是周文化的重要内容之一,《诗经》是岐山,也是中国最珍贵的历史文化遗产之一。

《诗经》与岐山相关的人物

岐山周原广场《武王返岐》雕塑

　　一部《诗经》，煌煌305篇作品，究竟涉及多少主人公，尚未见到精确的统计。事实上，《诗经》不少作品也没有具体主人公，即便有人物的作品也多是涉及群体形象，涉及个体形象的作品较少。在为数不多有明确主人公的作品中，反映对象最具体、数量较多、较集中的人物就是周代的先圣群体，这些人物是不少诗作的主心骨，是诗作讴歌的英雄群体。这个群体和个体形象，他们或生于岐周长于岐周，或在岐周成就功业，或祖宗根脉植于岐周。这些栩栩如生的人物形象，也是《诗经》成为千古名著的重要原因。

　　《诗经》的主要代表人物如下：

一、周朝奠基人周太王古公亶父

古公亶父(？—前1146年)，商代人，出生于豳地(今陕西彬县、旬邑一带)，一生大多时候在岐山度过，他是一位外来的岐山人，是周民族的早期英雄，岐周部落杰出的首领，其先祖是后稷。豳人对古公亶父十分尊崇，他们称赞说："仁人也，不可失也。"周部族在公刘做部落首领的时候从邰地(今陕西武功、杨凌一带)迁到豳地，公刘九传至古公亶父时期的商小乙二十六年，为了躲避戎狄部落的侵扰，古公亶父率姬姓周氏二千乘，循漆水逾梁山来到岐山(箭括岭)下的周原。这一次大迁徙，使周部落彻底摆脱了戎狄部落的侵扰，开始一步步走向兴盛，为后来周文王的文治武功奠定了基础。《大雅·绵》中"古公亶父，来朝走马；率西水浒，至于岐下。爰及姜女，聿来胥宇。周原膴膴，堇荼如饴。爰始爰谋，爰契我龟；曰止曰时，筑室于兹"主要讲的就是对周人具有划时代意义的这次战略大迁徙的艰辛历程，以及古公亶父在岐周筑城建邦开辟新天地的重要事迹。过去陕西彬县的城门书有"望岐"两个大字，陕西旬邑西城门书有"志岐"二字，岐山西城门也书有"怀邠"二字，都是为了纪念这件重大事情。《鲁颂·閟宫》中"后稷之孙，实维大王，居岐之阳，实始翦商"同样歌颂的是周太王在岐地建功立业的事情。周太王的豳地人民和岐地人民相融合，在岐下周原这块美丽的土地上，建都立国，开疆拓土，移风易俗，播仁布德，羽翼日益丰满，势力逐渐强大，"民皆歌乐之，颂其德"(见《史记·周本纪》)。周太王在岐山稳扎稳打，苦心经营，为周之江山播下充满希望的火种，并迈出富有历史意义的第一步，周文王为方国首领后，追尊其祖父为"周太王"。也有人说周武王为天子时，追尊古公亶父为"太王"。

周太王陵和周太王庙至今仍在岐山县岐阳村。据传，周太王陵始建年代十分久远，因屡遭毁坏，难以辨认，直至明初，人们还将其误认为是周幽王的陵墓，明万历时期，岐山知县于邦栋，经过仔细辨识此地的一通古碑，认为这里确为周太王陵。清乾隆十一年(1746年)，岐山县令开始修整陵墓。清末，周太王陵占地10亩，高墙环绕，陵园内遍布苍松翠柏，建有祖房、香房、耳房、厨房等，后来大多建筑被拆毁，陵墓被农田侵占变小。改革开放后，陵墓有关设施逐步恢复建设，现存的周太王陵为圆锥形，高8米，周长120米，陵前竖立清代陕西巡抚毕沅所书的"周太王陵"四个隶书大字的青石石碑，石碑和碑楼为清乾隆四十三年(1778年)岐山县令平叔增所立。周太王庙在太王陵南数百米，最早只供奉太王，后还奉祀了王季、文王共三位周人之祖，岐山人称其为"三王殿"，还亲切地称呼其为"爷爷庙"。三王殿位于岐阳村中心，占地 10 亩，现存殿宇为明清时重修。从殿内清嘉庆十九年（1814 年）"重修周三王殿"石碑记载内容可知，该祠隋唐时已有，宋代重修，明嘉靖三十九年（1560 年）重修时在太王两侧增塑王季、文王彩色塑像。明代的三王殿包括山门、献殿、阅台、碑林等。

据传，清代以前，岐山地方官上任后，第一件大事就是到岐阳拜谒三王，所有官员进岐阳古村，文官必下轿，武官必下马。每年岐山知县都要在这里组织开展隆重的春祭、秋祭活动。明万历《岐山县志》记载的春秋祭祀祝文是："建官立政，作乐制礼，道接前圣，功垂后世，遇仲春（秋）报祀攸宜，神其自天降鉴与兹。"

每逢农历八月初二太王庙会和清明节时，岐阳村村民都要自发举行规模较大的祭祀三王活动，有人说这一活动源于过去的春祭、秋祭。古会期间，大街小巷，人潮如织，殿内外香烟缭绕，锣鼓喧天，古老的戏楼接连不断地上演着讲述周代人物故事的大戏。各家各户用烧酒盘子、臊子面待客会友，当然，毫无例外的是，第一碗臊子面必须泼汤敬献给三王。三王故里的子民，年复一年地用这

岐山礼乐广场《太伯奔吴》图

种古老、朴素的仪式，表达着对往圣的崇敬和怀念。

二、太伯和仲雍

太伯，一作吴太伯，姬姓，名字不详。仲雍，名雍。两人生卒年不详。两人的父亲是古公亶父，有人说他们的母亲是太姜，都生于岐山，有人说他们生于豳地，随古公亶父迁岐，为周之事业，尊父命，让位于弟弟季历，他们从岐地出发，先到今宝鸡吴山采药，后远涉南国，开发荆吴，并成为周代诸侯国吴国第一代和第二代君主。太伯和仲雍让国于季历的义举，深得历代圣贤推崇，孔子和司马迁对两人给予了很高的评价。季历作为受让者，对两位兄长也是尊崇有加。《大雅·皇矣》中"自大伯王季。维此王季，因心则友。则友其兄，则笃其庆，载锡之光"这几句诗作，表现了季历对兄长的爱戴和敬仰，因为季历真心实意敬爱品行高洁的兄长，上天便赐予季历无上的荣光，让他成了周的杰出首领。

三、周方国首领"周西伯"季历

季历（武丁四十一年—文丁十一年），又名王季、公季，生长于岐地，是古公亶父迁岐后第一代新周人，古公亶父与妻太姜所生，季历是周方国第二位首领。古公亶父在岐苦心经营20多年后去世，季历嗣位，他继父志，修父业，笃仁行义，重水兴农，强武修文，内强外联，扩大势力范围，周的地域进一步向四方拓展，周国的事业不断繁荣、强盛。《大雅·大明》中"挚仲氏任，自彼殷商，来嫁于周，曰嫔于京。乃及王季，维德之行。大任有身，生此文王"写季历与太任在岐地结为夫妻，同心同德，广行仁德善举，并在岐地岐阳杜城王宫生下著名的文王。由于季历时期周的发展势头过猛，引起商王不安，商王文丁为了遏制周势力的发展、壮大，以封赏为名，将季历召唤到殷都，名义上封为"方伯"，号称"周方伯"，实则将其软禁一段时间后，以莫须有的罪名杀害。季历是周、商暗斗中英勇就义的最高级别人物，他以自己的殉国，激发了周人对商的愤恨，也为商的快速灭亡埋下火种。季历是岐地一位舍身求义、千古不朽的英雄。岐山岐阳三王庙里的季历塑像在太王左侧，其形象威风凛凛，圆眼怒睁，黑胡须硬若钢刺，当地人说这一形象表现了季历英武不屈、坚韧、刚烈的性格特点。

四、商末周族领袖周文王姬昌

姬昌（祖甲二十八年—帝辛二十年），又称"伯昌"。其父季历，其母太任，传说生于岐地岐阳杜城王宫。明万历《岐山县志》载："文王出生时，还出现丹鸟衔书的瑞象。据传，文王龙颜虎眉，身长10尺。"民国《岐山县志》载："文王故里在今周三王庙，其地治城北五里铺有文王故里碑。"周文王一生大多时光在岐地度过。商纣王时他被封为西伯侯，是西周政治家，西周王朝主要奠基者，其在位

50年,为实施灭商大计做出重大贡献。

姬昌少时"方有知,教之一而知百",知礼善仁,乐于农事,生活俭朴,重德爱民,孝老尊贤。接任方伯治岐后,继承古公亶父、王季之道,勤理国政,积善累德,敬祖裕民,薄税轻徭,礼贤下士,广揽人才,明德慎罚,力促农耕,民众生活日益殷实,国力不断强盛,影响力越来越大。对周国的这种大好局面,商纣王难以容忍,便找了个理由将姬昌邀至商都囚禁羑里长达7年之久。姬昌失去了自由,心灵却得到升华,圣人被囚,一部千古名著——《周易》在这特殊环境里演绎成典,这也许就是圣人与普通人的差异。

后来,姬昌因各方营救,离开囹圄,回岐周后被商纣王封为西伯侯,享有征讨商域西境敌对势力的权力,文王借力发威,逐渐成了殷商王朝西部实力和影响最大的方伯。后在姜尚的有力辅佐下,事业快速发展,至晚年,有商之天下三分之二,西至今甘肃,东北至今山西黎城,东到今河南沁阳,南达今长江、汉江、汝水一带。姬昌逝世后被葬于毕地,岐山周文化研究会副会长于少特认为:"毕"就在现岐山周公庙一带。岐山岐阳三王庙里塑有文王的神像,姬昌后被追尊为文王;也有学者认为:姬昌生前已经为王了。正因为周文王对周代及中国历史有重大贡献,被誉为周代首位圣人,因而周文王也成了《诗经》中被歌颂最多的英雄人物,堪为《诗经》的主人公。《周南·汝坟》和《周南·汉广》二诗赞美"文王之道被于南国"。《周南·麟之趾》赞美文王子孙繁衍而多贤。《召南·摽有梅》写"文王南国之化"。《召南·驺虞》赞美"文王之化"。《大雅》中有关文王的作品最多,《文王》是歌颂文王并用以警诫后王的作品;《大明》的大部分内容是讲文王的良好德行;《绵》的结尾部分写文王拥有贤臣并打败了昆夷;《棫朴》主要赞颂文王知人善用,为政勤勉等;《旱麓》写文王善于发现、培养人才,赞颂其重孝道,勤于祭祀,因而得到上天福佑;《思齐》是赞颂文王美德的名诗,文王之德是周代人所崇尚、遵循的思想和伦理典范,文王倡导的"德"在《诗经》中被屡屡述及,具有特殊和重要的意义。文王无论文治和武功都很突出,《思齐》赞颂文治方面;《皇矣》第三、四章讲王季、文王的美好德行,后面主要歌颂文王的武功,尤其是气氛紧张、声势夺人的伐崇场面描述,生动体现了战斗的激烈,也凸显了文王的军事才能;《灵台》一诗写文王在岐周建灵台、在辟雍举行礼乐活动的情景;《下武》歌颂包括文王在内多位周王的功勋;《文王有声》讲述文王令闻声誉及事典武功,列举伐崇和迁都丰京这些重大事件。这些作品,通过生动、形象的描述,全面记述和歌颂了文王的主要事迹。《周颂》前三篇《清庙》《维天之命》《维清》和第八篇《我将》及《天作》《雍》《有瞽》都是祭祀文王的重要诗篇。孔子认为周文王有"至德"。文王被不少学者推崇为中国上古时期道德的高峰。

五、建立西周王朝的武王姬发

姬发(？—前1043年),中国历史上杰出的政治家、军事家、西周王朝的开国之君。生于岐地,诞生于岐山的第一位君王。文王逝世后,武王继位。他继续重用相父姜子牙和周公、召公两兄弟,历兵秣马,不断增强军事实力。为早日实现灭商大计,迁都于地理优势更明显的镐京。经过孟津观兵演练,公元前1046年初春,武王亲率数万大军,浩浩荡荡,势如破竹,锐不可挡,在牧野大战中击败商纣大军,一举占领商都朝歌,彻底摧毁了延续600年的殷商王朝,建立姬周政权。同时分粮散财,论功行赏,分封诸侯,设三监,立新法,稳局势。各路小诸侯前来参拜周王室,自愿臣服,归于西周。武王在建国后不久病逝于镐京,葬于毕,庙号武王。

武王虽然在位时间不长,但是他却为大周江山的建立立下了卓越功勋,因而他的事迹在《诗经》中被屡屡记述和赞颂。《毛诗正义》谓《大雅·旱麓》或系咏武王。《诗序》说《大雅·下武》是歌颂周武王"有圣德,复受天命,能昭先人之功焉"。"先人"指太王、王季、文王。《诗序》说:《大雅·文王有声》,继伐也,武王能广文王之声,卒其伐功也。"据《郑笺》,"伐"指文王伐崇,武王伐纣之事,盖为周文王始有武功,武王继而成也。《小雅·鱼藻》为歌颂武王初都镐京之作。《周颂》中被称为"大武"的六篇诗作,相传为周公作品,主要是记述和歌颂武王功业的,可以说是关于武王的一部交响曲。其中《诗序》认为"《武》是奏《大武》也"。《诗集传》:"周公象武王之功,为《大武》之乐。"盖《大武》为表现、赞颂周武王武功的舞乐,为武王克商后作。《桓》赞颂武王功业可昭上天,自然能代殷而君临天下。《赉》认为周武王拥有天下是上天赐予的使命,其他诸侯理应顺服。《般》《时迈》写武王灭商后,天下太平,武王遍祭山神、河神,表达了胜利者的喜悦心情及偃武兴文的坚强信心。

六、西周伟大的政治家、军事家、思想家、教育家、音乐家、中国最早的诗人周公

周公(约公元前十一世纪),姓姬名旦,又称叔旦。鲁国始祖。因其采邑在周太王古公亶父开启山林的西岐周原,又位列三公之一的太傅,故称"周公"。周公生于岐地,一生在岐地活动时间较多,先后为太宰、太师等,是岐山历史上最著名的圣人。他逝后被尊封为周文公、元圣、文宪王、褒德王,是影响中国历史进程的100位名人之一。周公是周文王的第四子,周武王胞弟。据说,他身高一丈(周代一尺约为23厘米),方脸,紫红色脸庞,眉清目秀,龙鼻垂耳,胡须浓长，冠12旒，着红衣，既伟岸又英俊。但也有人说周公面相丑陋，并且是驼背，因其貌不扬，才发奋有为，成就大业。有人说周公活了87岁，也有人说他活了64岁。这些均尚未有定论，但丝毫不影响周公的声望。周公有8个儿子，他的子辈共繁衍200多个姓氏，周公也是我国姓氏历史上一位重要的始祖人物。

长期以来，一些学者认为周公的采邑或官邸均在今天岐山县京当凤雏一带。民国《岐山县志》载：周公庙在岐山县西北15里凤凰山麓，一名周公邸，即诗所云之卷阿也。2004年考古专家对周公庙遗址进行清理、研究后认为，周公采邑在今天岐山周公庙一带。不管在凤雏一带还是在周公庙，都离不开岐山。采邑就是他的封地，据学者易中天讲，采邑是周的"基层政权组织"，地位相当于后来的县，规模相当于现在的乡。采邑中有村社，大一点的还有庄园、牧场和森林。一般由公侯大夫的家臣管理日常事务。家臣都是士，职位高的叫"宰"，因为祭祀是当时最重要的事情，宰杀牛羊是祭祀活动最神圣的大事，因而担当这一工作的主要人物被称之为"宰"，是"大管家"，后来的宰相就来源于此。周公的官邸在今岐山周公庙一带。周公逝后以王之礼葬于毕地。2004年，周公庙发现的十多座四墓道周大墓，就是周公家族的墓地。过去岐山首阳山、凤鸣冈南端、岐山县城、卷阿和故郡镇后周公均建有周公庙，岐山一境，建有这么多周公

岐山礼乐广场《周公制礼》浮雕

庙,证明历代岐山人民都敬重这位岐地诞生的大圣。岐山一直被誉为"礼乐之乡",周公是岐山礼乐之乡的创始人,也是中华民族人格、道德的典范,是忠君、勤政、爱民的榜样,是历朝历代帝王将相的楷模。

周公忠心耿耿助文王,辅武王,摄成王,是周代最大的功勋之属。武王继位后,姬旦倾心相辅,完善制度,操练队伍,备战备荒,以武王之"左膀右臂"襄助灭纣大计,实现周商易帜。武王逝世后,周公顶着各方压力,竭力辅助幼主,握发吐哺,忠心耿耿,除乱灭暴,巩固了周初不稳定的政权,成王年长后周公主动禅位。《尚书·大传》说:"周公摄政,一年救乱,二年克殷,三年践奄,四年建侯卫,五年营成周,六年制作礼乐,七年致政成王。"周公为周之江山长治久安创制了礼乐制度,即周公之典,是中国几千年封建统治的思想政治基础,对中华传统文化注重礼仪和淳厚民风的形成产生了重大而深远的影响,成为儒者所效法的"文武周公之道",促进了全国各地文化的交融。他还是《诗经》的重要作者,《周易》和礼乐的创始人之一。周公为西周政权倾注了毕生心血,为"成康之治"奠定了基础。易中天认为,中华文明的基调和底色是周公奠定的,他创制的国家制度从西周起步一走就是2 000多年,是世界之奇观。周公创制的两条基本原则是:以小农经济为基础的宗法制度,以纲常伦理为核心的礼乐制度。这像两个巨轮拉着中华民族的战车奋力前行,奠定了中华民族的基本精神气质。周公是中华文明的定音鼓和奠基者,他是中华文明的"耶稣基督""穆罕默德"。周公凭着天才般的政治智慧,以四大制度(井田、封建、宗法、礼乐)治国家安天下。周公以他卓越的贡献形成了中华历史上的周公时代,这个时代上承文武之道,下启孔孟之道,形成一脉相承的儒家之道,最终塑造了中华文化的核心思想品格。周公在成王亲政后11年逝世,薨谥曰"文",成王为了表示自己从来不敢以周公为臣,就用天子礼葬的规格把周公葬于文王墓之侧。由于周公的突出功绩和高尚品德,历史上将他和尧、舜、禹、汤、文、武、孔、孟等圣人并列,尊称为"元圣"。

周公虽然不是周朝的天子、君主,但由于他功勋卓著,《诗经》中一些篇目把他和周之先王一样尊崇。由于周公是《诗经》重要作者的缘故,加之周公的谦逊,周公业绩在《诗经》中的表现还不尽到位。但在有限的叙述周公的作品中,仍能看到这位伟人的博大胸怀、人格魅力和不凡功业。《国风·豳风》是与周公关系密切的诗篇,其中有的作品体现了周公的优良品行,有的表现周公身处逆境却能正确面对,有的反映周公帮教成王的拳拳苦心。《七月》是艺术价值和史料价值很高的一首诗,《诗序》认为这是周公"陈王业"之作。《鸱鸮》是一首寓言诗,作者假托鸟的口气，述说其处境的困难，但不改积极进取的精神和健康向上的生活态度，体现了周公高洁的道德品行。《诗序》云："周公救乱也。成王未知周公之志，公乃为诗以遗王，名之曰《鸱鸮》焉。"《尚书·金縢》中也有相同的记载。《东山》是反映周公东征胜利归来的作品，表现周公和其他参战者思念家乡及胜利后的喜悦心情。《破斧》叙述周公东征管、蔡、商、奄四国的事迹。《伐柯》，《诗序》说是周大夫"美周公"之作。《九罭》，《诗序》说是周大夫赞美周公之作，还有人认为是东都之人送周公西归(还朝辅佐天子)之诗。《狼跋》，《郑笺》认为该诗赞周公摄政"闻流言而不惑，王不知不怨，终立其志，成周王之功，致太平，复成王之位，又为之大师，终始无怨"。《大雅·既醉》，有人谓此诗是周公戒成王之作。《周颂·桓》，孔颖达《毛诗正义》认为是叙述武王、周公等"治兵祭神，然后克纣，至周公、成王大平之时，诗人追述其事，而为此歌焉"。

七、开辟"成康之治"的周成王姬诵

姬诵(前1132年—前1083年)祖籍岐山，一生多次来岐地。他自幼聪颖，少年继位，在周公、召公等长辈和老臣精心辅佐下，东征戡乱，悉获胜利。完全执政后，继续推行先辈制定的方略，重德兴仁，公正廉明，克勤克俭，明罚赏功，扶残助弱，尊老恤贫，使国力大增，西周出现了经济的空前繁荣和社会的长期稳定。周成王和他的儿子周康王时期，前后约50年时间，是周朝最强盛、稳定的时期，历史上把这一时期称之为"成康之治"，周成王是西周辉煌时期名副其实的主创者。《诗经》有一些诗作是周公等大臣对成王的劝谕，读后使人深切感受到劝谕者语重心长、赤胆忠心，受劝者态度谦恭、洗耳恭听、受益匪浅，君臣上下一心、气氛融洽的场面。这种君臣的高度团结是周初事业不断发展、壮大的重要原因。《大雅·既醉》是周公戒成王之作。《假乐》歌颂周成王"守成"之功。《泂酌》为召康公戒成王。《诗集传》认为《卷阿》是召康公从成王游历岐山卷阿，因王之歌，作此以为戒。《周颂·噫嘻》叙述成王重视农业生产，亲自组织众臣和农夫祭祀社神与谷神，祈求神灵保佑五谷丰收，坦陈自己注重稼穑，训令农人不误农时，抓紧搞好生产，并亲自率领农夫开始春耕。《昊天有成命》是赞颂成王能秉持天命，黾勉从事，并坚持勤于政事，毫不倦怠，尽心竭力治理国家，使得周王朝更加强盛。《周颂·闵予小子》，《诗集传》以为："成王免丧，始朝于先王之庙，而作此诗。""予小子"，是成王的谦称。《载见》写诸侯觐见成王，并在成王的率领下谒祭武王庙的诗歌。《访落》是一篇讲述成王即位之初，拜祭先祖宗庙的诗歌。诗中，年轻的成王面对先王留下的王业而深感责任重大。同时，成王相信先父的神灵依然关

注着自己，给予自己莫大的关怀、鼓励。《敬之》表达成王求取进步，不负祖望的决心。《小毖》是一篇成王在先祖神灵前诉说自己内心苦闷、忧虑的诗歌。成王将自己比作风雨飘摇中的小鸟，比喻自己身处困境而无人辅助，希望先祖的在天之灵保佑自己。成王一生多次来岐山，周成王六年，他来岐山进行过大型狩猎活动；周成王八年（前1035年），他曾来岐山主持诸侯会盟；周成王曾与召公等游览岐山卷阿。

八、西周政治家召公姬奭

姬奭（？—周康王二十六年），又称"邵公""召康公"。周文王庶子，为长。周代燕国的始祖。因采邑在召，且位列三公的太保，故称"召公""召伯"。"召"在今岐山县城西南，此地的召亭村、北吴邵、南吴邵村，均与召公有关。特别是召亭村一名一直从汉代应用到民国时期，长达2000多年，是岐山历史最悠久的村落。"邵""召"为同义、同音字，这两字在岐地一直读作"邵"。清代晚期，曾在古召地刘家原发现著名的"太保玉戈"，更证明此地为召公采邑。文王晚年，召公奉命出使南国（即分布在长江汉水流域的各诸侯方国），宣扬西周德政和睦邻政策（布文王之化），揭露殷纣的苛政暴行，进行外交活动，结交盟国，笼络人心，组建反商统一战线，并对周王巡视接见南方诸侯等事项进行具体安排，扩大周在南国的影响，增进周与南方诸国的友好关系，使商、周斗争的外部形势朝有利于周的方面发展、变化，为武王灭商创造有利条件。召公直接参与了武王灭商、成王东

岐山刘家原《召伯听讼》浮雕

征和营建洛邑等活动。他积极支持周公摄政，安定王室。他在成王即位至康王初年，一直独任太保（为国君辅弼之官），精心辅佐国君，德高望重，以至人们用"太保"作为对他的习惯称谓。召公在其封地，经常深入民间，视察、了解民情、民意，现场理案，教育民众。多次听、断案件于垄亩阡陌之间，岐山县西南召亭村的甘棠树下是他经常办案的地方。国人颂其德、思其人、悦其化、敬其树。邑内政通人和，国泰民安，自侯至庶人无失业者。岐山县刘家原（旧召亭村）很早就建有其专祠。

召公历经四朝，辅佐了多位君王，经历了西周建国立业的许多重大事件，是一位名副其实的圣人，因此，《诗经》中关于召公的篇目也较多。《召南·甘棠》通过对一棵普通甘棠的爱惜，表达了人民对召伯的热爱。《诗序》云："甘棠，美召伯也。"《诗集传》云："召伯巡行南国，以布文王之政，或舍甘棠之下，其后人思其德，故爱其树而不忍伤也。"世代岐山人更热爱召公，唐代诗人刘禹锡的诗作"闻道天台有遗爱，人将琪树比甘棠"，常被岐山人书为条幅于正屋悬挂，表达对召公的敬仰之情。《甘棠》一诗所歌颂的那棵甘棠在岐山刘家原村，直到清光绪时期还枝叶茂盛，后遭遇大风倾倒死亡，但从其根部长出的幼苗生长良好，2015年直径达50多厘米，高20多米，树冠100多平方米。改革开放后，刘家原刘森等村民在树旁立有几块石碑，记述召亭村和甘棠古树的历史，歌颂召公爱民事迹，呼吁村民勿忘召公遗爱，永远珍爱"甘棠"这一村本民魂。《召南·行露》，《诗序》说该诗是"召伯听讼"，旨在兴"贞信之教"，使"强暴之男不能侵凌贞女"。《羔羊》，《诗序》以为此诗是写"召南之国化文王之政，在位皆节俭正直，德如羔羊也"。也有人认为此诗赞美召公"俭而能久"。《摽有梅》此诗歌颂召公勤政及其行文王之化。

九、西周开国功臣姜太公

姜太公，吕氏，名望，字子牙。姜太公一生最辉煌的时期是在岐地度过的。姜太公的采邑在今天岐山故郡镇与蒲村镇交界的孔头沟一带。他极力辅佐周文王、周武王，为周朝建国立业做出过重大贡献，他是伐商决定性一战——牧野之战的现场指挥者。武王灭商后，建立周王朝，封其于齐，都营丘（今山东临淄北）。武王病逝后，尚未成年的太子姬诵继位，幼主为王，国家初建，内忧外患，百废待兴，姜太公积极参与国家治理，特别对建构周初经济制度、发展商贸、完善税收金融措施，为西周开源节流和积财聚物做出了突出贡献，东征时立下不朽功勋，正是他与诸大臣齐心协力，才使周朝之羽翼日渐丰满，终成强国。《大雅·大明》

中有十分精彩的一部分,专门叙写太公之威烈。"牧野洋洋,檀车煌煌,驷騵彭彭。维师尚父,时维鹰扬。凉彼武王,肆伐大商,会朝清明!"身经百战、银须飘拂的姜子牙执大器,坐檀车,与信心百倍的武王高歌猛进,奋勇直前,黎明前把不可一世的纣王大军摧枯拉朽般彻底击溃,纣王被迫自焚于鹿台。姜子牙在岐山人心目中居于崇高的地位,他指挥作战的古战场绝龙岭在岐山,封神场所封神台相传在故郡的四方山。姜子牙被岐山人敬奉为保佑建筑的平安神和保佑做醋的醋坛神。

十、西周的两位昏暴之君——周厉王、周幽王

这是周人之不肖子孙,这两位的腐朽统治,直接导致西周的覆亡。《王风》中的一些诗作和《小雅》《大雅》中不少作品对这两位的不良行径给予讥刺和惋惜。其中以《大雅》中的《板》《荡》最为著名。

十一、周室"三圣母"——太姜、太任、太姒

《国风·周南》《大雅》《颂》中有一些作品,歌颂周代太姜、太任、太姒等几位杰出的女性,她们贤淑仁厚,德范过人,相夫教子,尊老抚幼,在岐山生活期间,为周王朝做出了重要贡献,她们的许多动人故事至今还在岐山民间传颂。

《诗经》中还有一些人物与岐山相关,如周宣王、周康王、召伯虎等等,他们均为岐周诸圣之优秀后裔,都对周王朝的发展壮大立下了丰功伟绩,值得人们永远敬奉。姬周王朝一些昏君的劣迹暴行,人们应予以大力鞭挞,但更应从他们身上吸取教训,作为治国、修身的反面教材。

《诗经》与岐山相关的大事

《诗经》中有不少作品是周人波澜壮阔历史的缩影,周族起根发苗、壮大繁荣期间的不少重大事件,是《诗经》重要内容之一。如果说《诗经》是反映岐周历史的史诗, 史诗中英雄人物的重要战场就在岐山;如果说它是一部惊心动魄的历史大剧, 大剧的演出主要舞台就在岐山。岐山给予周代群雄施展本领的重要平台。《诗经》的作者最了解岐山对周人的重要性,因而在《诗经》许多诗篇中,十分重视对发生在岐地的事件进行歌颂和记述。

《诗经》与岐山有关的主要事件有:

一、周太王古公亶父率部族离豳奔岐

后稷子孙不窋由邰至豳,历代部落首领和民众不懈努力,积聚力量,地广业大,到英贤的古公亶父时期,他们在豳地垦荒农耕,驯养家畜,复兴了后稷之业,建起聚邑都城和宫室、宗庙,已是威震一方的大豳国了。出于躲避戎族无休止地骚扰,避免民众遭受更大创伤,寻求更广阔发展空间的目的,勇于创新的古公亶父,撇下百年家业,率领一干人马,一边南行一边考察,寻找宜居之处。他们迂回前行,七拐八拐,费尽周折,最后将大本营确定在岐下周原。这既是一次艰难的抉择,也是一次高明的抉择;这既是一次苦难的历程,也是一次意义非凡的历程。《大雅·绵》就是对这次非凡历程的真实记录,诗篇满怀深情地叙述了古公亶父迁岐的艰难跋涉及营建周京的过程。他们翻山越岭,披荆斩棘,涉水过沟,驱狼逐豹,夜以继日地来到岐山,安顿停当,又马不停蹄地刻龟卜卦,漫掐细算,既听天命,又崇人力,大兴土木,建房修宫,筑城建坛。根据“周原膴膴、堇荼如饴”良好的农耕条件,他们划定疆界,细分条理,使族人遍耕土地,丰衣足食;他们移风易俗,明德兴仁,修订邦国制度,确官明责,修好睦邻关系,甚至还跟当地名门姜氏部落联姻成功。周太王的才华在岐山得到充分施展,部落发展势头喜人,以太王为首的周部族继承传统与变革旧俗相结合,使空旷、荒凉的岐下周原奇迹般出现了田亩整齐、五谷茂盛、城郭及宫室堂皇耸立的崭新都城景象,展现出一个生机勃勃的新兴国家雏形。这首诗以宏大的结构,细腻的手法描绘了周民族开国奠基的重大事件,赞誉了一位有远见、有魄力的民族英雄,歌颂了人民勤劳、勇敢的创业精神,展示了周文明起步的非凡历程,堪称一个伟大民族的不朽史诗。其他一些篇目中也多次对太王迁岐的壮举进行热情讴歌,可见周人十分看重太王迁岐这一具有深远意义的事件。

二、季历在岐山持续推进先周事业发展

季历是太王的三子,他是太王诸多儿子中的佼佼者,太伯、仲雍是季历的两位兄长,他们都是才华出众的贤人,为了周室的发展大局,他们听从父命,主动让位于季历,以宣教南国为由,几次放弃继位的机会,慨然出走,在陌生的异域书写辉煌人生,留下了千古盛名。季历在成就两兄弟大贤圣名的同时,也完成了周之王业的顺利交接,这是一段双重意义的历史佳话,留下无尽地尊重和敬仰。《大雅·大明》中说:"挚仲氏任,自彼殷商,来嫁于周,曰嫔于京。乃及王季,维德之行。大任有身,生此文王。"意思是,季历聪明有才华,吸引商的姑娘在岐地的周京完婚,夫妇恩爱,同心同德,里外行孝,积德向善,老天让她一有身孕,便在岐地生下一代明君文王。《皇矣》写到季历时说:"帝作邦作对,自大(古读为

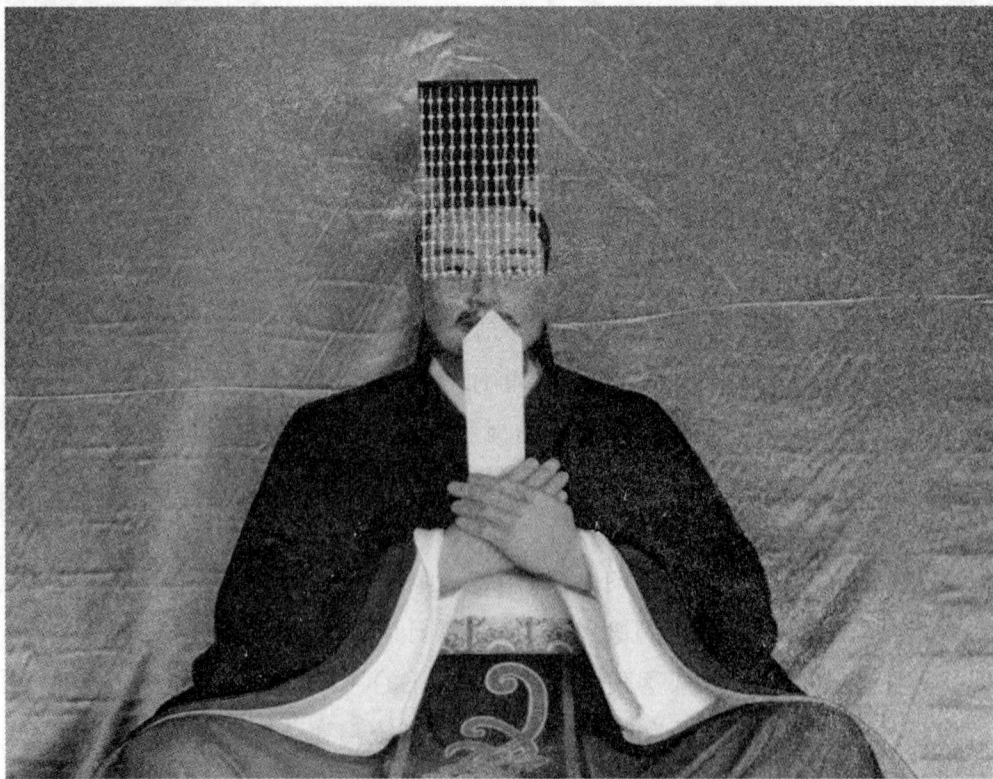

岐山三王庙里的王季塑像

"太")伯王季。维此王季,因心则友。则友其兄,则笃其庆,载锡之光。受禄无丧,奄有四方。维此王季,帝度其心,貊其德音。其德克明,克明克类,克长克君。王此大邦,克顺克比。"是的,这位继位周统的新主人,顺天应人,奋发有为,使周部族势力不断壮大,疆域向四方迅速拓展,民众福祉进一步增大。这首诗的字里行间还表露了季历顺天命、应父心、友兄弟的美好德行及圣明、睿智,突出表现了季历地位的尊贵和显赫的声名,说明季历是周部落当之无愧的英明首领。

三、周文王在岐壮大周室势力,使岐山成为周人的圣地和福地

季历被商王借故残杀,姬昌继位。在继承先辈遗志做大做强周之事业上,姬昌表现出了卓越的才能和非凡的魄力,他使早周的战车驶上了发展的快车道。《大雅》中《文王》《皇矣》《文王有声》歌颂了文王为西伯侯时在岐地承前启后、壮大实力、强武修文、开疆拓土的主要事迹。其中《大雅》首篇就是专门歌颂文王的诗篇,而且此诗为周公亲自创作,更显出了文王在周初无可替代的权威和超强的影响力。此诗对在位50年的文王功业进行了全方位展示和赞美,并义正词严地强调高举周取代商统掌天下之大纛,是顺天应人之举,包括商民在内的天下民众都必须服从圣明的周文王的统领。《皇矣》是对周文王有关重要事迹的追述和赞美,其中记述的有些事件就发生在岐地。一是写了周文王在岐地策划组织的征伐密须国和崇国的战争,表现了周文王审时度势,善于根据有利地形,筹划得当的战略部署,抓住战机夺城拔寨,这一系列举措体现了周文王高超的指挥艺术和勇往直前的大无畏精神;二是记述周文王善于宣传,广泛发动民众,联合各种势力,结成强有力的军事联盟,确保攻无不克,战无不胜。使一个多谋善断、运筹帷幄的军事家形象跃然纸上;三是详尽描绘了战场安排布置,具体要求在"岐之阳""渭之将",安营扎寨,精心布防,严阵以待,确保毕其功于一役。最后写了此战获胜的重大意义,既战胜了两大强敌,更震慑了附近试图犯周的敌对势力。《文王有声》写文王以岐地为大本营,励精图治,顽强拼搏,使周的势力日益强盛。为了求得更大发展空间,文王取得伐崇、伐密大胜后,策划并建设丰京并胜利乔迁的事迹。《灵台》叙写周文王深得民心,应民众要求建灵台以禳除灾害。有关史料和《封神演义》中说,周文王最早建的那座灵台应在岐山境内雍水之滨,岐人一直把灵台叫做"文王台",或者这样的灵台建有多处,岐山的灵台为其中之一。诗中文王与民同乐,深受民众爱戴,民众争先恐后参与建灵台劳动,使灵台建设提前竣工,并在那里举行盛大庆祝活动。诗作描绘了灵台苑囿中鹿和水鸟、池鱼的欢愉之状,从一个侧面反映了文王的美好品德及周家天下的太平

清明。《绵》中后一部分，看似轻描淡写地叙述周人的种种善举，感召化解了虞芮长期很难息讼地界纠纷的事件，其丰富的内涵为：当时周文王治下的西岐社会风气是多么清明雍容、欢乐祥和。周文王把岐周建成了周人的圣地和福地，岐周在周文王时期兴旺发达、名满天下。

四、周武王在岐为灭商做政治、军事、经济准备

周文王是中国历史上少有的几位在位时间超过 50 年的君主，由于文王长子伯邑考早逝，周武王姬发作为文王次子，无可争辩成了周室接班人，周武王有足够的时间亲受父亲教诲，面领治国安邦机宜，这对周武王和周大业都是一件幸事。当然，作为历史上少有的几位大圣人，周武王的文治武功是有口皆碑的，他继位后，再接再厉，用能任贤，修文强武，发展经济，集聚了强大的伐纣联盟势力，抓住机遇，在公元前 1046 年发动八百诸侯举行讨伐商纣的战争，并以少胜多取得灭商关键之战——牧野讨纣的全胜，将残暴昏庸的殷纣王送上了历史的断头台。周武王是中国历史上第一位称作天子的帝王，他亲手建起了中国历史上最长的一个王朝，他的最大功业就是讨伐商纣创建西周。《诗经》中不少诗作叙述和赞美了武王这一历史壮举。这次战役前，周武王曾带领讨纣大军，举行过盛大的祭祀岐山活动，他的大获全胜说不定与这次祭奠有重要关系。《周颂·时迈》叙写武王在伐纣胜利后，巡回各地，感谢祭祀各方神灵，表示偃武修文缔造和平盛世的愿望。这次规模较大的祭祀理应在岐地多处进行，其中包括对"岐山"，对建在岐地各位祖先宗庙的祭祀。《周颂·武》及《昊天有成命》《酌》《桓》《赉》《般》都是周公所作的歌颂武王功业的诗篇。其中《武》是告成乐歌。这首诗记述武王伐纣胜利后，于甲寅日，在岐周以《大武乐章》向列祖告知胜利战果，盛谢列祖列宗保佑。《赉》说明武王伐商的目的是为了安定天下，强调周邦实力强大，诸侯均应顺从。也反映周人革命胜利后按捺不住的喜悦心情及不断进取的精神。

五、元圣周公在岐制礼作乐

生于岐地的周公，虽然一生勤勉不辍，功勋卓著，但因其所处位置的特殊，又是《诗经》的重要作者，因而其事迹见诸于文章和诗篇者与其赫赫之功相比极不

岐山礼乐广场"礼""乐"浮雕

相称，这虽有失公允，但又从另一侧面反映周公的谦逊美德和宽广胸怀。《诗经·豳风》中"豳"地到周公时期已是西周的重要组成部分，和岐地一样都是王畿之地，周公在两地的来往应该是比较多的。周公在重大战事的决策前理应少不了来此地拜谒祖宗庙宇，真诚寻求先祖保佑。《豳风》中，有几首反映周公东征的诗篇，但多为简约叙事，说明战事惨烈，没有美化渲染战役领导者周公的言辞，但能够隐约看到周公当时所面临的窘境和

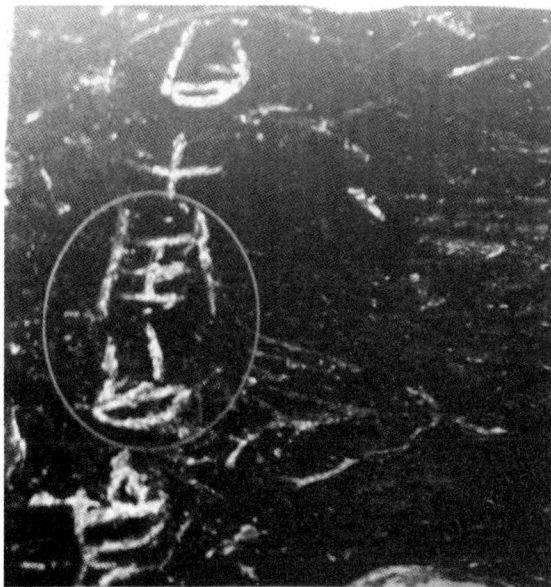

刻有"周公"字样的卜甲

坚韧的精神。《东山》这首诗叙写了东征战事对参战者生活和心理的影响。诗作主人公面对国家危难挺身而出，积极参战。但凯旋归途中看到被战争破坏了的家园、荒芜的田地，使九死一生的他不但没有自豪感，心情反而更加沉重，这在一定意义上也反映了周公矛盾的心理。这篇全方位反映战争对社会及人的身心影响的作品，细节描绘真实细腻、生动传神、感人至深，在描写战争的诗歌中影响较大。曹操的《苦寒行》，明显可见该诗的影子。《破斧》反映战事蔓延时间较长，战斗激烈、残酷，连修理战车的工具都弄坏了。通过战争，国家达到了平叛和布政的目的，虽有战友牺牲，自己毕竟侥幸生还，使人百感交集，唏嘘不已，但不管怎样，击溃叛军，稳定时局的结果总体而言还是令人愉悦的。《九罭》《狼跋》反映了周公东征时虽处境困难，但能忍辱负重，不失君臣节义，尽职尽责搞好工作的感人事迹。《周颂·维天之命》及《维清》《烈文》都是周公所作的祭祀一类的诗歌。古学者陈奂认为，《维天之命》这首诗作于周公摄政的第六年。《尚书》云："周公摄政，六年制礼作乐，七年致政。《维天之命》，制礼也；《维清》，作乐也；《烈文》，致政也。"周公制礼、作乐是他对周朝乃至中华民族的巨大贡献。周公在取得东征胜利，将周之江山打理得井井有条的时候，他以极端负责任的态度，回到生他养他的故乡和采邑之地——西岐，伴着列祖列宗的神祠，制下千秋万代的周公礼，并对《周易》进行充实完善，《礼》《乐》《易》已经完备，典制已经完善，周公郑重地将大周江山完璧归赵交给成王，成就了千古圣人的美誉。周公之礼是维

系中华文明生生不息的重要力量源泉之一。

六、召公在岐山勤政为民

召公是文王庶子，有人认为其为姬姓的另一支脉，似与文王无父子关系，这均不影响其在岐山所立的功业。召公是周之伟人中唯一的四朝元老，召公德高望重的原因不单是年高寿大，主要因为他是一位勤政为民、秉公断讼的大贤。《召南·甘棠》可以说是一首"召公之歌"。《诗经》对属于王公级别的人，很少有用一整篇诗作进行歌颂的，足见在以天子为主要歌颂对象的年代，能有人专题歌颂召公，说明召公的威望的确非同一般。本诗写作手法别致、新颖，本为写人，却刻意写物，只有短短九句诗，连绵反复，看似把重点放在保护甘棠树之上，其实普通的甘棠树并无特别之处，深刻的言外之意是：爱护这棵普通的甘棠树，唯一原因是召公在树下为民办过好事。对召公小憩的一棵普通甘棠尚且如此厚爱，对召公的爱就可想而知了，这种以小见大的手法，使召伯的形象越发高大、完美。召公的采邑就在今天岐山凤鸣镇刘家原一带，古时这里长时间叫"召亭村"，所在的乡叫"周召乡"。召公的采邑是他推行周礼的试验区，他把文王的德和礼正确运用于管理实践，使这里成为首善之区，政通人和，社会风气良好，刑措多年不用。文王对召公的成绩很满意，亲派召公赴南国布文王之化，推广周召之地的经验。刘家原村内还有声名远扬的召公祠，祠前有一棵几搂大的甘棠树，当地人一致认为这树就是《召南·甘棠》诗作歌咏的对象。清光绪年间，甘棠树被大风刮倒，朝廷在国力极度困拮的情况下，拨巨银修召公祠、甘棠殿，并建起大供桌，保护甘棠古树，专敬这棵意义非同寻常的圣树之残躯，用心颇为良苦。从《大雅·卷阿》诗中可见，召公在成王当政时期，在他的采邑接待了周成王，并与成王在卷阿一带进行巡游，君臣十分兴奋，还现场赋诗抒怀。

七、周成王来岐祭祖、游历览胜及狩猎

周武王灭商后不久离世，周成王继承王位，七年内由叔父周公摄政，执政权事实上全由周公掌控，他只是名义上的国君。虽然他一度对周公有过误解，但他毕竟是一位通晓事理的明君，是虚心好学的圣人子孙。为周之社稷兴盛大计，成

王对周公总体还是相当器重的，叔侄臣君同心同德治理西周社稷，年复一年在岐山参加春祭、秋祭，祭祀岐山，祭祀后稷，祭祀先王先祖。据传，岐山当时建有祭祀古公亶父的太庙，祭祀文王的宗宫，祭祀武王的考宫。周公也会不失时机的在祭祀的庙堂上给他述说三王美德，因势利导，向其传授为君治国之道。《大雅》中《既醉》及《假乐》《凫鹥》都叙述了这方面的事情。

周成王不光在岐地祭祀，史书记载他还于周成王六年（前1037年）"大搜于岐阳"，即在岐山之阳的围苑之地进行狩猎活动。这时他应该还未亲政。据姚际恒考证："《小雅·吉日》此宣王猎于西都之诗……诗中'漆''沮'正近岐阳。"说明周代岐阳一带还有王室的狩猎场。

周公逝世十余年，成王早已独立执掌权柄，已历练成为精明、强干的政治家，这一年他志得意满，成竹在胸、兴致勃勃地在故都卷阿进行了游历，《大雅·卷阿》就记述了这一事件。字里行间可以看出当时国家人才济济、国势正雄、四海咸服的大好局面。1999年，国内史学界、旅游界召开会议，以新华社通稿的形式向外界发布这方面的研究成果：周成王与大臣游历的周公庙古卷阿是中国最早的旅游地。

八、周代三圣母在岐相夫教子

周朝不说其他方面，单就八百年漫长得令人心急的"姬"姓做天子这一点，也确实令人惊讶不已。掌国时间虽长，和中国历史上许多朝代一样，周代也存在男权思想，绝大多数女性地位很低。但是有几位女性，周人却给予了恒久的尊崇，在《诗经》中多次予以诚挚地歌颂。其中杰出代表就是太姜、太任和太姒，她们分别是王季、文王、武王和周公的母亲。《大雅·绵》写到周太王与其贤德之妻太姜在岐地夫唱妇和、同甘共苦开创周之基业的事迹。《大雅·大明》开始就写王季、太任夫妇在岐周的"维德之行"。随后又用细腻的笔墨，对周文王的品行及与妻子太姒"天作之合"的婚姻状况作了详尽地描写。文王与太姒的婚配应该是在岐地进行的。在周人的心目中，文王的母亲太任和武王的母亲太姒，她们都和太姜一样是贤德后妃，她们的伟大功绩就在于生育和成功教养了文王、武王和周公这些圣人，留下千古圣德。"太任之性，端一诚庄，惟德之行。及其有娠，目不视恶色，耳不听淫声，口不出敖言。……文王生而明圣，太任教之，以一而识百。""太姒号曰文母，文王治外，文母治内。"（刘向《烈女传》）。诗人在这首歌颂民族伟人的长诗里兼顾了这两位女性，对他的构思意图，清人范家相在《诗沈》中作了精辟地阐述："自首章以下，接言太任、太姒者，惟圣父圣母乃生圣子。有是盛德,又有是圣配。妃匹之际,生民之始,莫非天也。"体现了周人与天命观相匹配的宗法血统观念。《大雅·思齐》歌颂生活在岐地的周初三圣母相夫教子、力助周室实现宏图大业的善行美德。其开头曰:"思齐大任,文王之母,思媚周姜,京室之妇。太姒嗣徽音,则百斯男。"其意为:王季之妻太任贤淑端庄,她就是文王的母亲。太王之妻太姜柔婉和顺,她是王室的贤女。太姒继承了她们的德行,和文王一起生下许许多多优秀的王子。

九、周人在岐祭祖祭山

相比商代统治者的习俗,周人更加注重对天、对山川河岳,对祖先的崇敬。岐地有庇佑他们的圣山——岐山,有圣水——岐水,有祭祀的专用场所——灵台,有太庙、宗宫、考庙等众多先祖的宗庙。其中1976年周原考古队在岐山京当贺家凤雏村发掘的周代宗庙遗址就是这类宗庙之一,该遗址建筑面积达1 500多平方米,是级别较高的大型宗庙,据推测可能是文王时期所建造。世世代代周人在岐地一次又一次进行虔诚的祭祀活动,除了每年四季转换的祭祀外,每次战事活动进行前后要祭祀,禳灾求福要祭祀,狩猎要祭祀,婚丧要祭祀,祭祀活动涵盖了周人生活的方方面面。正因为如此,"国之大事,维祀与戎"被周人当最大的两件事情。《大雅》《颂》中不少诗篇是这些祭祀活动中必须吟诵、演唱的作品,是周人歌咏于祭祀场所的主旋律。先周、西周近400年间,《雅》《颂》大音一直在岐周圣地不绝于耳,响彻云天。其中《天作》更是祭祀周王业发祥地"岐山"的圣歌,犹如国歌。因古人崇敬四方神明,尤其相信高山有灵,岐山是周人崛起

岐山岐阳"三王庙"

的大本营,是西周的圣都,凤鸣岐山是周人奉为天命所归的最大祥瑞,是翦商兴周的舆论大旗,因而此诗是对岐山山神的由衷礼赞,歌颂上天与岐山一样非凡而伟大,缅怀先祖披荆斩棘开疆拓土的伟绩,同时表达子孙万代将光大王业、永保社稷之坚强信念。

十、岐山是凤凰的乐园

凤凰、龙、白虎、神龟、麒麟这五种神兽,分别对应着五种道德操守,只要政治清明,道德操守完备,相应的神兽就会在人间现身。凤凰代表的是貌恭体仁,被国人一直誉为神灵之象征,凤凰出现为吉瑞祥和政

岐山周太王陵

治清明兆头之一,只有圣贤活动的福宅宝地才能唤起凤凰眷顾的兴趣,而一旦被凤凰光临肯定要出现更多令人喜出望外的好事。凤凰对周人似乎更加情有独钟,《竹书纪年》载:"周文王元年有凤集于岐山。"多者会聚为"集",说明这次来岐山的凤凰不止一只。《国语》云:"周之兴也,鸑鷟(指凤凰)鸣于岐山。"此后,在周文王孙子当政时期,凤凰又一次光临岐地,《大雅·卷阿》记述了这次凤凰的出现和鸣叫场面。其诗曰:"凤皇于飞,翙翙其羽。""凤凰鸣矣,于彼高冈。"据载,这是周成王时期发生的事情。此前周成王十八年(1059年)凤凰还来过成王之庭,翩翩起舞,成王大为激动,当场抚琴而歌:"凤凰翔兮于紫庭,余何德兮以感灵,赖先王兮恩泽臻,于胥乐兮民以宁。"

《诗经》与岐山相关的地名

　　《诗经》为先周到春秋时期的作品。太王迁岐至文王迁丰这一时期称为"先周"，共 92 年时间。武王建立西周，到周平王东迁为 276 年，先周到西周长达近 400 年，其中前 300 年左右是周人起步、发展、壮大、鼎盛的上升时期，后 100 年左右，是西周衰退期，这一漫长的时期，也是岐山历史最风光无限的时期，而《诗经》不少作品就诞生于这一时期。其中《诗经》的主旋律作品《周颂》《雅》大多就产生于先周和西周时期，文学大家朱东润先生认为《大雅》主要产生于岐周一带。《周颂》中的《武》《赉》《桓》等篇，显然为周武王时期的作品，有人认为《周颂》《周南》《豳风》中不少作品为周公之作。《周南》《召南》《小雅》《豳风》中的相当一部分作品出在先周、西周时期，据有关学者统计，这一时期的作品占到《诗经》作品的近一半，其中不少作品与岐地有重要关系。

　　《诗经》中有明确对应关系的地名并不多，大多地名为泛称，如"南山""北山""东门""南冈""北门""中谷"等。但其中有限的几个地域名称多在岐山，有的演变为地名后几千年一直没有变化，有的地名保持了原来地域名称的核心意思，有的地名与周代有渊源关系，主要有：

一、岐

　　《大雅·绵》《大雅·皇矣》《鲁颂·闷宫》中，"至于岐下""居岐之阳"诗句中的"岐"均指的是岐山。岐山位于商都之西，称作"西岐"，还被称为"西"，如《小雅·大东》中"西人之子，粲粲衣服"，意为西岐王都一带的富贵子弟，衣饰华美，鲜明艳丽。《周颂·天作》是一首岐山颂或岐山之歌。岐山在周代发展史上具有不可替代的重要作用，许多学者认为：如若没有迁岐，大约不可能有周之崛起。

二、岐阳

　　指的是岐山之南的区域，比现在岐山县岐阳村范围大得多，位于周原核心区域，气候温和，雨量适中，土地肥沃，宜于人居，是周人政治、经济、文化中心。该

岐阳遗址保护碑

地区周文化遗存丰富,属于全国重点文物保护单位,1992年,陕西省人民政府公布"岐阳一号遗址"为省级重点文物保护单位。古文献记载这里还为古岐氏文化遗存,也是岐伯的家乡。唐朝初,这里为岐阳县县城所在,明代设岐阳镇,民国和新中国成立之初设岐阳乡,明代岐山县志记载,岐阳城周长三里有余,从20世纪50年代起被毁。人民公社化运动结束后这里设为岐阳村。村内建有纪念周初领袖人物的三王庙(太王、王季、文王),三王庙后面建有周太王陵,碑铭为清代进士、陕西巡抚毕沅所书。现为陕西省重点文物保护单位。

三、周

"周"本是岐山古地名,因古公亶父迁岐后,族群势力在此取得超常规发展,太王便借势取吉,以"周"定邦国之名,子孙相承,一直沿用近千年,历史上还有几个朝代定名为周,均是慕名之举。"周"在《诗经》中大多时候属于地域概念,太王、文王时期主要指岐山之南的大片区域,后来地域逐步扩大。"周"在《诗经》中出现次数较多,仅《大雅·文王》一诗中就出现了六次。《鲁颂·闷宫》中出现了四次。《大雅》中《绵》及《大明》《棫朴》这几首诗中都多次出现。作者说到这个名字的时候往往按捺不住内心的崇敬和激动，由衷地抒发着赞美之情。如"周虽旧邦"（意为：我们岐周虽是旧邦国）；"陈锡哉周"（意为：上天赐他兴周国）；"周邦咸喜"（意为：看我岐周大地，一片欢乐祥和）；"於皇时周"（意为：我周邦江山多么辽阔、美丽啊）；"周爱执事"（意为：我岐周的民众，人人安居乐业）；"周王寿考"（意为：伟大的周王洪福齐天，在位久）等。"周"有时指先周，有时指西周，但应该都包括岐山之阳的周地。岐地人对"周"字情有独钟，在东北乡一带用"周"字为地名、人名的一直比较多，有些村庄并无姓周之户族，或周姓户族较少，村子名字中也含有周字，如周家庄、周家台、周家堡、周家岭、周家桥、周家窑等。人名如宗周、怀周、岐周、周岐、文周、武周、周周等。

四、周原

《大雅·绵》里有"周原膴膴"的诗句，诗中"周原"指的是太王迁岐后建都的那块风水宝地，其范围在今天岐山、扶风两县交界处的京当镇、黄堆乡一带，背山面水，沟道相拥，可进可退，可攻可守，位置险要，从后代堪舆学原理而言"前有岐水之照，后有岐山之靠"，此地应算风水宝地。现在包括贺家、董家、凤雏、周家桥、礼村、王家、双庵、云唐、庄白、召李等几十个自然村，大约有20多平方千米。核心区域在今天岐山贺家村凤雏一带，是先周和西周的政治、经济、文化中心，史称"岐邑""岐周"。周人在这里建有不少的宗庙、殿宇、高档住宅，修建了不少祖坟，这些地区曾出土过大量驰名中外的珍贵文物。随着周人势力增大，周原的面积以岐山为中心不断扩大，包括了扶风、凤翔、眉县、陈仓等县部分区域。大周原文化内涵丰富，文化积淀十分厚重，出土文物层出不穷，常有惊世发现。早在西汉宣帝神爵四年（前58年）这里就有青铜器出土。唐、宋、明、清、民国时期铸有铭文的青铜器在这里被屡屡发现。其出土周代青铜器和甲骨文数量之广，所刻铭文之多，记载史实之重要，文物历史价值之珍贵，尚无其他地方能够超越，岐山是名副其实的"青铜器之乡"和"甲骨文之乡"。跻身清代"四大国宝"之中的大盂鼎、毛公鼎都出自周原。新中国成立以后，周原考古工作不断取得重大成果，先后发掘出了多座西周大型宫殿、宗庙建筑群址及手工业作坊遗址、墓葬和青铜器窖藏，出土了数以千计的早周和西周的各类珍贵文物。这一切表明这里确为古周原核心所在地，在中国史学界具有十分重要的地位。1982年，周原核心的岐山、扶风两县交界一带，被国务院确定为全国文物重点保护单位。历史上岐地人和多个朝代当政者也认为这里是古周原所在地，曾多次把这一带命名为

"周原乡"或"周原里"。

五、周道、周行(读 háng)

指周代的大路,或岐周之道,相当于现在的国道。最早建于岐周一带。周公东征胜利后,为了防止诸侯叛周和奴隶起义,周公为西周建立了三支武装力量,即:虎贲师、西六师和殷八师,其中西六师就驻扎在岐周,出于政治、军事和国家安全需要,周公亲自组织进行了大规模的周道延伸拓展工程,使其成为具有重大战略意义的军事、经济大通道,周代战略大动脉。有人认为周道以周原为中心,通向四面八方;有人以为周道的中心在成周。白寿彝认为:"周代的交通干线从周原经丰镐至洛邑,由洛邑向东还在继续延伸,直达齐、鲁两国。"岐周的周道是当时道路网中最重要的部分。在京当周原考古中,曾发现有一条铺着鹅卵石的路基,为西北—东南走向,比较宽阔、平坦,有人以为就是周道。《小雅·大东》中:"周道如砥,其直如矢。"形容周道笔直、宽广、平坦,颇似现在的高速公路。《周礼·考工记·匠人》载周道有"经涂九轨,环涂七轨,野涂五轨""左祖右社,面朝后市",说明周道宽阔、平坦、等级较高,周代人们已很重视道路营建,主干道路上还架有桥梁,有专人管路、护路。周道的建设、管理当时在世界处领先地位。

岐周自古公亶父迁岐后,经数代人艰苦奋斗,西周时这里已是世界级的大都市,长达 400 年里一直为繁华锦绣之地。这里有周人众多先祖的坟茔,有大量宫殿、宗庙、街市、豪宅。昭王、穆王及以后这里王室活动频繁,遗存丰富,所以在西周时期它与丰、镐、洛邑地位相当,是世界级大都市,是周人心往神驰的圣地,一年四季,周道上车水马龙。四面八方,纷至沓来的达官显贵,怀着无比敬畏的心情,来到岐周参加祭祀、朝觐、宴乐、册命、赏赐、婚丧活动。这里既是周人朝圣、寄托精神皈依的家园,也是粮食基地、手工业作坊和兵器生产基地,这里所产的粮食、青铜器、玉器、服装、兵器都要从周道运出。《大雅·皇矣》中记载文王攻打崇国时,动用了先进的重量级冲车、临车,都是当时的"巨无霸",这些笨重的车辆能够由岐周开往崇国,说明周道是十分坚固和宽阔的。

六、京

"京"的本义指人工筑成的土丘。上古有"京观"之说,指的是战争中胜利的一方为炫耀武功而收集敌军尸首,在上面封土形成的高冢,就叫"京"。"京"作形容词用时,为高大之意。《诗经》中的"京"除一次指"高大的山",一次"京京"连用作形容词,意为高大的山峰,其余多指京都、京城。周人建国为"周",建都为"京"。将都城叫"京"是周人的一大发明,而且一用就是 3 000 多年,至今未变。太王所建的周的岐都，又叫"岐邑"。随着周人势力的强大，都城规模不断扩大，据多年考古推测，西周盛期，其都城面积应该不少于二三十平方千米，有人说东西宽 60 多里，岐山京当镇一带是岐都的核心地区。周人后来新建的镐京叫"宗周"，洛邑叫"成周"，都与岐山的周都相联，在一定意义上岐邑就是西周的上京，是当时世界上著名的大都市。《诗经》中的"京"有不少指的是早周的京都。《大雅·文王》中"裸将于京"，《大雅·大明》中"曰嫔于京""于周于京"，《大雅·皇矣》中"依其在京"，《大雅·下武》中"王配于京"等，其中的"京"除后两个指丰镐外，其余均指今天岐山京当一带，先周时这里是周人的都城所在。过去京当镇刘家村名字叫"京庄"，新中国成立后，此地改为"京当"，是乡政府所在地，2012 年该乡更名"京当镇"。全镇都在周原遗址保护区内，全镇所有大型地面建筑施工前均需由文物部门勘探后才决定是否建设。

七、周南、召南

《诗经》中的"周南""召南"到底指的是什么，历史上有多种解说，至今还没有统一答案，短期内也不一定能够出现统一答案，除非考古能取得明白无误的铁证。在各种说法中，大多观点认为二南属于周人的地域观念，至于地域的具体所指，又有不同的说法。有人认为这两地就是周公、召公在岐周的采邑。郑玄的《诗经·周南召南谱》曰："周、召者，禹贡雍州岐山之阳地名。"《史记》曰："召者，幾内采地，奭始食于召，故曰召公。"一般学者认为周公的采邑在岐周东部，有周原遗址出土的墙盘铭文为证；周公庙遗址发掘以后，一些专家认为周公庙一带为周公采邑。召公的采邑在岐周西部，有光绪时出土于此地的太保玉戈为证，同时此地有召亭、北吴邵、南吴邵等古老地名。周代早期京城在周原北部，与岐山很近，而周人活动的主要区域应该在岐山以南、渭河以北的广大区域，周南和召南就在这一地区。后来据说成王分陕而治，周公、召公管辖地面扩大，囊括面积也大幅度拓展，延至江汉汝沱一带广大地域，但理应还包括周公、召公的岐地采邑。有人认为"周南""召南"仅指分陕以后的"新二南"，不含两公岐地采邑。但有人也不同意此种观点，因为成王分陕之事尚缺乏强有力的证据支持，因为这个地域划分一大一小，"陕(今三门峡一带)以东"所占地域过于辽阔，"陕以西"所占地域偏少，在当时周公和召公职位平级的情况下，一个地域硕大、富庶，一个地域狭小偏远，这种分法显然有失公允，也不符合成王的处事风格。即就是有过这回事，"新二南"理应包括文王所封周公、召公岐周采邑那部分的"旧二南"。有人还认为《诗经》"二南"中的"南"为曲调，因为周公、召公领地内小诸侯国太多,各国诗风有相近之处,故将这两个片区的诗歌定名为"周南"和"召南"。但在清代以前,"周南""召南"就是岐周内地名的说法比较普遍。这些均有待进一步考证研讨。在《诗经》中,《周南》《召南》位置十分重要,被列在《国风》之首,也在《诗经》之首,这个排法有一定意义。《周南》共有 11 篇诗作,《召南》共有 14 篇诗作。

八、卷阿(读 quán wō)

一般《诗经》注解把"卷"解释为"蜿蜒曲折的样子""阿"指大的丘陵。岐地人认为"卷阿"是一个呈凹形簸箕状的地形地貌,这类地形在俗语所言"有山皆出头"的岐山北部沿山一带比较常见。《大雅·卷阿》中"有卷者阿,飘风自南"的卷阿凹地,凹面朝向南方,岐山向南的卷阿之地较多,但诗中所指的卷阿,《岐山县志》中一直认为在现周公庙一带,如明万历《岐山县志》说:"周公庙在县西北六公里凤凰山南麓,一名周公邸,即诗所云之卷阿也。"新编《辞海》也这样记载。建国后,经不少史学家多年考证,《诗经》中的卷阿就在岐山,那里有一座名山叫凤凰山,俯瞰该山,大体上就像一个展翅欲飞的凤凰,凤身为东西走向的山脊,凤翼为一东一西两道南北走向的山梁,凤身和两翼圈起的半圆就是著名的卷阿,符合诗意,也符合字义和史实。此地背风向阳,后有凤凰山之靠,前有姬水之照,是堪舆学家眼中的风水宝地。2004 年,在此发现了 1 000 多个葬有周人的大小墓葬,考古专家认为这些墓葬极有可能是周公家族的墓地。把墓地选在这么好的地方,说明周人在选择坟茔上独具慧眼,虽然当时似乎还不大讲所谓的风水之说。卷阿大体有 60 多万平方米,举世闻名的周公庙就建在卷阿的核心。《大雅》中有以《卷阿》为名的诗歌,该诗说的是周成王率召公等官员来此巡游之盛事,当时还有凤凰在附近的凤鸣冈上且歌且舞,召公与成王作诗吟诵,君臣欢欣鼓舞,其乐融融,此情此景颇像现在旅游观光,故此地被认为是世界最早的旅游风景区。

《诗经》与岐山相关的动植物

《诗经》中物种广众,有关物名的词语最为突出。孔子说过,通过读诵《诗经》,可以认识鸟兽虫鱼活动规律,从感知自然中获得知识,感悟人生。《诗经》堪称一部有关生物的百科全书。据胡朴安《诗经学》一书记载,《诗经》有草名105个、木名75个、鸟名39个、兽名67个、昆虫名29个、鱼名20个,充分反映了周人对自然认识的深度和广度,这是《诗经》语言准确生动、形象逼真、内容丰富、意境优美、富有感染力和旺盛生命力的重要原因之一。

一、植物

人类为了生存,必须取得足够的食物,植物是人类早期食物的主要来源,因而人们的许多劳动都围绕植物进行。《诗经》作为一幅早期先民的生活画卷,五彩缤纷的植物自然而然充当了画卷的主角,《诗经》作品中仅以植物为诗歌名称的就多达50首,反映了周人和植物的密切关系。

据相关学者统计,《诗经》中有各类植物近200种,这些植物大多在岐地有所分布,说明周代岐地气候温润,环境优越,利于众多植物存活。其中诗中有的是泛指,如刍、禾、苗、华、木、谷、卉等。刍,泛指草类,如《国风·唐风·绸缪》中"绸缪束刍"等。禾,有时指黍,有时泛指五谷,如《小雅·甫田》中的"禾易长亩"。苗,泛指五谷之幼苗。岐山人把庄稼叫"田禾",与《诗经》中指向一致,如《魏风·硕鼠》中"硕鼠硕鼠,无食我苗"。岐地农谚:薄地发小苗,不发老苗。意为土地瘠薄,长植物幼苗尚可,但长不了壮苗,产量低。华,开花或花之意,如《小雅·皇皇者华》中的"皇皇者华"。木,一般指木材或树木,如《小雅·伐木》中"伐木丁丁"。谷,泛指五谷,如《小雅·正月》中"蓛蓛方有谷"。卉,草木总称,如《小雅·出车》中"卉木萋萋"。有的同名却不表示同种植物。如杞,诗经中"杞"分为柳树、枸骨及枸杞三类。荼,亦分为三类,第一类为苦菜,第二类为旱生草类,第三类为白色的芦苇花。苕,指蝶形花科的紫云英,岐山叫毛苕子,或为凌霄花。有的一物多名,如葫芦，有匏、瓠、壶等称谓。芦苇，有蒹、葭、芦、苇等不同称谓。茶、苦指今天的苦菜。来，指今天的小麦；牟，指今天的大麦；麦，则既可指小麦又可指大麦。黍、稷、秠中，稷，为黍之不粘者；秠，指黑黍，岐人所说的黑糜子，以前岐地有农户种植。粟、粱、禾、糜、苣中，粟，是小米；粱，是糯小米，也有人说粱是旱稻；糜和苣还是栽培品种。甘棠、棠棣、杜棠，均指棠梨或杜梨这类蔷薇科树木。有的用一个名称代表不同类植物。竹，可能是毛竹，也可能是苦竹。松，可能是白皮松，或华山松、马尾松、油松等。杨，可能是箭杆杨、毛白杨或小叶杨。蒿、蒌、蘩、蔚、青蒿、白蒿、茵陈都是不同类型的蒿子。周人蔬菜品类少，嫩蒿子是当时常用蔬菜，现在岐地人春季采白蒿嫩芽做成麦饭，解饥、保健。因茵陈为中药，现在还有人采来当保健品泡茶喝。白蒿又称"艾"，端午前人们采来悬挂门上防虫驱邪，过去农村夏、秋有点燃艾蒿捂烟薰蚊虫的习惯，也有人把它搓为艾条用来治风湿类疾病。

栽培类植物：粮食类如稷、菽、黍、稻、麦，其中黍出现的篇章最多，共有17篇。这五种粮食即人们通常说的"五谷"，岐山谚语云"吃了五谷，长了鬼大"，常用来讽刺那些自私利己、聪明过头的小人。在周原考古中，周代"五谷"实物均有发现。"五谷"中稷、菽、黍分别是现在的谷子、豆子、糜子，也有人说黍是一种高粱，岐地人称"稻黍"。《小雅·甫田》云："以祈甘雨，以介我稷黍。"证明周人种植稷黍。"黍稷稻粱，农夫之庆"的诗句足以证明，周人重视这些作物的种植，并以其为主食。在这些周人常用的食品原料中，以稷类种植最为广泛。在水利条件较差、杂交玉米没有推广之前，谷子、糜子是岐地重要的秋粮作物，谷子、糜子去糠皮后叫小米、黄米，用其做成的小米饭、豆子米饭、黄米干饭、糜面粑粑是人们喜爱的食品，糜子和谷子在岐地已鲜有人种植，而现在小米稀饭、糜面黄儿粑粑、豆类小米稀饭又成了人们喜欢的保健和调节胃口的美食。小麦、大麦、稻、麻等也在诗中频频出现。小麦原产西亚一带，经新疆传入陕西，小麦生长关键期需水量较大，岐山俗语"麦收八十三场雨"，指小麦播种、盘棵、分蘖灌浆时期的农历八月、十月和三月必须有足够水分，但周代时岐地种植了不少小麦，说明周人水利和农耕水平比较发达。由于当时加工设备有限，细面粉还不能加工，据说当时麦类主要脱皮后煮着吃，也与豆类一样炒着吃，所以因口感等原因，麦子和豆类还不是周人的主食，而臊子面在岐地风靡更是唐宋以后的事了。更应提及的是水稻当时已在周地种植，《豳风·七月》中的"八月剥枣，十月获稻"之句，就是证明。当时栽培类蔬菜比较少，人们主要采集野菜，而且可食用的野菜范围比现在广得多，有些当今人难以下咽的野菜当时是穷苦庶人的家常便饭。能推断当时栽培的蔬菜有萝卜、葫芦瓜、大豆、韭菜等。这些蔬菜今天仍是人们的重要蔬菜品种之一。

野菜:《诗经》中出现的野菜品种很多,大概有 30 余种。主要有荠菜、车前子、蒲公英、蒿子幼苗、茵陈、蕨菜、野豌豆、苦菜、甘草、羊蹄夹、蒺藜、水芹、紫云英、卷耳等,卷耳一般注为"苍耳",或者泛泛称为"野菜名",这个解释始于宋代,但苍耳(岐地人称"老鼠他舅")并不是野菜,是有点毒性的中草药。所谓卷耳,就是菌类野菜地衣,岐地人叫"地软",形似木耳,既可鲜食,也可以晒干之后存着,吃的时候泡一下,再食用。岐地俗语云:"羊屎蛋变地软——绿首作证见。"地软包子仍是岐地名吃之一。荠菜,岐地人叫"荠儿菜",春暖花开的时候人们在麦田采挖,用来下饭、包饺子。带花收来的荠儿菜晒干后是制作浆水的上品材料。由于广施农药,荠儿菜种类减少,麦田里已经很难找到了。茵陈的幼苗岐地人采来做麦饭,至今还是保健的美味。刚生长不久的嫩白蒿、茵陈、蒲公英,岐山还有人采食,都有很好的保健作用。其他周人食用的野菜,由于口感的原因今人已少有人食用了。

药材:服用中草药是古人治病、防病的重要手段,《诗经》中提及中草药数量不少。主要有菟丝子、益母草(岐地人叫"风火轮")、苍耳(岐地人叫"老鼠他舅")、板蓝根(岐地人叫"蓝叶根")、地黄(岐地人叫"牛奶头")、贝母、艾蒿、远志、蒲公英、车前子、蒺藜、枸杞等。这些草药仍遍布岐山,有人常年收购。其中艾蒿、蒲公英、板蓝根等草药在岐山民间仍很常用。

水果:《诗经》中的水果多为采集的野果,有桃子、李子、甘棠、野葡萄、梅子、木瓜、软枣(樗枣)、酸枣、梨瓜。"瓜瓞绵绵"中的瓜指的是梨瓜,在周代广泛栽培,其余水果多为野生,既是普通水果,也是充饥的食品,至今岐地人仍有人在采食。秋天街上常有卖酸枣的,味道酸中带甜,能开胃,酸枣仁是安神良药。

纤维植物:棉花传入我国时间较晚,有人说是宋代,有人说是明代。此前相当长时间,国人中贵族、有钱人和老者穿丝绸,其余大多数人穿着的主要是葛麻纤维类衣物。《诗经》中常见到的纤维类植物有大麻、葛、苎麻等。大麻过去在岐地各生产队有少量种植,麻子榨油,麻秆经沤制后撕下外皮用来加工各类麻绳,粗绳作捆绑柴禾或拴系动物,细者用来纳鞋底,麻在岐地已绝迹多年。葛类植物在岐地南、北二山广布,过去人们割葛条用于绑捆柴禾,把葛根砸烂刷锅洗碗,据说困难时期岐地人用葛根粉做糊汤充饥。

染料植物:人们对美的追求,历史悠久,给衣服染色就是早期人爱美的一种体现,从《诗经》作品中也能窥此现象之一斑。其中出现的染料植物有荩草、茜草(岐地人叫"然然草")、蓝叶、地黄等。其中荩草用于染黄、染绿,茜草用于染红,地黄用于染黄,蓝叶用于染蓝。岐地人过去也用这些东西染布匹衣物,有些染坊专门种植和收购蓝叶,加工蓝叶叫"打靛"。

建筑、舟车用材:中国为最早使用木材建房造车的国家。《诗经》反映了当时人们爱护树木、喜栽植树木的习惯,在房前屋后广植乔木。当然也善于就近伐采各类较大的树木,如柏树、杨树、桐树、槐树、楸树、松树、榆树、梧桐树、椿树、软枣树等。《小雅·鹤鸣》中"其下维榖",榖就是椭枣,即软枣树。椿树周代叫樗树,其新叶初生时为仲春时节,是古人婚嫁时期,因此,此树在周代喻婚姻,如《小雅·我行其野》中"我行其野,蔽芾其樗。昏姻之故,言就尔居。"樗就是喻婚姻。岐山人则把椿树上生长的一种昆虫叫"椿媳妇",可能和周人以椿树喻婚姻这种习俗有关。这些树木除了盖房子、打车辆外,还用于制作乐器、农具、建造桥梁等。岐人自古就喜植各类树木,稍有空闲之地,均栽植各类用材树和果树,所植树种与周代相差无几。由于生活水平提高,盖房又很少用木头,所以改革开放后人们更喜欢栽植果树和花树。

非木材类的植物用材:《诗经》中的白茅、芦苇是搭建房屋、围篱笆墙的重要材料,芦苇还能制作芦席,周代人席地而坐,坐的就是芦席。据记载,一般每席坐四人。此外,芦叶也是包粽子的材料。漆是重要木制品涂料,过去每年都有外地人来岐地南、北二山割漆,用来加工土漆。岐人和周人一样,编制筐、篮、笼子、垫子、麻鞋等民生类常用物品用的是蒲草、芦苇、柳条等。

二、飞禽走兽虫鱼

人类与动物的关系密切,马、牛等动物较早就被人们驯化,后作为役力工具;狗多为看家、护院、猎物的工具;猪、羊是人们饲养吃肉的动物;鸡、鸭既可产蛋又能产肉,是人们饲养最早的禽类。《诗经》中禽类有:关雎、燕、雀、鸦、黄鸟、鹤、仓庚(黄莺)、麻雀、喜鹊、鸤鸠、鹌鹑、鸡、野鸡等。周人和岐人一样,把乌鸦、鸤鸠当作带来不祥的鸟。马、鹿、野猪、狐狸、虎、狼、狗、羊、牛是《诗经》中出现次数较多的动物。周人对马最为青睐,有关马的诗篇较多,"马"字出现多达百余次。饲养动物是岐山人的传统,饲养的动物种类和周人差不多,多用于役力和买卖。改革开放以后,散养家畜之风渐淡,但养狗等宠物之风日盛。打猎是周人的重要生产活动之一,《豳风·七月》中"一之日于貉,取彼狐狸",说的是周人打狐狸和貉为主人做皮衣。《小雅·吉日》专门记述周王打猎的事情。从不少打猎的诗篇看,周人捕猎的主要动物是虎、野猪、狼、狐、獐。周人对老鼠也很反感,《硕鼠》中把不劳而获者比作大老鼠,就说明了这一点。早周王公贵族打猎地点多为岐山和终南山一带,《左传·昭公四年》"成王有岐阳之蒐"即证明这一点。岐山南、北二山一直有人专事打猎,由于国家日益重视环保,打猎活动已杜绝。在虫子里面,苍蝇明显是周人讨厌的反面角色;蜻蜓、蛐蛐、蚂蚱、蚱蜢出现较多;蜘蛛、蝉也在个别诗作中出现。《诗经》中写鱼的作品也不少,如《鱼丽》《南有嘉鱼》《鱼藻》《潜》《正月》。其中《周颂·潜》写的就是岐周漆水和沮水中各种嘉鱼,诗中鱼有六七种之多,其中最大的一种鱼叫"鳣鱼",今江南一带称为"鳇鱼",还有"大鲤为鳣"之说,这种鱼最长达两三丈,说明当时岐周一带沟河里面鱼类广布,漆、沮二河水量很大。鱼是周人祭祀和食用的必需品,捕鱼是周人的重要活动,《周颂·潜》《周颂·振鹭》《小雅·鱼丽》等都有这方面的记载。后来,外族人屡屡占领岐地,使该地捕鱼、食鱼的习俗有所变化。周人还专门设有鱼祭,这种祭祀的主要祭品是各类鱼。周人把梦见鱼作为庄稼丰收的吉兆,这和今天岐山人的想法差不多。

三、自然现象

其一,关于日食、地震的记载。《小雅·十月之交》叙述了发生在岐山一带的日食和地震,"日有食之,亦孔之丑"。这次日食为周幽王六年(前776年)十月初一发生。"百川沸腾,山冢崒崩。高岸为谷,深谷为陵"是这次地震境况的反映,发生时间为周幽王二年(前780年),《国语》载"国将亡矣,是岁也三川竭,岐山崩",指的是同一地震。这是世界上见诸文字最早的大地震记载。其二,对"参(岐人读森)"星的观察。"参"星由三颗星组成,是天上的二十八宿之一,每年中晚秋时节位置在中天一带,《唐风·绸缪》中"绸缪束薪,三星在天"二句写参星出现在天空时,正是人们收拾过冬柴禾的晚秋时节。岐山农谚"参端了,种欢了""参不落,地不冻,少牛少籽放快种",指"三星在天"的时段正是秋播的适宜期,说明岐地人与远古人对参星出现时段观察判断是一致的。其三,关于彩虹的习俗记载。《鄘风·蝃蝀(指彩虹)》中"蝃蝀在东,莫之敢指",意思是出现彩虹的天空,不敢用手指,否则要招祸。岐山人对彩虹较敬畏,大人教导孩子不要用手指彩虹,否则会引来彩虹烧断指头,这一习俗与周人也是相似的。

《诗经》与岐山相近的风俗

明万历《岐山县志》记载历代著述对岐地风俗的描述,"《诗传》云:岐地土厚水深,其民厚重质,无郑、卫骄惰浮靡之习。贾谊云:岐丰之地,文王用之,以兴二南之化,如彼其忠且厚。万历《岐山县志》云:民俗习忠厚不好华靡,勤耕织务本业,有先王之遗风。于邦栋(该志作者)曰:岐乃周家旧邦,太王验周原以美又契龟而始定,是以继世之后代,有宣哲姬运昌炽,地灵人杰,固其所矣,引文王寿考,作人箐羕械朴之化,行苇既醉之风,皆在此地。风之淳,俗之美矣,迄今数千年犹家弦户诵,女织男耕。有一方之风土,即有一方之好尚,固沿袭既久而转移实难"。万历志的观点,岐山后志大多认同。就是说岐山习俗与周风有关,且世代有所因循,根深蒂固,难以彻底改变。阅读《诗经》,我们发现其中不少作品反映周人的风土习俗,其中许多习俗和今天岐地的风俗有相同或相近之处。

一、祭祀习俗

祭祀一直被周人看作最神圣的事情,"国之大事,唯祀与戎"是周人的俗语,说明周人重视祭祀的程度。祭祀祖先时,先由祭祀对象的亲属"扮尸"充任祖先,使见"尸"如见祖,把怀念之情通过祭祀祖先的象征——"尸"落到了实处,使祭祀活动严肃而逼真,逝者得到应有的敬重,后辈的念祖心情得到慰藉。祭奠结束后,亲属和所有参与祭祀者,以虔诚的心情分而饮、食祭品,从祖先享用过的祭品中感受福祉。后来"扮尸"现象逐步消失,祭祀的主角变为祖先的神主牌子和遗像。但周人分食祭品的习俗在岐地一直保留,岐地人祭祀祖先最重要的祭品是臊子面,长期以来,臊子面是岐地最佳食品,用臊子面招待客人是岐山人的最高礼仪,即便是珍贵的鲍鱼、海参,在祭祖重要性上也无法与臊子面相提并论。所有庆典祭祀,臊子面是雷打不动的待客佳肴,饮食事业无论如何更新发展,臊子面对客主双方而言,其重要地位没有任何珍馐美味能够替代。如此被岐人看重的美食,出锅的第一碗臊子面用来祭奠祖先是约定俗成的铁律,祭祖的那一碗臊子面必须由家中主人公或宠儿们,毕恭毕敬地呈于祖案和祖先遗像跟前,经过祖先神灵享用过的臊子面被端下来后，必须小心翼翼地将象征祖先食用过的臊子面汤倒入硕大的黑老锅搅匀化开，再由众人一碗一碗分而食之，而且为了最大限度保证所有客人能食用到臊子面，食用臊子面是不喝汤的，从筵席上端回的臊子汤融入大锅，使源源不断的来客都能沾光带福，确保客主共享祖先的福祉，牢记和传递祖先的美德。祖灵在祭祀时，不是象征性地存在，而是具体的由后人扮演，到先人牌位处代替。似乎生者与逝者都可以同贺共享丰收，祖先先于后人享用祭品，就可以保佑子孙福禄绵长，这种接续不断的共享活动，牢固地联系着过去与现在、人间与灵界，使孝道不断递传。这种地域性极强的吃面回汤祭祖习俗，岐山文化馆李辛儒于 20 世纪 80 年代考据认为，吃臊子面回汤其源于周人的"馂馀之礼"，这一观点已得到普遍认同。这一习俗在岐山源远流长，是周公之礼在民众日常活动中的体现。以周人之祖后稷培育的小麦制作的臊子面，祭祀与周人共处一地的祖先，是岐山人对周礼的沿袭和坚守。这种"馂馀"礼仪在《诗经》中多有反映。《大雅·既醉》和《凫鹥》中对此场面均有描写。《小雅·楚茨》中"以绥后禄"意为子孙们虔诚地享用祭祀后的福酒胙肉。其中"绥禄"为坐享福禄之意，即祭祀之后，喝祭祀剩下的美酒和羹汤，吃祭祀吃剩的腊肉，以沾先祖恩惠，使祖先福祉遍及后辈儿孙。

岐地人过事(举办大的宴会)首先要泼汤祭祖先和地神。这一习俗就是《大雅·云汉》"上下奠瘗，靡神不宗"中的"下瘗"，意为把祭祀的食品埋置地下，以供长眠地下的祖先享用，只不过后来岐地逐步将其简化成泼少许臊子面油汤于地面，油汤是臊子面的精华，不惜将一碗臊子面最珍贵的那部分泼献给祖先和诸神，体现了岐山人对先祖高度的尊崇、爱戴，这就是绵延不绝的周人孝道的具体体现。同时，周礼规定祭祀用牲数量最多为 12。岐地人逐步用麦面大礼馍代替了献牲，礼馍最高数量也为 12 个，有闰月时为 13 个。

"燎"在周朝是指烧篝火用烟气通天而祭祀天神。《大雅·棫朴》"薪之槱之"和《大雅·旱麓》"瑟彼柞棫，民所燎矣"中，都说的以火燎天这种祭祀礼仪。岐地则演变为在除夕后夜烧柏枝以祭年神、驱邪魔。小孩得了急病、怪病后，其奶奶撕一把麦草点着后抱小孩在火上燎烤，以驱病除邪并请诸神发威，保孩儿平安、健康，这些与《诗经》中"燎"的意思一致，都源于周礼。

二、婚姻

《诗经》中所表现的婚姻"六礼"习俗，历代岐人有所因循，现在还保留其中的纳吉、纳征、订亲等内容，即就是结婚前祭拜祖先礼仪习俗也在岐地继续流传。《召南·采蘋》"于以奠之？宗室牖下。谁其尸之？有齐季女"的诗句，意为把采来的祭祀用品放在窗棂旁，由待嫁的女儿亲自祭祀祖先。说明女性在婚前需要祭奠先祖。岐人在婚礼的前一天要上坟祭祖，以告知祖先家里要增人添口，以对先人表示崇敬和怀念。在结婚宴会开始前，第一碗臊子面需泼汤祭祖，反映了岐人和周人在婚礼上也一样都不忘记孝敬祖先。同时岐人订婚的彩礼，源于周礼"纳彩""纳征"，这在《诗经》中也有所反映。如：《小雅·菁菁者莪》"既见君子，赐我百朋。"说的是青年恋人初见，男方给心仪之女的厚礼达"百朋"，百朋为1000枚贝壳，应是很重的一份礼钱。岐人新婚闹洞房习俗，周人也有。据李山考证，《唐风·绸缪》中说的就是周人闹洞房之俗。

三、饮食

有学者研究认为，从出土的青铜器看，一般商代酒器较多，周代的食器较多，可见商代人特好饮酒，周代人则讲究食品，从《诗经》作品中也可以看到记述宴饮的作品比较多。无论乡宴还是祭祀活动，饮食种类繁多，器物和程序考究，饮食礼仪复杂，体现周人热情好客的一面。岐山人的红白事一直重视饮食，改革开放后筵席铺排程度之盛达到历史之极致，在一定程度上说明古今岐周之地的人都把使客人吃好当作善待亲友、体现亲情的重要方式。比如外地婚宴只有一顿午饭，岐山则要吃三顿饭，唯恐慢待客人被人笑话。

岐山人遇事注重礼节，讲究规程，表达文雅，如参加红白事宴请，一律叫纳礼、坐席，不说随红包、吃好的。其实"纳礼"和"坐席"都是很古雅的叫法，"坐席"就是周人的赴宴，《小雅·宾之初筵》中的"筵"就是筵席的意思，因为当时没有高桌子、低板凳，参加宴会的宾客都围几案坐在芦席上，所以岐人坐席的叫法应源于周代。况且岐人参加红白事喝酒也如《诗经》中所言——"三爵不识"，就是只饮三小杯，不豪饮，大多数人表现庄重，对主人很尊重，很少出现酩酊大醉、主客难堪的局面。

岐山人喜欢食用浆水，夏天一到，家家户户要用荠菜或芹菜制作浆水，既当降温消暑的饮料，又可做浆水面等时令美食。周人也有饮用浆水的习俗，《小雅·大东》中有"或以其酒，不以其浆"。

四、生产劳动及帮扶习俗

周人在农忙时节，为了不违农时，有把食物送到田间地头，供耕种者食用的习俗。《周颂·载芟》"有嗿其馌。"意为：送饭的来了，大家围坐在一起吃得很香。《周颂·良耜》中"或来瞻女，载筐及筥，其饷伊黍"，意为：那边来人来看你，背着方筐挎着笪,送来的黄米干饭香喷喷。人民公社时期,岐山秋播时早饭也要送到耕种现场,此俗又叫送喝的,送饭者多为老人、小孩,他们一手提着装拌汤、糊汤之类主食的罐罐,一手提着装小菜和馍的笼笼,送到耕种现场,社员吃饭,牛在犁上休息,其乐融融。

过去岐地人养鸡时靠墙盘鸡窝、搭鸡架,周人也是这样养鸡的。《王风·君子于役》中"鸡栖于埘""鸡栖于桀","埘""桀"分别指靠墙而建的鸡窝和鸡架。

沤麻习俗,就是把麻放在水里浸泡几天,然后捞出晾干,才能剥下麻皮,麻皮又叫"麻丝",是拧绳子的原料。《陈风·东门之池》中"东门之池,可以沤麻。"说的就是沤麻的习俗。岐山种麻历史悠久,直到人民公社时期各队还在种植,麻子用来榨油,麻秆经过沤制,撕下麻丝,用来拧绳,细者纳鞋底,粗者捆绑东西。

《小雅·大田》中"彼有遗秉,此有滞穗,伊寡妇之利",意为周人收获谷物时故意遗失一些供包括寡妇在内的穷苦人捡拾以济贫。《邶风·谷风》中"凡民有丧,匍匐救之",意为:凡邻居遭遇灾难之事,邻居们竭尽全力救援帮助。岐人一直有这一良俗, 拾麦穗是岐山人爱惜粮食的美好传统, 人们不但捡拾自己地里的,还可以去包括富户人家在内的别人地里拾麦子,从来无人阻拦。即使在市场经济的今天,村子里殁了人,不分亲疏人人都参与抬丧、全墓、安埋一系列活动,还都不要报酬。岐地恤弱扶贫、互帮互助之风气应该与周礼的潜移默化有关。

五、鼓乐

鼓是一种打击乐器,中间空,多为圆形,两头蒙着皮革,种类很多。周代时,鼓既为乐器,又为战时指挥和督促进击的军中器物。《诗经》中提到鼓的诗歌达20余首,除四处为动词外,其余都指乐器。《诗经》中演奏鼓乐的场合较多。《周南·关雎》中"窈窕淑女,钟鼓乐之",意为:敲起钟来打起鼓,快把新娘引进屋。说明周人迎娶新娘时要击鼓庆祝。《邶风·击鼓》中"击鼓其镗,踊跃用兵",意为:战鼓敲得咚咚响,官兵踊跃练刀枪。说明周人练兵打仗都要击鼓,鼓舞士气。《陈风·宛丘》中"坎其击鼓,宛丘之下",意为:坎坎咚咚来敲鼓,宛丘下面来跳舞。说明周人跳舞用鼓点伴奏。《小雅·彤弓》中"钟鼓既设,一朝酬之",意为:周人在宴会上击鼓助兴,从早敬酒到日中,表现欢乐祥和气氛。《小雅·甫田》中"琴瑟击鼓,以御田祖,以祈甘雨,以介我稷黍,以穀我士女。"此句说明了周人迎接田祖、祈雨、求老天保佑丰收、祈求男女丰衣足食等活动中,都要击鼓请神。《大雅·灵台》《周颂·执竞》中,记述周室在重大典礼活动中,鼓乐是必不可少的仪式。岐山号称"中国转鼓之乡",岐山索王锣鼓多次在全国大型活动中演出,获得好评。岐山击鼓习俗由来已久，据考证，最早可上溯到周代，其一些曲调源自《周颂·武》。和《诗经》相似的地方是，岐山人和周人一样，凡是喜庆大事必须击鼓祝贺，而且现在岐山以击鼓庆贺的事项更加面宽量大，逢年过节、开业店庆都有大型鼓乐助兴，即使举行葬礼的时候，吹手班子都要敲打着低沉的鼓调，迎接四面八方的吊唁宾客。

六、其他习俗

岐山人把猫头鹰叫鸱鸮，并一直以为这是一种会带来不祥的恶鸟，岐山人认为鸱鸮夜晚鸣叫的地方，一般会死人。《诗经》中鸱鸮多次出现，都是被贬斥的坏角色。

岐山人认为，乌鸦是坏鸟，碰到乌鸦盘桓和鸣叫，将会厄运降临。周人对乌鸦也没有好感。《小雅·正月》中"瞻乌爰止，于谁之屋"，意为：看那带着坏运气的乌鸦，将要飞向哪个不幸的人家？

祈雨：降雨不均，农作物缺水，对农业生产威胁最大。因而逢旱祈雨是周人和世代岐山人的习俗。《小雅·甫田》云："琴瑟击鼓，以御田祖，以祈甘雨，以介我稷黍，以穀我士女。"说的就是周人祈雨的事情。过去，凡是天遇大旱，岐山以村社为单位进行祈雨，男女老幼带着各类供品去禹王庙、龙王庙、神农洞、黑龙洞，举行敲锣打鼓、烧香放炮、磕头禳祝等祈雨祭祀活动。这些都与周人有相似之处。

占卜：周人喜占卜。《小雅·小宛》中"握粟出卜，自何能穀。"既说明凡事要找有经验的占卜者掐算，也说清占卜要付一定报酬，诗中反映当时占卜只要一把小米。岐山曾是能掐会算的周公、诸葛亮活动过的地方，因而过去人们无论何事都去周公庙、诸葛亮庙求神占卜，以求吉利和命运转机。

《小雅·渐渐之石》中有"有豕白蹢，烝涉波矣。月离于毕，俾滂沱矣"二句，前者意为：像黑猪一样的乌云从银河而过，天将降大雨，即岐山俗语"黑猪过天河（大朵黑云进入银河系），天明大雨落"。后者意为毕星离月亮很近的话，天将下大雨。"毕"是星名，岐地叫"伴儿星"，这颗星通常离月亮不远，岐地人认为伴儿星越挨近月亮天下雨可能性越大。

岐地人认为，人若忽然打个喷嚏的话，说明有人在想念自己，周人竟然也有此俗。《邶风·终风》一诗中"寤言不寐，愿言则嚏"，此句意为：晚上难入眠，能打个喷嚏的话，说明有心爱的人正好在思念自己。

岐山一直有占梦的习惯，《诗经》中周人就已有这个习俗，《小雅·斯干》中有

"乃寝乃兴，乃占我梦"，意为：早睡早起，争取做个好梦。岐山人和周人一样，认为梦与白天发生的事情有关，碰到不如意的事时，岐山人常言："昨晚没做好梦。"周人梦见熊和蛇认为生儿子或女儿，这和岐山人占梦的答案差不多。

岐山人把阴历十月称作"十月小阳春"，《小雅·杕杜》中"日月阳止"，意为：时序到了阳月，《尔雅》："十月为阳。"岐山人的这一观点与周人一致。

与周代人同处一地的岐山人同样有重男轻女陋习，《小雅·斯干》中说：生下儿子叫睡床上，穿上好衣服，玩玉器之类的高档玩具，娃娃的哭声都是那样洪亮好听，长大肯定做君侯干大事。女娃生下后就不太爱护，让她睡在地上，随便盖片粗布，玩具是泥烧的纺线锤，只供吃饱穿暖，长大后织布、缝衣、做饭，别惹事就行了。岐山千百年来，对待男女孩的态度和周人差不多。新中国成立后提倡男女平等，此风渐变，但男多女少比例严重失调的事实说明根除此风尚需不懈努力。

岐山人和周代人一样对待客人友善、热情，欢迎亲友来家作客，并尽量让客人在家里多待，有时为了留住客人，故意藏客人的东西，这一现象周人竟然也有。《豳风·九罭》写的是豳岐一带的主人坚决挽留客人的事情。其中"是以有衮衣兮，无以我公归兮，无使我心悲兮！"意为：藏了客人的龙纹外套吧，坚决不让他回家去，否则我们会很难受。这些对客人的真情实意多像现在的岐山人啊！

《诗经》与岐山相关的方言字词

周代最辉煌的几百年，也是周室与岐山关系最紧密的几百年，岐山对周王朝的发展壮大产生的影响体现在各个方面。据传，周之国语，"雅音"富含了岐山方音的元素，有人说以岐山方言为主的关中方言就是周代的官话，地位相当于今天所说的普通话。对此虽尚无定论，但当时的岐周方言和周之官话有一定联系，这却是不争的事实。

《诗经》中的《雅》《颂》大多是周代早期的作品，是用标准岐山方言创作并演颂的。《周南》《召南》《豳风》《秦风》出于岐周之地，《王风》与岐周有一定的传承之缘，它们创作和演颂大体上与岐山方言相同或相近。其他各"风"类似于今天的豫剧、川剧等地方剧种。据说由于孔子的精心编纂，才使《诗经》整部作品语体风格比较一致。但颂读演唱时各地所操的字音还是有差异的，孔子在诵《诗经》和教授弟子时，要刻意抑鲁音而用"正始之音——雅音（岐音）"。为了显示自己对周礼、周公的敬重，孔子在传道授业的课堂和祭祀场合坚持使用周之官话——岐山一带的方言，以语音的高度逼真，复现500年前西周礼正乐和的典雅场景，提高传道授业的效果。刻意使用自己不熟练的岐周方音教学和表述重大事项，是孔子克己复礼的具体实践，体现了这位圣人的执着追求和尊崇岐周和周公的良苦用心。

在过去相当长的时间里，各诸侯国表达正规周礼、周乐的语言载休可能也用的是岐山一带的方言，而在岐山举行的祭祀活动，主音调是岐山一带的方言是比较确定的。岐山方言有浓浓的周文化气息，也许就是周室推行礼乐制度所采用的语体。岐山方言在中国语言文字发展演进的大戏中扮演了重要的角色，对中华文明发展做出了一定贡献。

几千年沧桑变化，岐地多次被异族占领，胡音夷语，未尝没有浸染礼乐之正声雅韵，岐山风物与周人早已渐行渐远，今日之岐山与周代相比早已物是人非，传承、演进千年之久的岐山方言到底与周之雅音有无关系，关系是大是小，实难确切考证;是有相同相通之处,还是有传承和相似之处,还是风马牛不相及,这些在许多书籍中也少有见证,要彻底弄明白这些复杂的语音学问题,肯定是要费很多气力的,要众口一词认同岐山方言就是周之雅语,是一件不易做到的事情。

《诗经》中确实存在这样有趣的现象:其中有不少令外地人难懂的字词,岐山人却能一读就懂,无师自通;一些外地人看来非常"文言"的字词,一些需要专家用大量词语解释的字词,岐山人却能跨越语言障碍,用方言就可快速理解诗作的深奥含义。这种瞬间穿越3 000年时空隧道,进入欣赏诗作最佳境地的神秘情景,是一个偶然的语言现象,还是其中有某种必然联系,都有待专家、学者进一步研究。作为岐山人只能这样猜测,今天听来土里土气的岐山方言有可能就是周之雅音,或者有一些或极个别的字词就是周代的字词,由此可见,岐山方言与周代国语有一定传承关系,起码一些字音、字义是相同或相近的。

现举例如下:

一、名词

《小雅·鹿鸣》中"食野之蒿","蒿"就是岐人所说的蒿子、白蒿、臭蒿。《小雅·杕杜》中的"杜"指杜李树,和《诗经》所说的"杜水"的"杜"是同一个字,岐山祝家庄镇有一个地名叫"杜城",众多村民中却没有姓"杜"的人,据说,这里是当年周代的京城,当时没有砖头,城墙多用黄土所筑,所以城就叫"土城"。"社"在周代通"土",指的是土地神,据此,有人认为杜城建有祭土神的祭坛。《小雅·甫田》中"以社以方",其中"社"就读"土",即后土之神(相传为共工氏之子)。说明周代"杜""社"读音与今天岐山方言读音一致,读为"土"。《小雅·雨无正》中"降丧饥馑","馑"指饥荒,岐地方言如"民国十八年关中遭了大年馑,饿死不少人。"《小雅·小宛》中"念昔先人"中"先人"意为父母长辈,这与岐山人的说法一致,岐山方言如"这是羞他先人哩"。《小雅·大东》中"私人之子"里"私人"意为:私属,和公家相对,岐山方言如:"把生产队里的东西拿到私人屋里了。""绐"就是岐山人说的绐绸,指一种绸布。《小雅·大东》中"不成报章",其中"报",古为"绐"字通假,读音和意思同于岐山。如夏天穿绐绸就是凉快。还有"桑葚""枸杞"中"葚""杞"读音和今天岐山人的读音一致,为"仁""棘"。

二、动词

《大雅·生民》中"不坼不副"。"坼"为撕裂之意,岐山方言如"他把新衣服坼烂了"。"或簸或蹂"中"簸"与"蹂"都指碾米时人的动作,意义完全与今天岐山方言一致。《魏风·伐檀》中"不素飧兮","飧"这里指吃熟食。在岐山方言中,此字为贬

42

义,如"茹飧快点"。《小雅·正月》中"褒姒威之"里"威"此字本意是指把火吹灭,岐山方言如"不看书了,就把灯吹威。"这里引申为灭亡,岐山方言也有这种用法,如"想把人绝灭了吗"。《小雅·巷伯》中"缉缉翩翩"里"翩"是"谝"字的假借词,意为闲聊或说不大正经的话。岐山方言如"谝闲传不打草稿"。《小雅·蓼莪》中"顾我复我"里"顾"意为照顾,岐山方言如"连自己都管不好还顾得上你"。《鄘风·君子偕老》中"蒙彼绉绤"里"蒙"意为罩,覆盖,如岐山方言"把眼睛蒙了啥都看不见"。《王风·黍离》中"中心如噎"里"噎"字为堵塞之意,如岐山方言"吃慢点,看把你噎死了"。《商颂·殷武》中"是断是迁,方斫是虔","斫"意为用斧子砍,岐山方言如斫树,斫硬柴,斫木头,把树桩桩斫了去。《小雅·无羊》中"或饮于池"里的"饮"为牧人让牛羊喝水,岐山人把给家畜喝水也叫饮(方言读作 nìng),如饮牛、饮驴、饮牲口。

三、形容词

《大雅·荡》中"既愆尔止"中的"愆"意为过错,岐山方言如"这娃是个愆客。"《陈风·月出》中"佼人僚兮"中"僚"字为美好之意,如岐山方言"丁良生唱戏僚得太。"《邶风·谷风》中"有洸有溃"中"洸"字是表示动武击打之状。在岐山方言中用作动词,如"用棒棒在头上洸了一下"。《小雅·伐木》中"伐木于阪,酾酒有衍"中"衍"意为酒水多而从容器内溢出,岐山方言如"贱的闪呢,满的衍呢。""一桶不衍,半桶扑衍。"《小雅·甫田》中"我取其陈,食我农人"中的"陈"意为陈腐之米粮,岐山人把今年以前的粮食都叫"陈粮"。如"陈麦做的馍馍白"。《大雅·民劳》中"无纵诡随"中"诡随"意为狡猾,过于机警。如岐山方言"那人一看就是诡随人"。《小雅·小旻》中"潝潝訿訿"意为小声议论诋毁人,岐山方言如"钻在角落里潝潝訿訿的,议论这个议论那个"。

四、量词

《大雅·绵》中"百堵皆兴","堵)",量词,岐山方言如"三天踏一堵墙。"《小雅·采绿》中"不盈一掬)","掬",两手相托为一掬。岐山方言如"掬了一掬玉米豆豆",前一个"掬"为动词,后一个"掬"为量词。

五、叹词

《周颂·噫嘻》中"噫嘻成王","噫嘻"表叹美之意。岐山方言如:"噫嘻,我娃可怜的很"。《商颂·烈祖》"嗟嗟烈祖","嗟"感叹意。岐山方言如"该我嗟爷把人整扎(音,方言)了"。

六、助词

"兮"是《诗经》中使用频率很高的一个助词，岐山人现在仍在使用，如"麻兮""脏兮"等，多为贬义。疑问助词"遐"岐山方言读哈，通"胡"。《大雅·旱麓》中"岂弟君子，遐不作人"。马瑞辰解释："不遐"即"遐不"之倒文。岐山方言如："饭熟了，你遐不回来吗？"

七、象声词

《诗经》中象声词使用得较多，这会使诗作更加形象生动、传神逼真，有利于增强感染力、亲和力。《齐风·鸡鸣》中"虫飞薨薨，甘与子同梦"，"薨薨"为虫儿群飞之声音。岐山方言如"一群苍蝇'薨'地一下飞了。"《小雅·伐木》中"伐木丁丁，鸟鸣嘤嘤"，岐山方言如"房檐水，丁丁当，羊肉馍馍泡肉汤"。《小雅·采芑》中"八鸾玱玱"，"玱玱"为金属打击乐之声。岐山方言如"锣声玱玱，鼓声咚咚"。

《诗经》中，类似的岐山方言字词还有不少，这些像珍珠般的岐山方言词汇使诗作更加生动传神、隽永，为诗作增了辉添了彩。作为与周人共处一脉黄土之上的岐山儿女，除有借助语言优势，纵跨历史鸿沟，尽情欣赏千古名著的自豪感外，还应对源远流长的岐山方言进行多方面有益的探究，充分挖掘其闪光点，以唤起境内外岐山儿女的乡音、乡情意识，激发人们热爱家乡、建设家乡的积极性，使神奇的"膴膴周原"大放异彩。

（1999 年，岐山县政协文史委将此文收入《周原》一书时，曾请陕西师范大学教授郭子直进行审阅修正，在此深表感谢和敬意。）

《诗经》与岐山相关的作者

《诗经》305篇作品,除极少数在诗中留有作者名字,且有史料可考外,大多数作者无名可稽。160篇《国风》尤其如此,因为《国风》是民歌,多数属于民间诗人创作,最初在人民群众之间口耳相传,往往一个人先唱,几个人唱和,在流传过程中被不断完善、加工,最终很难确定谁是作者。不少作品是集体智慧的结晶,有的经过诸侯国太师或国君修订。《雅》《颂》的作者,《毛诗序》及有关学者认为是周公一类王公、王妃的作品,有些采风作品经过王公们修改逐步完成后,也列入《雅》和《颂》之中。

古今不少学者认为,周公、召公是《诗经》部分作品的作者。从《诗经》作品叙述中可以看出:《鄘风·载驰》作者为许穆夫人,据此,许穆夫人被认为是中国最早的女诗人;《大雅·崧高》作者为尹吉甫;《大雅·桑柔》作者为芮良夫;《小雅·节南山》作者是家父;《小雅·巷伯》作者是寺人孟子;《鲁颂·闷宫》为奚斯所作,其余作品的作者难以确定。

一、周公

周公是《诗经》的主要作者,这一点已得到很多专家认可。因为周公是周代礼乐的创制者,制礼作乐是周公对周室最卓越的贡献,而诗和乐在周代是融为一体的,诗就是谱了曲的歌词,要么在民间传唱,要么在宫廷侯堂聚会、庆典时演唱,要么在祭祀场所演唱,诗一般不脱离歌而单独存在。周公作乐的一个重要内容就是在自己创作诗歌的同时,还组织力量以采诗的形式,收集、整理流行在社会各阶层的诗歌,经过周公等人去粗取精、完善提高、审订后以官方名义正式发布,供不同人群在不同场合吟咏。因为周公担负并完成了这项重要任务,所以他被认为是《诗经》的主要创作者和奠基者,《诗经》中成王之前的作品大多与周公有关,他或亲自创作,或组织收集编纂,或加工润色。《大雅》《颂》《豳风》中不少诗作是周公的作品。《文王》《既醉》《时迈》《思文》《武》《天作》《清庙》这些作品一般认为是周公所作,还有人认为《大武》六篇都出自周公之手。顾亭林认为《豳风》除《七月》外其余六篇全是周公所作。也有人认为《七月》是周公加工、整理豳地民歌,使其成为"陈王业"的教化性诗作。也有人认为整个《豳风》都是周公将民歌加工提炼后用来教育成王和周代贵族子弟的。《周南》不少作品出于岐周的周公封地,是周公参与征集修编的,其中一些作品为他们本人或其后代所作。根据学者分析,《诗经》中最少有七篇作品是周公所创作,最多达 20 多首诗作,单从这些数字看,《诗经》收录周公个人作品众多,他理应是《诗经》最主要的作者。

二、召公

《诗序》认为,《公刘》《泂酌》《卷阿》等作品是召康公为劝勉成王所作的教化诗。《召南》不少作品出于召公岐周封地,有的是召公布化文王之政的作品。

三、周成王

《诗序》认为,《烈文》是成王即政后与诸侯祭祀时所作。《诗集传》认为,《闵予小子》是成王朝先王庙时所作,"予小子"是成王的自称。有人认为《敬之》是成王自箴辞。《郑笺》认为,《小毖》是成王平息管、蔡,消灭武庚后,作此诗以求贤臣辅助。《诗集传》认为,《访落》是周成王朝拜武王庙和群臣商议国政的诗。据学者考证,《噫嘻》是成王在春耕前祭祀上苍时用于助祭的诗。

周文王是《诗经》的主人公

岐山县岐周公路旁的周文王像

经过周人祖先在豳地的辛苦经营,到古公亶父做首领的时候,周族人所处之地土肥粮足,民多业广,已是小有名气的富裕之邦了。

对富裕人群的眼红,是古今小人、恶人的通病,古公亶父邻近的一支戎族,就属于这类势利小人,他们隔三岔五来豳地抢掠,给族群带来很大的威胁。面对戎族的血腥暴力,古公亶父选择了迁移,以避免更大范围杀戮的发生。这一选择使普天之下的人都知道,古公亶父之所以将都城土地拱手相让,实际为躲避戎族的侵扰,使生灵免遭涂炭之苦,所以豳地民众纷纷跟随古公亶父出走,此举赢得附近小邦国普遍同情和赞誉,也在商王和岐周新地盘的民众那里赢得了不少好的口碑。

为什么豳人和其相邻的一些民众，明里暗里要跟定古公亶父走向陌生的岐周之地？因为古公亶父善良、仁爱，人们都认为古公亶父是一位深谋远虑、能成大事的明主。古公亶父迁岐事实上并非退守的权宜之计，而是有战略上的考虑，即《鲁颂·闷宫》所言"居岐之阳，实始翦商"，是说岐下周原比豳地具有更多优势和发展潜力，利于族群图大图强，逐步实现灭商目标。古公亶父在周原稳扎稳打，高点起步，筑城建邦，划地界，设三司，俨然以国家雏形构设布局，图长远问鼎大计之意昭然若揭。周人在周原时间不长，人丁就猛增到十万之众，可见发展势头是多么的强劲，前途充满诱人的光明。古公亶父的苦心打拼，为周国奠基拓土、崛起振兴打下了坚实的基础，迈出了极具历史意义的第一步。

季历是古公亶父的三子，半因他的才能，半因他的儿子姬昌出生时"有圣瑞"（《史记》），古公亶父以此预言"我世当有兴者，其在昌乎？"（《史记》），所以他有意让孙儿姬昌担当邦国大任。因子得福，古公亶父之后，季历一跃成了周之新主，也成就了季历两位哥哥太伯、仲雍慨然出走开发荆吴的千古圣名。

季历是周代的明君之一，他继往开来，笃行仁义，励精图治，使周之基业稳中有升，成为商末西部地区不可忽视的新生力量。据说因为季历发展势头太猛，树大招风，被商王文丁诱杀。

这个时候，早已被周太王瞅准的姬昌不得不临危受命，走上前台，成了周之新主。

实践证明，被周人尊为"太王"的古公亶父，确实慧眼独具，他遴选的姬昌——后被周人尊为文王，在历史上堪称形象完美的周之第一大圣人。他德孝绝佳，文韬武略，英名盖世。正因为如此，《诗经》的教化主题几乎都围绕着他展开，周文王可以说是《诗经》的主人公。《诗经》的四大部分——《风》《小雅》《大雅》《颂》的第一首诗被称为"四诗之始"，在一定意义上有着总揽全部的作用，重要意义不言而喻，这些称为"四诗之始"的作品都与周文王有关。《风》的第一篇《关雎》，程颐认为是周公的作品，《诗序》说它为文王之化、后妃之德；《小雅》的第一篇《鹿鸣》，说的是五伦中最首位的君臣之伦，即文王和他的大臣的手足情谊；《大雅》的第一篇《文王》，是周公歌颂周文王"受天命作周"；《颂》的第一篇《清庙》，是周公所作的祭祀文王等先祖的庙祭之歌。周文王也是《大雅》中号称"周代史诗"的几首诗的核心主人公，是《周颂》中不少祭祀诗篇中最推崇的祖先、享有最高祭礼的周人之伟大领袖，《周南》《召南》一些作品歌颂文王之道、文王之化、文王之政。

　　纵观周文王的一生，可以说是德、福、寿和敬天爱民占全的圣人，他笃仁、敬老、慈少、礼贤，堪为周代德望高峰；他有良母、贤妻、百子，堪为民间所称最有福之圣人；他寿高 97 岁，接近百龄，堪为中国帝王中的高寿之冠。

　　周文王出生在岐山，长在岐山，是地地道道的岐山人。他堪称岐山水土哺育的第一位圣人。"岐山出了个周文王"是岐山流传了几千年的谚语民谣。《封神榜》《封神演义》《凤鸣岐山》《封神英雄榜》《文王回西岐》等各类题材的文艺作品，把文王与岐山的关系普及到千家万户，文王因岐山而成圣，岐山因文王而享誉全球。

　　周文王的功业是多方面的，从《诗经》作品可见，被称为一代大圣人的周文王是一位仁者、智者的化身，是一位有鲜明个性特征的古代英雄，是岐山的骄傲，也是中华民族的骄傲。

　　周文王是周代优秀人物群体的杰出代表，他一直具有较强的敬天意识。相比于商人敬鬼神，周人把对"天"的敬畏尊崇、对天的依赖归附发展到令人惊叹的程度。100 余首雅、颂作品中"天"字出现近百次，是使用频率相当高的一个字。据考证，"天子"一词出现于《大雅·江汉》，该诗曰"虎拜稽首，天子万年"，是"天子"见诸记载最早的诗句。"天"具有主宰一切、至高无上、无与伦比的权威，他把管理天下的重任肯定要交给最堪托付之人，这人须是德行修养冠压群芳的佼佼者，他理所当然应该是"天之骄子"，只有他才能传天旨意、替天行道，一旦升格为天子，其地位高度合法，任何人休想撼动。周人在《诗经》中不厌其烦地从天意高度解释周兴商亡的必然性。周公在《大雅·文王》中起首即言"文王在上，於昭于天"，说明周文王是周人"天命观"下诞生的一位明君，即以周代替商是老天之意，是历史的必然选择。《诗序》明言："《文王》，文王受命作周也。"郑玄也说："文王受天命而王天下，治理周邦。"《文王》一诗谈及天命的话题还有"有周不显，帝命不时""上帝既命，侯于周服""侯服于周，天命靡常""命之不易，无遏尔躬。宣昭义问，有虞殷自天"等。这里的"帝""上帝""天""天命""命"都代表的是天，归根结底就是要说明周之得江山和周文王为王是苍天所赐，具有无可争辩、毋庸置疑的合理性，但老天把振兴周邦的大任托付给周文王，主要因为文王推行美好德政而深得上天意愿。

　　《大雅·大明》是周王朝开国史诗的最末一篇。诗歌记述了文王父母结婚生育文王、文王一生的主要功业、文王生育武王、武王完成灭商大计等重大事项。

岐山周公庙(2015年秋摄)

内容丰富,规模宏大,整篇诗作把周初的一切重大事项的成功都放在天意安排的氛围里,体现了作者的匠心独运。诗的主题就是天命无常,惟德是辅。该诗说明:首先,周文王的父母就是德行圆满的贤人、明妃,老天赐予他们的儿子也肯定与众不同;再者,文王的婚姻也为"天作之合",他的妻子太姒十分贤惠,为天下母亲的楷模,传说他俩养育了100个孩子,"文王百子图"至今是岐山人最喜爱的庆贺图画,被张贴于各种喜庆的场合。周文王是否真有100个孩子,无可考证,但史书可查的就有20多位,这也为数不少,而且个个都很优秀。其中明万历《岐山县志》中记载,文王在岐山生育的儿子就有伯邑考、武王、周公、召公、毕公、卫康叔、滕叔绣、郕叔武等。文王之母、之妻,是历史上大名鼎鼎的贤德后妃,她们的最大功绩就是生育了文王、武王两代圣王。对此构思意图,清人范家相说:"唯圣父圣母乃生圣子。有是圣德,又有圣配,妃配之际,生民之始,莫非天也。"揭示了与周人天命观相匹配的宗法血统观念。

周文王把他每一次重大行动的胜利都归功于老天的眷顾,把包括商朝国力的下滑和其他对手的失败,也都归结于他们失去了老天的信任,理应受到惩罚。

文王经常告诫臣民,天意难违,必须兢兢业业,夙兴夜寐,努力修心养德,上不负老天,下不负子民。周文王的敬天思想被接继而来的武王、周公继承和发展。后来在周人所有重大祭祀活动中,对老天的祭祀始终被摆在重要位置,从未见过正式场合对老天有怠慢情绪。周朝后期,国势渐微,在名诗《大雅·荡》中,诗人仍借助周文王的口吻,语重心长地揭露商末逆天而行、施行暴政导致亡国的惨痛教训,意在警醒后继者悬崖勒马,吸取殷纣王朝灭亡的反面教训,挽回已经急速下滑的周之战车,并重整山河。

"德"是周人赖以实现翦商大计和国家振兴的一面鲜艳大旗,周文王则是这面旗帜的缔造者和高举者。一个势单力薄,与强大的商朝力量对比极度悬殊的西部小邦,能够在短期内实现颠倒乾坤的宏图大业,除了商纣王的腐朽昏庸,最重要的就是周文王带领一班人崇德行义、怀抱小民,践行了一条顺应时代发展的方略。

在良好家风熏陶中成长起来的周文王,执掌周邦权柄50余年,正如《诗经》所载,"令德""明德""显德""懿德""顺德"是他最突出的治国安邦之核心理念,仅《雅》《颂》诗篇中"德"出现了20多次,大多是表现周文王的德政,怀念、歌颂周文王的美好德行,告诫周人永远效法文王之德。周文王所极力推行的"德治"在周代乃至中国历史上发挥了十分重要的作用,实践证明是非常适合中国国情的治国理念,直至今天仍被包括中国在内的许多国家和地区推崇。

周文王是他所倡导的"德治"理念的积极实践者,他贤明勤政,经常忙于公务活动而顾不上休息、饮食,他的垂范之举直接催化、衍生了握发吐哺的周公的勤政、召公的树下息讼的善政行为,乃至后来50年的成康之治。

文王宅心仁厚,深得民心。在建一个与商纣王的鹿台作用截然相反,用来行义、劝化、禳灾的灵台时,他要为干活者发工钱,竟然无人主动领钱,都心甘情愿义务劳动,而且在修建中挖出无名骸骨时,周文王果断安排人员及时以礼安葬。这种将仁心施与骸骨的义举又一次体现了他的高尚德行,赢得了一片赞誉。《大雅·灵台》既描写国人踊跃参与使灵台提前竣工投入使用的事情,也写了在灵台举行的礼乐活动。诗人只截取苑囿中的母鹿从容之状、水鸟美好之形和池鱼游跃之欢的自然和谐的一个小场景,却暗示出了文王德行的美好,周家天下的海晏河清、太平安逸之气象。以一滴水见阳光,含不尽之意于言外,令人读罢思绪涌动,感慨万千。

"孝"是德的重要内容。许多学者认为,文王时期是中国孝道发展的最重要时期，是文王把孝道上升为高层执政理念，并以礼制的形式积极推行，是我国历史上孝文化的第一个高潮。《大雅·文王有声》载：

> 筑城伊淢，　　　　我们要修筑坚固的高城深池，
> 作丰伊匹。　　　　我们建京城，规模也相当。
> 匪棘其欲，　　　　这不是为了体现我们有私心，
> 遹追来孝。　　　　完全为了奉先思孝，
> 王后烝哉！　　　　这是我们英明的周王的一片诚心。

　　此诗说明孝在周人的重大活动中处于主宰和优先位置。《周颂·闵予小子》"於乎皇考，永世克孝"，意为必须时刻牢记先人恩惠，秉承先辈事业，这就是孝。思孝如亲在，坚持对逝者的深切缅怀、诚挚追悼是周人恪尽孝道的另一重要方面。《小雅·楚茨》和《颂》中大量诗篇均是周人祭祀的诗歌。他们把祭祀和与戎的较量当作两大要务，可见周人对孝道的重视程度。

　　周文王本人就是孝道的身体力行者，"寝门视膳"的典故说的是周文王的行孝之事。周文王小时候做世子，坚持每天早、午、晚三次探视父亲，对父亲的饮食起居关怀备至。父亲有病时他常常睡在老人身旁，为其喂药、喂饭，直至父亲康健方才离去。他总是以身作则，推己及人。他认为只有在家里行孝，才能治理好邦国。那时候他正生活在岐山，他行孝的不少事迹发生在岐地。光绪年间编印的《岐山县志》载，周文王每天视膳的地址就在今天岐山县杜城村，那里是周太王、季历建的有名的周之西杜城王宫，周太王、季历和文王常住在那里。

　　周文王也是一个充满政治智慧、不懈奋斗的圣王。司马迁在《史记》中赞扬文王说："文王拘而演周易。"讲述文王在羑里极端恶劣环境中，在殷商阴森的牢狱里，苦思冥想，推演、完善《周易》的故事。他演绎的神秘而古奥的《周易》，一直被世人好奇、敬畏和赞美。在中国人眼里，《周易》就是天书，代表着传统文化中最高深的智慧和最神秘的学问。他演周易的行动也反映了他处在逆境仍然能抵御各方难以想象的压力，具有超人的意志和坚韧不拔的奋斗精神。这部《易经》的重要作用被历史反复证明，已对人类社会各方面产生了深远而重大的影响。

　　在周文王身陷囹圄的岁月里，西岐周人营救其邦主的工作一直在进行。终于在周文王离岐的第七年，文王长子伯邑考带领的营救团队，以宝贝、香车、美

女撬开了纣王及臣僚的贪欲之门。卑劣至极的纣王却残暴地杀死了伯邑考,并将其身体捣成肉酱混于文王食物中,以考验文王是不是如人们所说,是料事如神的卜易大师。为图社稷大计的文王,当然只能选择忍气吞声,将计就计。文王前脚走,纣王就在崇侯虎的煽动下,朝令夕改,派兵急捕文王归狱,好在文王的义子雷震子竭力救助,文王才逃出了虎口。过五关,过首阳山,到了西岐杜城附近,面对熟悉和日夜思慕的家乡,想到为营救自己而献身的儿子,文王老泪纵横,心潮难平,五味杂陈,一口吐出了含有儿子肉的食物,这食物在岐山茂盛的草丛里旋即变为白兔,消失在一片树林里,这个著名的地方在周城岐阳、宫里一带,即今天岐山县的岐阳和宫里村,并因文王"吐儿",至今那里还叫"吐儿岭"或"兔儿岭"。文王后来在此为伯邑考举行招魂祭礼,这个沟就一直叫"招魂沟",这虽然是个美好的传说,但世世代代岐山人都信其为真。

西伯侯的归来,圆了周人日思夜盼的梦想,也带回了纣王赐赠的弓矢斧钺和征伐西部逆邦的许可令。文王展示文治武功的机会来了,在岐周人民的强烈请求下,周文王顺应天下大势,回归岐周后自命为王,定是年为文王元年。

大旗一竖,群雄归附。这一年因虞、芮息讼,早已被文王之德感化的这两个小邦国,首先俯首称臣,合于新周。文王二年伐密须国获胜;文王三年伐黎国获胜;文王四年伐干获胜;文王五年,满怀对告密小人崇侯虎的痛恨,文王率大军一举灭掉了纣王的鹰犬崇国,国力由此更加强盛,自此,周对殷商江山已形成钳形包围之势。为图更大发展空间,周文王随即开始在丰地建设新都,并将政治军事中心迁丰,告别了岐山这块为周人做出过巨大贡献的土地,告别了百年的王都圣土,岐周宗庙里的众先祖,从此无忧无扰地在岐地享受祭祀的庄严和静谧。

《大雅·皇矣》中有部分内容叙述了周文王的灭崇战争,表现出了周文王过人武功和高超的战术。诗曰:

以尔钩援,	用你们的飞钩攀越崇国坚固的城墙,
以尔临冲,	用你们无坚不摧的战车冲锋,
以伐崇墉。	摧毁崇国的首都城池。
临冲闲闲,	我们的临车冲声势壮,
崇墉言言。	别说敌人的城垣高大、坚固。
执讯连连,	敌人被我们不断俘虏,

攸馘安安。	杀更多的敌人，割掉他们更多的耳朵，
是类是祸，	用更多战利品祭祀天神，天神定会保佑我们，
是致是附，	安抚好那些崇国投诚的俘虏。
四方以无侮。	四面八方无人再敢轻侮我们。
临冲茀茀，	临车冲车一辆接着一辆，
崇墉仡仡。	奋勇向前冲垮崇国的高墙。
是伐是肆，	左冲右杀，纵横战场，
是绝是忽，	敌人敢有抵抗，要叫他立即灭亡。
四方以无拂。	出击四面八方，各国不敢再违抗。

《诗经》中叙述文王指挥战斗的只有这一篇诗作，但也足以表现周文王杰出的军事才华。

文王领导的周邦发展势头迅猛，重要原因之一就是他能以大德礼贤下士，诚心招引、使用人才，天下贤达纷纷前来归附。诸如散宜生、太颠、南宫适、闳夭等。这四人被称为"文王四友"，都是外邦而来，个个都是大名鼎鼎的有识之士。

最为著名的还是姜子牙。姜子牙虽有八斗之才，但直到白发苍苍仍四处流浪，是周文王费尽周折从磻溪用自己的车将其请回。文王对得到这样一位旷世奇才高兴不已。认为这人就是从他爷爷太王起，周人一直希望寻找的奇人，于是姜子牙就有了一个与周人理想所呼应的美好的称谓——太公望，意思就是姬昌的爷爷太王所盼望的人才。

《封神演义》中把姜子牙塑造成一个能呼风唤雨、撒豆成兵的仙人，明显有拔高和神话的成分，不过，历史上的姜子牙确实是一位了不起的大人物，他是周代杰出的军事家、政治家，被姬昌立为师，被姬发尊为尚父，他为周室灭商立了大功，他是后来齐国的开国国君。

公元前1056年，正当周室事业迅猛发展的时候，周文王姬昌寿终正寝，但他极力推进的灭商大计仍在持续前行。文王之子姬发全面承继父志，甚至连年号都未作变动，按照父亲绘就的路线图，一步一个脚印，稳扎稳打，逐步推进。经过积蓄力量，终于在公元前1046年，周武王高举着文王的神主牌位，率八百诸侯拥三百乘、三千虎贲、四万多人的大军，一举击碎殷商一统六百年的江山，实现了周太王、季历、文王及所有周人的灭商建周大梦。西周王朝生机勃勃地登上了中国历史的舞台，中国历史上最长的一个朝代正式起步。

周人是一个把德孝当作立国根本的新兴国家,甚至在朝歌纣王自焚的血腥之地,武王都不忘祭祀祖先。他借着商人的祭台,举行大型祭祀天帝、文王等先祖的活动,以武王为首的军团把一切胜利归功于天意,归功于祖先恩德,在这次祭祀中,武王诚挚地表示要时刻具有战战兢兢、如履薄冰的忧患意识,敬天、尊祖、保民。周人在巨大的成功面前能够头脑清醒,不被胜利的欢呼冲昏头脑,确实十分令人敬佩,而中国后来走马灯般的许多短命王朝在这点上和周人相比差了很多,这也许是中国历史上为什么只有一个800年王朝的原因之一。作于周初的《大雅》《颂》中,不少诗篇在虔诚的敬祖情怀里,往往掩饰不住浓烈的忧患意识。如周公所作的《文王》一诗,站在祭祀台上的周之君臣,面对台下仍然穿着华丽服饰的商之遗老遗少,心中五味杂陈。他们明白,如果像后期的殷商王朝统治者一般腐朽,那老天同样会让周人站在台下的,所以要顾念文王在内的祖先阴德,不懈行仁修德,取信万邦,永葆周祚绵延不绝。

岐下周原的岐周都邑,自古公亶父以来,建起了大量的周人之宗庙,《颂》《大雅》中的不少作品,终西周近300年,不绝如缕地伴着黄钟大吕长响于膴膴周原。特别是其中的《清庙》《维天之命》《维清》《烈文》《天作》这些重要作品,长期在岐周祭祀文王和众先祖活动中被吟诵,抒发周人对先祖的爱戴和尊崇,表达对文王等先祖大德的深深怀念,并每每真诚地表示要永远慎终追远、戒骄戒躁、永葆周之江山万古长青。这些诗篇文辞典雅,气势恢宏庄严,形式与内容高度一致,是颂诗的典型代表,对后世赞颂类歌赋影响较大。

西周后期出了两位历史上著名的昏君,周厉王和周幽王。这两位和他们伟大的先祖相比,简直昏庸到了极点。周幽王一味宠幸妖妃褒姒,废掉正妃申后所生之子,执意立褒姒之子,引起申后娘家申国强烈不满,国势本已倾颓,褒姒与周幽王仍我行我素肆意妄为。为博褒姒一笑,周幽王点燃烽火戏弄各方诸侯,申、戎乘机联合讨周,三面出击,围攻周室,诸侯无人救难,申、戎联军长驱直入,进入丰镐,杀入岐周,烧杀抢掠,一把旷日持久的大火,使300多年的繁华毁于一旦。周室不是野草,春风年年吹拂,倒下并消亡的西周繁华景象再也没有在岐地发芽、开花,这成了周人心头永远挥之不去的疼痛。

周幽王和祸国殃民的褒姒一同身死香殒,宗周巍峨富丽的宫苑、岐周庄严肃穆的宗庙也焚烧殆尽,化为焦土。这一惨剧充分印证苍天无私、惟德是辅的硬道理。为什么现在周原的土地如此肥沃,因为400年堆积起来的一切物质文明和繁华锦绣均夷为灰烬,大量叠堆的灰土至今依稀可见当年王都遗留的膏腴。

秦人收复失地后,作为周的诸侯国修复了周人的一些宗庙,进行过一些祭祀,但等级规模与西周相差甚远。这块悠久的土地,不管是汉人执政还是异族为帝,总体来说对文王等周人先祖还是很尊服的。最早的文王庙宇已经没有了踪影,现在见于岐阳的太王、王季、文王的庙宇,是清代满人为帝时所建。据说,当时庙内面积达七亩之广,大殿、献殿等建筑齐全,香火未曾断绝。"文化大革命"中,岐地太王、王季、文王等周先圣宗庙的塑像悉数被毁,祭祀活动随之终止。改革开放后,江苏吴地太伯、仲雍的后代来岐地寻根问祖,他们捐资与当地有关人士修复三王庙,建起了牌楼,定期举行公祭周之先圣的活动。

周文王是岐山最有盛名的圣人,是《诗经》的主人公,他的奋斗精神和德孝思想是中华民族的宝贵精神财富,值得人们永远怀念和借鉴。

诗人周公与周公的诗

西周是上古时期决定中国历史走向的关键朝代,周人在其优秀的领袖人物带领下,以电闪雷鸣之势,颠覆600年商汤大厦,在辽阔的大周原建起全新的封建联邦帝国——西周王朝。这无疑是一场划时代的历史巨变,今天回看历史,仍觉得其具有非凡意义。

周室人才济济,如灿烂夺目的群星,周公姬旦无疑是其中最耀眼的一颗巨星。周公姬旦,又称叔旦。因采邑在周太王古公亶父开启山林的岐山周原,位列三公之太傅,故称"周公"。他是文王第四子,武王之胞弟,是岐水养育的伟人,也是迄今为止岐山土地上诞生的最著名的圣人。他不但是伟大的政治家、军事家、思想家、教育家,而且还是一位杰出的诗人和音乐家。

周代的诗歌属于大礼乐的范畴。何为礼乐?按照甲骨文和金文的字形,"礼"就是礼器,"乐"就是乐器。广义而言,礼乐就是祭礼和乐舞。但在周公眼里礼乐之意不仅仅局限于此,意义更加宽泛、深邃。周公的礼乐不单纯是祭礼和乐舞,更是一种巩固政权、稳定社会、维持秩序和安定人心的工具。作为周代礼乐的奠基人,周公把礼、乐视同天与地般的关系,认为礼和乐相辅相成,在教化民众中作用同等重要,不可或缺。体现周公思想的《礼记·乐记》说:"乐由天作,礼以地制。"礼、乐结合就是天地万物秩序的体现。"乐者,天地之和也;礼者,天地之序也。和,故百物皆化;序,故群物皆别。"礼乐密不可分,以至于可以说"没有乐的礼不是完整意义上的礼,同样,没有礼的乐也不是完整意义上的乐。"乐,之所以好听,是因为多种音色的高度和谐及统一,礼和乐的共同特点就是既讲多样性,又讲统一性。礼辨异,乐统同。有礼有乐,礼兴乐和,就能构建和谐社会,即"以礼维持秩序,以乐保证和谐",这就是周公"制礼作乐"的目的之一。按这个系统建设的就是"中华礼乐文明"。在这个系统里,君权天授是大旗,以人为本是纲领,德治是"一个中心",礼和乐是"两个基本点"。(易中天

《奠基者》)

但这里所谓的"乐",亦即中国传统观念的"乐",它有特定的内涵和深刻的哲理,不能与现代的"音乐"等量齐观。准确地说,它是诗歌、音乐和舞蹈的"三位一体",叫"乐舞"。乐的核心就是节奏韵律的和谐,周公孜孜以求的社会和谐就是靠礼乐来调节完善。乐的大节是德,"德"是中华礼仪文化的中心内容,也是描述中华文明的几大关键词语之一,其字形几经变化发展,和现在写法完全一致的"德"字,和"中国"一词一样同时出现在大周原地区出土的国宝——何尊上面。原文为"恭德裕天""宅兹中国"。乐中蕴德是中国与世界其他古国文明相区别的基本点。既然乐是德音,乐曲的高下又涉及乡风民俗的善与否,所以,制礼作乐就不是普通人所能完成的事情。《中庸》说:"虽有其位,苟无其德,不敢作礼乐焉;虽有其德,苟无其位,亦不敢作礼乐焉。"可见,必须像周公这样有其德、有其位的大人物才堪当制礼作乐之大任。《礼记》说:"王者功成作乐,治定制礼;其功大者其乐备,其治辩者其礼具。"因而周公为周室长远发展大计,自觉地把制礼作乐作为自己的要务,这也是他为大周江山鞠躬尽瘁的最后一大壮举,这一壮举使周公在历史上占有了更加重的分量。

周之德音,指德治之音,是至治之极在音乐上的体现。唯有这样的音乐,才能奏于庙堂,播于四方,化育万民。这种音乐的产生绝非易事。据《礼记·王制》等文献记载,上古王公贵胄有定期到四方巡察的制度,所到之处,地方官要展示当地流行的民歌作为述职的重要内容之一。王公通过考察民歌,就可以了解地方官是否为政以德,民风是否淳朴。发现纯正无邪、质量上乘的民歌,则由随行采诗官员记录下来,带回去推广,这就是所谓的"采风"。《诗经》中的"十五国风"大多就是这样得来的。其中,有人说《周南》就是周公亲自从其采邑采风所得,《豳风》中一部分作品涉及周公东征,据考证,周公对此进行过考订完善,还有《唐风》中的《蟋蟀》,《小雅》中的《常棣》,《大雅》中的《文王》《绵》《泂泂酌》,《周颂》中的《时迈》《天作》等共20多首诗,作者都是周公。

周公积极倡导采诗、献诗,倾心于诗歌创作、推广,是因为当时诗与歌在大多时候融为一体,这种配了乐的诗歌,有音调,有节奏,感染力强,闻声而心存,润物细无声,因此为民众喜闻乐见,而致力于推行德治的周公,正是利用礼乐便于教化,促使人心向善,净化风气的功能,来推行政治主张,确保周代长治久安。这也是后来儒家治国思想的重要特色。这种寓礼于乐的教育方式在周代被推崇并普遍使用。《乐记》说:"乐在宗庙之中,君臣上下同听之,则莫不和敬;在族长乡里之中,长幼同听之,则莫不和顺;在闺门之内,父子兄弟同听之,则莫不和亲。"这种活动不仅流行于上流社会,即就是在普通乡间进行的以尊老养贤为宗旨的"乡饮酒礼"聚会和祭祀活动中,也要进行以《诗经》为内容的演出活动。据说,先有乐工歌唱《鹿鸣》《四牡》《皇皇者华》三篇,这些讲的都是君臣之间的平和、忠信之道,接着是《南陔》《白华》《华黍》三篇,这些讲的是孝子奉养父母之道。然后堂上、堂下演奏乐歌,堂上鼓瑟唱《鱼丽》之歌,堂下则笙奏《由庚》之曲;堂上鼓瑟唱《南有嘉鱼》之歌,堂下则笙奏《崇丘》之曲;堂上鼓瑟唱《南山有台》之歌,堂下则笙奏《由仪》之曲。最后是器乐与声乐合起,奏唱周公之作《周南》中的《关雎》《葛覃》《卷耳》,还有《召南》中的《鹊巢》《采蘩》《采蘋》,这些诗作弘扬的都是人伦之道。岐山地区在祭祀礼仪上演颂《诗经》的仪式,也源于周代的这种礼乐活动。

周公重视诗歌的主要目的,是出于制礼作乐的政治需要,但却造就了中国最早的政治诗人。周公的诗作主要收录于《诗经》之中,但传说《诗经》之外还有一首与岐山有关的重要诗作——《岐山操》,此诗也为周公所作,这首诗只有四句,有点像《周颂》的风格,叙述的是太王迁岐的事迹。诗曰:

狄戎侵兮,土地迁移,	周人由于躲避异族迁移到岐下周原,
邦邑适于岐山。	到岐山周原建国是上好的选择。
烝民丕忧兮谁者知?	广大民众的忧患何时能解除?
嗟嗟奈何兮,予命遭斯。	面对现实克服困难才能不断向前进。

这首诗歌颂了太王为族群利益,毅然背井离乡,迁至岐山,与民众同甘共苦,攻坚克难,开创新生活的重大事件。诗作情真意切,感人至深,对周人来说有深远的历史意义。

当然,周公主要作品还在《诗经》中,有人认为《诗经》中周公时期及其以前的作品都经过周公整理、修订,因为这是周公制礼作乐职责所决定的。有的人认为《周颂》《大雅》《周南》《豳风》《唐风》中有二十几首诗歌是周公的作品,有的是他亲手创作,有的是他安排采集,有的是他整理、修订,他是西周官方诗集的主创者。秦汉时期,学者认为:《诗经》中属于周公的作品不少,最少有七首。要统计出周公诗作的具体数量确实是不容易的,这虽然很重要,但是写诗数量的多少影响不了周公大诗人的身份,即便周公确实只作了很少几首诗,也丝毫无损他在人们心目中的高大形象。况且诗作数量也不是衡量诗人身份的唯一标准，历史上作诗成千上万而无名者有之，作一诗而成为著名诗人者更是不少。不管周公作了多少诗，他永远都是令人敬仰的圣人、诗人。

周公诗作在《诗经》风、雅、颂三部分中都有一些，现仅撮要列举。

十五国风中周公的诗作，主要是《周南》和《豳风》。

《周南》：岐周是周太王成功卜定的周室大本营和都城之地，后来的辉煌史实也充分证明周太王这一选择的正确性。周地相当于满清的辽东、耶稣的耶路撒冷圣殿山。周地的重要性、神圣性在周代是舍此无二的。虽然后来周之疆域向四面拓展，都城战略东移丰、镐，但在重祖如命的周人眼里，周地的重要性从来未有过弱化。在先周、西周几百年的周室繁华中，周地始终如周人心中的太阳，无论他们匆忙的脚步踏在哪一块熟悉或陌生的土地上，心中永远魂牵梦萦的是西岐圣土——祖先根脉所在地。每年四时八节，始于周原四通八达、宽广平坦的周道上，驷马扬蹄、豪车飞驰，周之子弟、国之贵胄如倦鸟归林，他们返乡归宗，在这里朝祖庙，拜岐山，述心迹，祈宏图。循环往复，年复一年，绵延数百年之久，这就是岐山的神奇之处，这也是圣地的魅力。

周之江山稳固以后，周之革命胜利的根据地、王畿圣地归谁料理打点，是

周南遗址

守成之国君成王心中日夜思虑的大计,稍经考量,周成王决定继续把这一重镇交给最堪托付的周之重臣、王之叔父周公姬旦、召公姬奭。据说,岐地东部是周先祖最先落脚之地,便成了周公的采邑,西部为召公的采邑。也有今周公庙一带为周公采邑,刘家原一带为召公采邑之说。这些说法都有一定道理。据载,后来又以"陕"为界,周公治陕之东,召公治陕之西。《诗经》中的《周南》和《召南》就是在这俩兄弟辖地上诞生的。不少学者认为,周公是《周南》的作者或重要作者之一。

《周南》排在《诗经》之首,拿今天的思维来衡量,确实令一些人想不明白。按今天的道理,《颂》《雅》这类代表当朝主旋律的作品,应居于首位。但事实恰恰相反,《周南》一直位列诸诗之前,几千年来这个位置岿然不动。有人认为是因为孔圣人对周公非常敬仰,将其作品排在首位;有人认为岐周是京畿之地、上善之区;有人认为《关雎》因阐述了人类社会最大的道理——人伦之始,即人类最根本的任务是要保证自身的婚育繁衍,也含有成家立业的大义,人没有自身的繁衍一切便无从谈起,所以有关人伦的《周南》就统领着洋洋305首诗作方阵。这些说法至今莫衷一是,也许长时间都无法求得一致。不管排位前后,均不会影响这些作品的光辉。

《周南》是《诗经》十五国风之一。包括《关雎》《葛覃》《卷耳》《樛木》《螽斯》《桃夭》《兔罝》《芣苢》《汉广》《汝坟》《麟之趾》,共11篇。《诗序》的作者认为,《周南》多深含教化之意。《关雎》是咏"后妃之德",宋大儒程颐认为他的作者是周公。《葛覃》是赞"后妃之本",或"后妃勤俭之风",清人高侪鹤绘有一幅《后妃采葛图》,有人注曰:"展玩之余,后妃勤俭之风弥复宛然,而西岐高旷之境如在目矣。"描绘了周初后妃在岐地的勤朴生活。说明清代一些学者赞同周南在岐山的观点。《卷耳》是写后妃"辅佐君子"之志;《樛木》是君对臣的赞颂;《螽斯》喻后妃子孙众多;《桃夭》是赞美后妃的作品;《兔罝》是写"后妃之化也";《芣苢》是写"后妃之美";《汉广》是赞美"文王之道被于南国,美化行乎江汉之域";《麟之趾》是赞美文王子孙繁衍而多贤;《汝坟》是写文王南国之化,有人以为此作品是周末作品,为周公之后人所撰。《诗序》的上述观点,后人多认为有拔高之嫌。但汉代人距离周公时代较近,其学术观点值得后人尊重和信任,因而不失为一重要观点。

《豳风》:豳地亦为周人之重要根据地之一,周之先辈在那儿生活的时间比在岐山的时间还要长。古公亶父率族人奔岐后,此地被犬戎所占领,后来,周文王把犬戎势力驱逐到泾河以北，豳地成了西周核心区域，那里有太王所建的古都，有祖先坟茔，是周王室经常朝拜的地方，在周人心目中地位独特而重要，加之周公参与驱戎战役，豳地收复后，他常去那里祭祀、巡游、布政，熟稔当地情况，采集到了不少当地优秀诗作，因而豳地虽不是邦国，但《诗经》也为其列了专篇。《豳风》共有七首诗，为：《七月》《鸱鸮》《东山》《破斧》《伐柯》《九罭》《狼跋》。《七月》，《诗序》认为此诗是周公"陈王业"之作，今文三家及宋朱熹《诗集传》均持此观点，朱氏曰："武王崩，成王立，年幼不能莅阼，周公旦以冢宰摄政，乃述后稷、公刘之化，作诗一篇以戒成王，谓之豳风。"有人认为此诗是豳人旧作，周公或修改润色，用来以诗说教。该作品为《国风》第一长篇，有人说是"周代奴隶唱的农事诗"，或者说是"农奴凄惨生活的写照"；有人说是"西周的田园农家乐"。但直观阅读诗作，觉得就是真实记录农民生活的真实情况。基调平和，有苦有乐，没有宣泄不满，没有流露悲愤愁闷。中国的农民长期就是这样生存的，无须大惊小怪过多发挥题外之意。《诗序》认为，《鸱鸮》谓"周公救乱也"。《史记》认为《鸱鸮》是周公东征归来后所作，《尚书·金縢》则明确记载《鸱鸮》为周公所作。其余五篇主要叙述周公东征的有关事迹，有赞美周公的意思。多年来，对《诗序》的上述观点持不同意见者也比较多，均不影响诗作的历史地位和艺术价值。

《唐风·蟋蟀》：这首诗的主旨是周公希望"良士"不要贪图安逸享乐，要"好乐无荒"，兢兢业业，搞好本职工作。此诗感物抒怀的手法，对汉魏六朝诗歌影响较大。

《小雅·棠棣》：这是一篇宴请兄弟的诗。周公以此诗作喻，宗族内部要相互关怀，搞好关系，团结一致，才能避免再出现类似于"管蔡"的事件。全诗情深意浓，理明辞切，感染力极强。

《大雅》：《大雅》中部分先周作品，不少学者认为作者是周公。主要有《文王》《既醉》等。《文王》一诗主要记述和称颂文王受"天命"而创立周朝的英雄事迹。《既醉》诗中先写饮宴，继而赞美"君子"威仪，颂其长寿多福，子孙蕃盛。

《颂》：包括《周颂》在内的"三颂"，学者多认为主题宏大，结构单一，音韵板滞、沉重，短篇较多，舒缓单调，相当一部分不押韵，大概是歌咏和朗诵的祝词，这些作品反映了先周时期诗歌的特色，纪实性强，对周王朝来说意义非同凡响。其中《周颂》在其庆典、祭祀、外交、宴乐的活动中是上演频率最高的乐诗，因而此类作品是当局最重视的部分，其作者肯定不是一般老百姓，有的是王公亲自创作,有的由最高层人士把关定夺。以周公当时的地位和影响力,他应当亲自参与了这项重大工程,其中不少作品是他亲手创作,有的他做过修改,有的由他钦点擢用。比较一致的观点认为《清庙》《天作》《时迈》《思文》《酌》等为周公作品。《诗序》谓:"《清庙》,祀文王也。周公既成洛邑,朝诸侯,率以祀文王焉。"还有人认为《清庙》《维天之命》《维清》本来出自一篇,同时为用,相连为义,这些同为歌颂文王美好德行的诗歌,好比今天的组诗、组曲,那么组诗作者就是同一人所为,这一个人必是周公。《天作》,《诗序》说是"祭先王先公"的乐歌,《诗集传》认为重点在祭岐山。《时迈》,《诗序》谓为周天子巡狩时以诗祭天及山川之乐歌。还有人认为《天作》与《武》《赉》《般》《酌》《桓》组成了《大武》乐章,这一气势磅礴的组诗都是周公的作品,当然争议不少,其中《时迈》《酌》为周公作品,争议却是最少,从诗作语气、体例、内容等来看符合周公身份,最能体现颂诗的特点,其主旨是歌颂武王的武功。《思文》是周人祭祀后稷的乐歌。

周公虽然不是中国历史上最著名的大诗人,但他的诗作在历史上却具有开启山林、成就一代诗风的重要意义。其诗作主题鲜明,风格独特,艺术性较强。主要有以下几方面特点:

一、充满心系社稷、忠君爱国的强烈忧患意识

周公首先是一位伟大的政治家,因而他的诗作也表现了其政治家的宽广胸怀和战略眼光。周公时刻都保持清醒的政治头脑,他深知一个蕞尔小国能够正月出兵,二月伐纣获得全胜的原因是指挥得当、将帅齐心,而最主要的原因是殷商失去民心,周人赢得了广大人民群众的支持和拥护,但在大获全胜的时候,周公并没有盲目乐观,他高兴不起来的原因是他觉得天命无常,老天他前天爱夏,昨天爱商,今天爱周,那么他下一个又会爱谁呢?所以他居安思危,小心翼翼。他在《文王》一诗中深沉而冷静地表达了这种情绪,并语重心长地告诉子民:"看,殷商的贵胄们多么不情愿地来到了周京,老天的心事真难捉摸透,请把殷商当作一面明亮的镜子,时刻想一想怎样保住天命,让他不要变卦,保住天下各国的长期信任,保住周代江山千秋万代。"周公的忧患意识基于对历史和现实乃至未来的深思远虑,代表了周初政治群星的远见卓识,体现了周人坚强的意志和积极进取的思想, 周公的忧患意识说明周公对周室有高度的责任感和历史使命感,这种忧患意识衍生的危机感成为周公握发吐哺、积极作为的动力源泉。

二、真实反映战争的残酷和希望和平的心愿

周公亲自领导了为期三年的东征战役, 即周初的三年卫国大战, 这是他心中永远挥之不去的痛楚。为了保卫年轻的西周王朝,不得不重操戈甲,应对气焰十分嚣张的武庚、管蔡和东夷叛乱势力,卫国战争进行得那样惨烈,人员大量伤亡。班师回归的途中,他作了《破斧》一诗,诗中他借战士的口吻说道:"我们的战斧裂缝粗大,我们的身心多么疲乏,好在我们大获全胜,把叛敌全部铲平。我们这些才安生不久的苦命人啊,什么时候能迎来天下长期的和平、安宁?"

三、善于运用形象化的描写方法

周公的大多数作品从现实生活中选择题材,用"比""兴"和衬托的方法,绘声绘色,使读者易于理解,而且有强烈的艺术感染力。朱熹说:"比者,以彼物比此物也。……兴者,先言他物,以引起所咏之词。"如《周南·桃夭》:"桃之夭夭,灼灼其华。之子于归,宜其室家。"这是用在婚礼上的一首贺词,用盛开的桃花比喻美丽的少女,而且说明婚礼是在桃花盛开的时候举行的,用的就是比的方法。《关雎》以成双成对的水鸟起兴,对女子进行由衷礼赞,就是兴的方法。用衬托的方法,是为了先造成一种抒情的气氛。如《东山》四章,每章开始的一段都是"我徂东山,慆慆不归。我来自东,零雨其濛。"以这种凄凉的情景,衬托出一个离家三年的士卒结束了战争生活,在蒙蒙细雨中踏上归途,以及到家后的哀怨心情。

四、文字简练,节奏感强

如《芣苢》是一首描写春天里妇女在野外采车前子的欢愉情景:"采采芣苢,薄言掇之。采采芣苢,薄言捋之。"边采边唱,此唱彼和,诗歌的节奏既反映了她们的快乐,也反映了她们敏捷而熟练的采摘动作。声音节奏转换为动作形象的节奏,大大增强了作品的感染力。

周公创作的诗歌在《诗经》中数量较多,质量较高,是中华诗史上官职高、名气大的诗人,他的作品作于周初,《诗经》以前的诗歌多为口诀式,没有系统的文字记载。《诗经》是我国最早的诗歌总集,周公是《诗经》有名可考的作者中创作时间最靠前的一位,因而他应是中国历史上第一位著名诗人。泱泱诗歌大国,由一位享誉古今中外的大圣人作诗歌创始人,确实具有非凡的意义。

作为西周初期政治军事集团的核心,周公如果仅完成打江山、稳江山的重任就已是一位了不起的圣人了,但他竟然还在礼、乐、易、史、诗方面有卓越的贡献,这就使他成了中国历史上无人能跨越的一座高峰。虽然汉、唐无比辉煌,但其领袖刘彻、李世民等在架构中华文明核心制度上却无重大建树;孔圣人虽有伟大的理论建树,却无打江山的辉煌成就,因而周公以无人能比的文韬武略成了中国历史上独一无二的杰出俊才。他思想之宏大,目光之深邃,品性操守之高洁,堪为中华民族千秋万代之楷模。

正因为他才华超群,艺多业精,人格完美,形象高大,很早就成为世人敬仰的超级伟人,在汉代,他的声望一度还超过孔圣人。从汉明帝起,全国学校就开始祭奠先圣周公和先师孔子。当时之所以把孔子和周公合在一起祭祀,是因为《礼记·文王世子》说过:"凡始立学者,必释奠于先圣、先师。"意思是说,凡是建立学校,一定要用"释奠"的礼仪祭祀"先圣"和"先师"。根据汉代经学家解释,先圣是指周公,先师是指孔子,那时候,孔子还是先师,还未被称作圣人,主要在学校祭祀,而周公已在社会上被广泛祭祀。到唐初依然在国学里同时祭祀周公、孔子。唐朝刚一建立,唐高祖李渊诏令国子学立周公、孔子庙。岐山周公庙也就在那时应运而生。岐山的孔庙虽已被毁,但或因周公庙地域较背,或因岐人对这位乡党挚爱太深,多方保护,或因为周公圣名太高,无人冒犯。总之,它躲过无数厄运,幸存至今,受人瞻拜,这确实是岐人之幸,周原之幸!624年,高祖亲行释奠礼,称周公为先圣,孔子为先师。到唐太宗李世民贞观二年(公元628年),李世民采纳房玄龄建议,认为周公、孔子既然都为圣人,学校应以祭孔为主。过了20多年又恢复同祭。唐高宗时,有大臣奏议,认为周公摄政,辅助成王治国功比帝王,应该配享成王才是,释奠礼仍当祭祀孔子,高宗从其说。从此以后,孔子在国学祭祀中的独尊地位再也未变。但是周公"元圣"的称号却一直没有变化。在

宋、元、明、清诸朝,不少帝王对其推崇有加,祭祀周公的活动也持续进行。

岐山与周公的关联度之大是我国其他任何地区都无法比拟的。周公出生于岐地,一生在这里度过了大多数时光。他制礼作乐、作诗修《易》等重要工作是在岐地——他的采邑或官邸里完成的。由于他对这块土地的挚爱和对他从事的工作高度重视,以至于他一生都未去过他的封地——鲁国。

2004年,被称为"本世纪最重大考古发现"的周公庙周大墓发掘工程中发现了四枚有"周公"字样的甲骨文,这是涉周考古中关于周公少有的重大发现。更为重要的是,许多学者通过对周公庙大墓的分析比对,认为这里的大墓群很可能为周公家族的墓地。加上唐代帝王刻意把周公庙建于卷阿之地,也证明唐人认为这一区域应当是周公采邑。周公之陵建于周公之采邑自然有其合理性。这些重要历史资源是中国大地上独一无二的,对其保护、开发、利用应该成为周文化大景区建设中最重要的工作。

历史早已把周公和岐山紧密地联系在一起,使岐山成为孔子及各方人士心仪的圣地,周公主创的周文化在中国历史文化中独领风骚,对中华文明和世界文明做出了重要贡献。多年来,学术界对周公的研究已取得很大的成就,并不断有新成果出现,但对诗人周公和周公诗作方面的研究、宣传还远远不够。岐山是周公故里,在周文化大景区建设中应将这方面的研究纳入统一规划,在周公庙景区建设中要广为宣传诗人周公和周公的诗作,在有关区域镌刻周公创作的有关诗歌,以丰富宣传内容,使后人能够全方位了解这位千古伟人的丰功伟绩,以这位乡贤大圣为楷模,修德崇礼,尊诚守信,推动和谐社会建设向纵深发展。

岐周与《二南》

3 000 多年前的一个早晨,古老的岐山迎来了一位不速之客,他就是周人先祖古公亶父,他在由家乡豳地外迁的途中,相中了岐山这块福地,就立刻停下迁徙的脚步,满怀信心地栽下周国的第一块奠基石,子孙三代一干就是近百年。这块神奇的土地经过几位大圣人的生花之笔,终于绘出了最美的图画,一个生机勃勃的新朝代从这里大踏步走进了中华文明史册,绵延达 800 年之久,创造了中外历史上的奇迹,岐山见证了这一辉煌,历史验证了这一奇迹。

周人先祖在岐周创业、奋斗的年份可谓漫长,据考证,为 92 年,这与中国历史上辽、金、元等王朝统治的时间竟然差不多。周代 800 年漫长统治的原因是多方面的,有一个特别会谋事、能干事的优秀智囊团是重要原因之一,周公、召公就是这个团队中的杰出代表。因这两位成就巨大,周文王迁都丰京时,便把王畿之地的"皇城根儿",也就是作家红柯所说的周原的"白菜心心核桃瓤瓤"赐给周公、召公作采邑,后来成王还将二位的领地进一步扩大。据记载,周公、召公的采邑周边还应有毕公、太公、毛公的采邑,其中毛公的采邑在西周后期"国人暴动"时被愤怒的闹事者捣毁,其余采邑也在西周晚期遭到戎狄的侵扰,直至犬戎全部入侵占领,宗周和岐周大部分地区全部陷落,戎狄的侵占彻底毁坏了王公采邑内的宗庙、王室故居等富丽堂皇的建筑。

关于岐地是周公、召公的采邑,不少典籍和先圣都多有记述。孔子曰:"或以为(岐)东谓之周,西谓之召,事无所出,

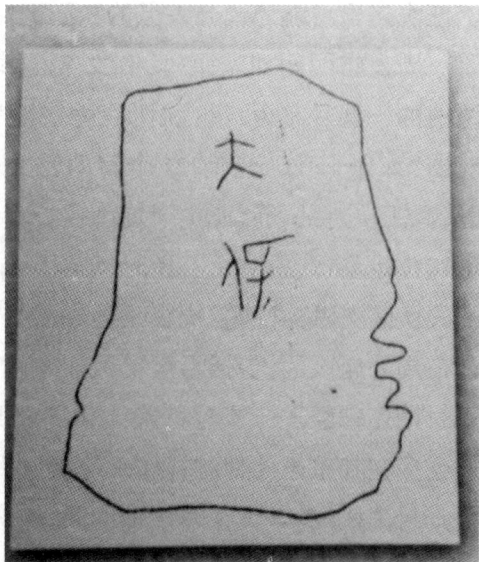

凤雏甲骨文"太保"

未可明也。"孔圣人的意思是，有人认为岐周东部是周，岐周西部是召，但这事情古书没记载，不能肯定，也不能否定。由孔子的表述看，周公、召公的采邑在岐地起码有 50% 以上的可能性。古人曰："周公、召公为天下二老，分治岐之东西，岐东，周公治之；岐西，召公治之。"《史记·燕召公世家》司马贞索引："召者畿内采地，奭始食于召，故曰召公。或说者以为：文王受命，取岐周故墟地分爵二公，故诗有周、召二南，言皆在岐山之阳，故曰南也。"《郑氏谱曰》："周、召者《禹贡》雍州岐山之阳地名，地形险阻原田肥美。"《括地志》："周公古城在岐山县北九里，召公古城在县西南十里，此二者采邑也。"《毛诗正义》："文王受命，作邑于丰，乃分岐邦周、召之地为周公旦、召公奭之采地。"这些都说明周、召就是岐周古地名，分别是周公、召公的采邑。岐山人一直把"召"读作"邵"，与古召亭不远有两个较大的村庄一直叫南吴邵、北吴邵，这两个村子一直没有邵姓之人，所以世代相传村名因召公故邑所在而得，说明这一块也属于召公采邑。扶风有召公乡，那里有召公设坛讲学的场所，附近还有以纪念召公命名的召首、召光等村子，在周原一带有关周、召的村名如此之多，说明这里为二公采邑或他们在这里活动相当频繁，与岐周之地关系密切。

岐山曾经出土了一件西周的青铜器墙盘，其上铭文记载武王灭商后，"微史烈祖乃来见武王，武王则命周公舍寓，于周俾处"，据此，庞怀靖先生以为这是周公采邑在岐的证据之一。2004 年，周公庙考古发现多座王公级别的大墓，有人认为这是周公家族的墓地，同时还出土了有"周公"字样的甲骨文，也在一定程度上证明这里可能为周公采邑的核心区域。

周公庙西南刘家原村，有文字记载在汉代时就叫"召亭"，因为此处有古人所植的一棵甘棠树，汉代时叫"树亭川"。清代敕建召公祠时出土了召公所用的礼器"太保玉戈"，上有 27 个字的铭文，专述召公南巡布化文王之道，因成效卓著，武王决定凡朝廷此类事均由召公负责。文物本身价值连城，其上记载的历史事实弥足珍贵，说明召公那时经常由岐地采邑出发，巡游南国布政这一史实。

从以上事实说明：周公采邑在周公庙以东，包括今周原遗址等区域，召公采邑在周公庙以西，包括召亭及凤翔东南的一带区域。这个划分源于文王迁镐，成王时期还曾经进一步进行确认和扩大调整。在灭商以前和平定"三监"之祸后，周公多在其采邑处理制礼作乐等家国大事。因其作用重要，周公毕其一生都未去其封国执政，一直在岐周辅助武王、成王处置国家大事。召公在理政化民的同时，还多次由此出发奔走于采邑和南国之间传令布政。

单从地理角度来说，周南应是周公采邑的南部，召南应是召公采邑的南部，这与陕南在陕西南部，河南在黄河之南是一个道理。况且岐周自古至今北部都是广袤的北山（位于岐山之北），那里人烟稀少，是无诗可采的，所以《周南》《召南》中收录的周、召地区的诗歌，应该主要来源于岐周内周公、召公采邑中人口密集的南部。汉代一些大儒和孔颖达等均持此论。同时"二南"属于周人的地域也是历史上大多学者的观点，但具体指向又有不同解释。《史记·燕召公世家》载："其在成王时，召公为三公，自陕以西，召公主之；自陕以东，周公主之。"《补传》也载："武克商，又分二公为左右，即陕东、陕西。周公居洛阳，召居召亭。雍与洛皆周中之土。"据此可见，武王灭商后，周公、召公管理范围更大，身上的担子更重，但周公、召公原封邑此时仍未见有变化。加上《诗经》作品收集、整理工作应在武王灭商后开始，所以有学者认为《周南》《召南》里的诗作是分陕后二公管辖的岐周封地及南国一带众多小邦国的诗作。但是朱熹认为周、召分陕而治似乎于理不通，周公主地何其大，召公主地何其小，"如此分法未免不均"。按朱熹之说，没有分陕，也就不存在《周南》《召南》是南方诸国之诗的说法，因此，《周南》《召南》主要是岐周境内的作品。

从地域角度而言，有学者认为"周南""召南"在岐周境内，有的认为在江、汉、汝、渍、泗、沱"六河"流域，有的学者认为既包括岐周，也包括南国，这种折中观点有一定道理。不管周南、召南具体方位在哪里，面积有多大，但《周南》《召南》中的诗作经周公、召公过目，由手下的乐师采集并加工是可以肯定的，就是说这两部作品极有可能是在周公、召公的岐地采邑里完成的。

《周南》《召南》岐周说的证据，除有岐周之地为周公、召公采邑之铁证外，还有《周南》《召南》的诗歌风格与其他十三"国风"明显不同。《周南》《召南》中的诗歌，正如孔子所言："吾于《二南》，见周道之所成。""子谓伯鱼曰：'女为《周南》《召南》矣乎？人而不为《周南》《召南》，其犹正墙面而立也与？'""子曰：'《关雎》乐而不淫，哀而不伤。'"吴公子观周礼时听罢《二南》演颂后也说："美哉，始基之矣，犹未矣。"以上圣者的高论说明，《周南》《召南》是出于岐周之地，宣化岐周之道，演绎岐周之礼的主旋律作品，是阐述礼义的重要载体，是优美、清新、典雅、庄重的《诗经》的奠基性作品。因为是早期的作品，《周南》《召南》尚有不完美之处，但更显得本真质朴和清新自然。作为当时的莘莘学子，《周南》《召南》是求学者不可逾越的基础科目，不学这些诗作是难当大任的。孔子论及《周南》《召南》的这些特点符合周、召礼乐诞生地的特殊而重要的历史地位，也基本概括了《周南》《召南》中大多数诗歌的特点。这些诗歌具有朴实无华、润物无声、健康向上的鲜明特色，诞生在早期周邦都邑的上善之地是理所当然的。孔子终其一生的奋斗目标就是"克己复礼"，他要恢复的就是周、召地区的礼仪。

傅斯年也说："《二南》有和其他《国风》截然不同的一点：《二南》文采不艳，而颇涉礼乐；男女情诗多有节制（《野有死麕》一篇除外），所谓'发乎情，止乎礼义'者，只在《二南》里适用，其他《国风》全与体乐无涉（《定之方中》除外），只是些感情的动荡，一往无节制的。"他的观点与孔圣人等先哲的意思大同小异。《周南》《召南》具有这些特点，它们处于《诗经》之前列，原因就可想而知了。

岐周是西周的肇基之地。周人革命胜利后近300年间，这里为西周政治、经济、文化的中心，是周王室的特区，也是周礼、周乐的发轫区和第一试验区。周礼的主要基础是岐周之民俗，形成后的周礼又远远高于周地的普通民风民俗，周礼是在京畿之地逐步成熟后推向各诸侯国的。因而周、召地区的文学作品打上礼、乐的明晰烙印是必然的，诗歌的教化作用——"诗言志"的功能应该从这里发端，并辐射整个周国。古人云："诗，得圣人之化者，谓之《周南》，得贤人之化者，谓之《召南》，言周召二公之德教，自岐而行于南国。乃弃其余，谓此为风之正经。"因而，列在十五国风最前列的《周南》《召南》就成了典型的"正"风，可"用之闺门乡党邦国而化天下也。十三国为变风"。《周南》《召南》诞生时间早，引领风化潮流之先。《周南》《召南》之诗歌，看似分为两部分，其实演颂时是分不开的，吴公子观周礼亲眼所见的演颂场面就是实证。而在其他文明进程远远达不到岐周水平的小邦国，短时间要创作如此风清气正、蕴礼含乐的周文化主流作品是有难度的。

汉儒们认为《周南》《召南》之诗，以阐述歌颂后妃之德为首，如《麟之趾》《驺虞》"言后妃夫人有斯德，兴助其君子，皆可以成功，至于或嘉瑞，风之始，所以风化天下而正夫妇焉。故周公作乐，用之乡人焉，用之邦国焉。或谓之房中之乐者。"宋代大儒程颐也认为："治天下者，正家为先。正家之道，始于谨夫妇。"《周南》《召南》正家之道也。事实上，周朝早期的成就与三王的三位后妃德行的分外优异是密不可分的，这三位贤妃一生大多时间是在岐周度过的，所以《周南》《召南》歌颂其美德也在情理之中。周、汉及后世大圣深切认识到家庭是社会的基础，只有家庭夫妇、父子等各种关系融洽，社会才会容易达到和谐，作为一家之主，管理不好一个家庭，要当称职的天子、王侯，管理好天下邦国是不可能的。周之先贤大圣既是伟大的政治家，其家庭又堪为模范家庭，个人和后妃堪为模范夫妻,因而他们都事业有成,其治理的家庭、邦国无不蒸蒸日上。纣王的失败,殷商的灭亡,与殷纣王自己家庭的失衡有关系,如若其不过分宠爱苏妲己,秽乱后宫,毁坏朝纲,殃民祸商,他们的江山不可能顷刻土崩瓦解。中国铁腕反腐肃贪的实践证明,凡"老虎""苍蝇""狐狸",无论男女贪官,绝大多数都道德失范、情人成群、家庭责任严重缺失,均枉为父、夫、母、妻,这样的道德败类,都算不上合格的家庭成员、合格的公民,让这些地地道道的"人渣"做官理政,是国之祸、民之祸,他们不出现腐败是不可能的。从这点而言,孔圣人把有关家庭、夫妇、人伦的《周南》《召南》之正声放在《诗经》首位,实在是抓住了教化的基础和关键,确实煞费苦心,意义非凡。

文王迁丰后把主要精力放在开疆拓土上,他安排周公侧重于制度建设,召公侧重舆论宣传,这两位圣贤以周德、周礼、周乐广布于南方江、汉、汝、沱之间,他们是先进文化的主要创立者、代表者和推行者。武王灭商后,周公在辅佐成王的同时把不少精力用于制礼作乐,规范、完善国家典章制度,以推进年轻的国家长治久安。召公在广阔的南国布化时,把礼乐元素适时、适当地注入南国诗乐,明显加快了南国文明进步的速度,西周中晚期是南国诸邦国发展速度最快的时期,这为后来春秋时期楚国等国在争霸中频频取胜,奠定了一定的基础。但召公南巡时,那里的文化一下子就能达到积淀丰厚的周、召之地是不可能的,那里的礼仪水平与岐周文明要并驾齐驱也是不可能的,因而《周南》《召南》这样中规中矩的完美之作不可能产生于文明初起之地,不可能诞生于南国蛮夷之地。

西周时期,周、召之地文明程度较高,引领着时代潮流和先进文化发展方向,因而"孔子论先王之道,必及周、召;述三王之迹,亦必及周、召,见圣人属意于此。《国风》终于美周公,《二雅》终于思召公,圣人删《诗》,盖伤衰乱之极,非周、召不能救也"。先哲的这段话,表达了他对周公、召公治下之地礼乐丰硕成果的赞美和怀念。孔子一生对"克己复礼"孜孜以求,他要恢复的就是《周南》《召南》中的义明礼仪和召公的廉政、善政,他面对春秋末年礼崩乐坏的颓局,由衷哀叹即使周公、召公再生,也难挽已倾斜多半的周之大厦。这又从另一个侧面证明周、召之地开西周文明之先河的事实。

也有学者认为《周南》《召南》中的"南",是周公、召公由西北向东南部逐步推进化"南"的过程中,采集当地众多小国之诗歌,并加以完善、提高,经汇总形成的诗歌总集,因而其中有些诗作中有南方一些河流名称,写的有些物候事象更为符合南方之情状。刘师培认为:《二南》之诗……与《二雅》迥殊,是南方地区所特有的风尚情俗。傅斯年认为：《二南》之中地名有：沱、汝、江、汉，南不逾江，北不逾河，西不涉岐周任何地名，当是黄河南、长江北，今河南中部至湖北中部一带。章太炎、郭沫若、冯沅君等学者也都这样认为，今有许多《诗经》译著中也是这种观点。这些学者所言的物象自《周南》《召南》诞生起就存在，但汉之巨儒为何对此熟视无睹，他们不据此认定《周南》《召南》是南国作品，肯定是有其道理的。

在"地域说""南化说"之外，宋代学者根据"以雅以南"等诗句，认为"南"是诗的一体。还有学者认为"南"音读"nà"，是一种与唢呐相像的吹奏类乐器。还有学者认为是钟、镈一类的铜乐器，这种观点主要强调《周南》《召南》是以演奏的乐器衍变为乐曲的名称，认为"南"是一种曲调，这些仅仅可作一说，但要以此定论，意义未免有点狭隘，这样的题目难以涵盖诗作教化的深言大义。

从《诗经》中的命名特点解释《周南》《召南》，颇有创意和特色，开阔了研究《诗经》的视野，对深化、拓展研究领域有一定的启迪作用。但纵观《诗经》中诗作的命名特点，绝大多数诗名是取诗的第一句或重点词语，抑或出现较频繁的字词。若以此推之，笔者认为：《周南》《召南》中方位词"南"在五首诗里出现了 11 次，分别是《周南·樛木》中"南有樛木"一句三次出现，意为：南方（或南面）有弯曲的树枝。《周南·汉广》中"南有乔木"，意为南方（或南面）有高大的树木。《召南·草虫》中"陟彼南山"两次出现南山，意为：登上那南山。《毛诗》解释这里的南山是周之南山，应当是和终南山连在一起的岐山以南的山（秦岭）。《召南·采蘋》中"南涧之滨"，意为：南山（或南面）的溪水旁边。《殷其雷》中"在南山之阳""在南山之侧""在南山之下"三次出现南山，分别意为：在南山的向阳峰、侧面、山脚下。"南"是《周南》《召南》诗中出现最多的一个方位词，因而得名可能与此有关。

从有关地理书籍而知：岐周之地大的地理特点几千年来变化不是很大，"两山夹一川"是地形的大势，两山就是北部的岐山，本地人一直叫"北山"；南部的秦岭，本地人一直叫"南山"，中间的平坦之地就是广袤的周原，周原最高处的岐阳一带海拔 800 米左右，最低处的渭河岸边海拔 600 米左右，地势由北向南逐渐降低，渭河、岐水等河流横穿其间，这里水美土肥，光照充足，物产丰饶，是人类的宜居佳地，也是周人活动最频繁的区域。相比北山而言，渭河之南，岐山人叫"河南"，这里降雨多，气温高于原上，树木茂盛，小河广布，景色秀美，是岐周的鱼米之乡，现在也有"小江南"之称谓，其风物与渭河以北差异大，南方特色明显，是古代文人写诗作文时重要的描述对象，《周南》《召南》中的"南方之诗"，也可能写的就是渭河之南。"南"在《诗经》早周作品中广泛出现,符合这一常理,也可以说明为什么《周南》《召南》中出现次数最多的一个方位词是"南",并因它成就了这两类诗的名称。

总体而言,笔者认为《周南》《召南》中的诗作主要源自岐周,自己除对先贤过去的经典之论表示敬重外,觉得还有以下几方面可以证明:

第一,周之三王在岐周奋斗达百年之久,期间应该有诸多可歌颂的事迹被诗作记载。众所周知,周三王及众多王公贵胄在岐周的所作所为,直接促成了周之800年王业,在都城由岐都迁往丰京前夕,周文王已完成灭商的大量准备工作,且已是商"三分天下有其二"归于周人;在西周约275年的漫长岁月里,岐周仍然是周王朝之圣地,位置之重要无处能够替代。这一段辉煌历史,奉先敬祖的周人绝不可遗忘,周之诗作中不可能没有岐周地区民风、民情方面的作品,因而《周南》《召南》理应就是岐周王都周、召封地的作品。距周代稍近的汉代大儒从《周南》《召南》诗风有礼、有乐、有度等层面认为,《周南》《召南》是岐周一带作品是有道理的。

第二,《诗经》中有周人来岐周之前在豳地的诗作——《豳风》,有犬戎入侵后东周的《秦风》及相关的《王风》,处于两者之间周最辉煌的三四百年,如果《周南》《召南》不是岐周之地的作品,这里会出现几百年的诗歌断档现象,从文化高度发达的王畿之地而言,这好像于情于理都不太通。而学者认为后来的《秦风》是"正"风——周人之"夏声"的继承者,秦人在岐周继承的不就是该地的《周南》《召南》之正宗周声吗?一曲《秦风·蒹葭》,冠压《诗经》群芳,这样深情缱绻的佳作,细细品味的确有点《周南》《召南》的流风遗韵,这是秦人继承"正"声的佐证。况且有人研究这首诗中河流的宽度、水流的急缓、岸边的弯曲程度和霜染芦苇的风韵都与岐山渭河风光相似,所以认为这首诗出于岐山。基于此,岐山国家级岐渭水利风景区主景点被定名为"在水一方"。有人认为《周南》《召南》是西周末期几十年南国兴盛期的南人之作品,西周最后几十年南国能出现这么多优秀作品吗?先周、西周近400年岐周之地就没有诗歌吗?收集诗歌的机构、官员想必不可能出现"灯下黑"的现象吧!

第三,《周南》《召南》的25首诗作中,提到南国河流的有《周南》中的《汉广》《汝坟》,这些诗作表象是写汉水流域男子追求心仪女子未如愿的失意心理,其深层之意是宣传周王在南国移风易俗的成效,就是将那里长期混乱的男女交往变得双方均能举止含蓄、庄重,女方显得更加端庄、淑静,符合礼仪规范。《汝坟》

表面看似写砍柴少妇盼望外出的丈夫及时回家，其实在表达周风化育对民妇心志陶冶后，民妇能够识大体、明事理。《召南·江有汜》中出现了"江水""汜水""沱水"，作者主要以江水分岔说明男人移情别恋，河流只是用来作比兴的物象，在文学作品中运用此手法是常有的现象，并不是诗中有哪里的地名诗作就出自哪里。即使岐周诗人不到南国去，从岐周到南国布化使者的频繁往来传递的南国信息中，南方的山水风物岐周的诗人也会有所知悉的。加之周、召之地"有河不载舟"，缺少较大的河流，诗人借用南方河流不过是为了强化艺术效果，增强感染力，这是文学创作中惯常的方法。即使是类似情况下出现的南国河流之名，其余大量作品中还没有，所以不能因诗中有南国五条河流就说《周南》《召南》为南国诗人所作。细读《周南》《召南》，25首诗作中大多数看不出明显的南方特色。就是有南国色彩，如前所述，是因为岐周渭河以南的风物和南国基本相似。

另外，这三首所谓的"南国诗"也有可能是周、召二公布化南方期间搜集到的南地诗歌，有意选入《周南》《召南》之中，以显示周人主流文化对小邦国文化的包容和认同。

第四，《周南》《召南》中许多诗歌描绘的风物是周、召之地实际存在的，有些至今还在岐地流存。这些诗作中出现的具体人物有召伯、周平王之女、齐王之孙等。召伯姬奭和诗中的甘棠，历史上大多数人认为都与岐山召亭有关，召公的官邸在岐周，他听讼的甘棠树清末还在当地。而平王之女、齐王之孙，有人从诗歌本身分析是诗中主人公故意对自己身份的夸张，吹嘘自己富可与当时的王侯相媲美，也只是一种宣扬自己婚宴豪华的比兴手法，并不是真正记述王公之间的联姻活动，所以这两个人也不一定是诗歌要写的主要对象，只能证明该诗作于东周，是《周南》《召南》中创作时间较晚的作品。

《周南》《召南》中出现的植物较多，其中不少至今仍在岐山生长。诗作中荇菜和蘋都是水面生长的一种植物，过去岐山有人捞其喂猪。葛树是藤本植物，在岐山南、北二山广为分布，过去人们用葛条编麻鞋、捆柴，用葛根刷锅。卷耳，有人说是苍耳，有人说是地软，两者岐地都有。梅、甘棠、李、桃树是岐地很常见的果树。芣苢是车前子，春天时，路边、沟旁到处都是，岐山人常挖来喂猪，也作为药用。蒹葭是芦苇，叶宽而较硬，绿叶常用来包粽子，苇枝是作屋面、顶棚、芦席的材料。白茅，根茎有甜味，可作为泻热清火的草药。蕨、薇是两种可以食用的野菜，至今岐山人仍然在采食，该野菜南山多于北山。

《周南》《召南》中的鸟兽虫鱼大多数岐山境内都有。鸟类中雎鸠是一种水鸟，岐山几个水库时常出现。黄鸟在《秦风》《小雅》等诗中也多次出现，是一种在夏季很活跃的候鸟，岐地人称作"算黄算割"，在收麦时节鸣叫最欢。喜鹊是一种吉祥鸟，岐山乡俗以为这种鸟儿在谁家院里啼叫，这家要么来亲戚、贵人，要么有好事降临。鸠是布谷鸟，在岐地麦子收完后最容易听见其悠扬的叫声，叫声好像是提醒人们"种谷、种谷"，岐山人称其"种谷鸟"。《行露》中的雀鸟可能是麻雀，也可能是野山雀，岐山到处都有。诗作中的动物有大马、马驹、兔子、老鼠、羊羔、麇(小鹿)、尨(长毛狗)、豝豵(野猪)等。这些有的是家养，有的是野生，在岐地都比较多见。诗中的草虫如螽斯(蚂蚱)，夏季和秋天南、北二山和草丛、苢蓿地很多，有人逮来装在蚂蚱笼，听其悦耳的叫声，使炎炎夏日陡增几分情趣。鱼类只出现了鲂鱼，过去南山河流中能见到，现在有人在水库放养。

《周南》《召南》中一些词语的用法和今天岐山地区的用法差不多。如《樛木》中"葛藟荒之"的"荒"字，其意为"掩盖"。岐山人把未耕种的土地叫荒地，意为地面被野草掩盖。岐地歇后语：鬓角插蒿子呢——荒了，也是同义。《螽斯》中"绳绳兮"意为"众多"，连绵不断之貌。岐山人形容果实多时说："麦李结得繁的像绳绳串着一样。"《芣苢》中描绘采拾车前子的一系列动作的词语细致传神，真切生动，岐山人读后会自然联想到过去本地妇人采摘野菜的情形。"薄言有之""薄言掇之""薄言捋之""薄言袺之""薄言襭之"。"有""掇""捋""袺""襭"，诗作中只用了这五个动词就把采拾、整理、装运一连串动作悉数表达，而且形象、生动，一幅明快的采芣苢图画跃然纸上。"有"说的是第一步，连叶带籽采下；"掇"是第二步，摘下叶子；"捋(岐人读作'旅')"是第三步，将车前子的籽儿从茎上捋下；"袺"是第四步，是用手捏衣襟车；最后一步是把车前子用衣襟兜起来。岐山妇人攫苢蓿等野菜完全就是这一系列动作的组合。《汝坟》中"伐其条枚""伐其条肄"中的"条"都指的是树的枝条，岐山人把有些树枝也叫"条"，如"葛条""柳条""芭条""桃条"等。《羔羊》中"素丝五纪""素丝五緎""素丝五总"中的"素"，意为未经染色的丝、线。岐山妇人织布时有"素线""花线"之分。《甘棠》"召伯所说"一句中"说"，古读"舍"音，义同"税"；"召公所茇"一句中"茇"，古读"bá"，今天岐山人仍是这样读。"茇"字在诗中意为：召公在用草搭的庵房里办公。《周南》《召南》中使用的"兮"字，岐山人仍然在使用，只不过主要在一些口语中出现，如"脏兮""脏不兮兮""乱乱兮兮""麻兮"等。

《周南》《召南》中一些习俗和岐山基本一致。祭祀是周人最重要的日常活动，周人的祭祀对象包括天地、祖先、日月、星辰、山川、河岳等等，他们进行一项稍重大的事情,开始前、结束后都要举行祭祀活动。《召南·采蘋》中妇人用心采集"蘋",虔诚地放在宗庙天窗下,这只是日常祭祀,节庆祭祀与此相比要隆重得多。岐山乡俗素来重视祭祀,但范围比周人要小得多,次数也没有周人频繁,一般只在节庆时举行。但和周人一样的是,祭祀活动均主要由家庭主妇承担,祭祀用品也有艾蒿、柏树枝、冬青等,祭祀案上铺设的是干净的白色台布,供奉天爷、灶爷、土地、仓神等家神的处所也做成小窗洞似的窑窝。岐山人在端午节时采来新鲜艾蒿,插在门上取吉避邪。岐山人在用作祭品的馍上插柏树枝、冬青,意为祝愿逝者英名万古长青。岐山有钱人家的老人喜欢穿"羔儿皮"做成的皮货棉服,《羔羊》中的主人公也一样,这是一位有权有势的朝廷官员,诗中三次对其羔羊皮袍表示羡慕、赞美,说明这种服饰当时既时尚又豪华,这种衣服在岐山一直是豪华冬服,只有家底殷实的老人才穿得起。岐山人把国家、集体单位统称"公家",把有正式工作的人员叫"公家人"。《羔羊》中"退食自公",其中"公"指公门,此句说的是当时的朝廷对工作人员提供工作餐,这位官员下班吃完公家饭后,穿着高档的"羔儿皮"皮袄,迈着官步,大步流星地回家,诗作流露出了为官者的自豪感和荣誉感。《周南》《召南》中不少诗作是关于恋爱、婚姻、家庭方面的内容,说明周人的礼、乐之中十分注重婚姻这件大事。岐山人一辈子最操心的大事情就是儿女婚姻及盖房、安埋老人。俗语:"结婚盖房,花钱没王。"从这句话可见岐人对子女婚姻的重视程度。《葛覃》中"归宁父母"一句讲的是出嫁后的女儿应该常常探望父母,尽孝道之礼。岐山人把这项传统很好地发扬光大,结婚第三天,新媳妇就得和新女婿一起带着厚礼走娘家,新媳妇在一些节日前、小孩满月后还要"住娘家",时间都在10天左右。过年、端午、中秋等节日时女儿要拜年、探节,"麦上场、女看娘",说的是夏收后女儿必须走娘家和主要亲戚,这种不忘养育之恩的好传统都源于周礼。

《周南》《召南》中一些诗歌是过去岐山人婚庆、祭祀时乐人的必颂内容。如婚庆活动要颂祝福的《关雎》《鹊巢》《葛覃》,祭祀要敬颂《螽斯》。还有《麟之趾》《驺虞》也是乡宴等庆典活动的祝颂诗。

《周南》《召南》中的一些名句被岐山人长期应用。过红白大事写对联是岐山人很注重的一项文化礼仪活动,特别是新婚对联,比较讲究,贴的地方多,内容比较文雅。《周南》《召南》中许多名句被用作婚联、炕贴、路贴等,世代相传。如"关关雎鸠""窈窕淑女""君子好逑""螽斯衍庆""桃之夭夭""之子于归",还有"公侯干城""夙夜在公""振振君子""甘棠遗爱"等被书于官署或有功名人家的门楣上,起毖勉作用。

岐山地区有许多历史悠久的歌谣、口诀,其中有些采用的是与《周南》《召南》类似的比兴手法,有些像《周南》《召南》一样为四字一句,有的句式多有重叠,颇似"《周南》《召南》"中的一些作品。这些在一定意义上说明岐山民间文学发展与《周南》《召南》是有关系的。

总之,《周南》《召南》主要是在周公、召公所治区域内诞生的诗歌作品,岐山是周公、召公的采邑,是两位先贤长时间生活的重要地区,两位先贤一生的注意力、影响力与岐山关系密切,作为《诗经》的主创者,不会不注意创作和收录在岐周诞生的诗歌作品。《诗经》又是一部经过数百年不断完善、整理日趋完美的作品,在这一渐进的过程中也录入了周公后来的一些优秀诗作,同时也可能收入了周公、召公在传礼布乐时,收集到的南国的一些诗歌,这才使《周南》《召南》内容日趋丰富、多彩纷呈;成为《诗经》重要的组成部分。

位于刘家原村的召亭古址

祭祀礼上诵《诗经》

岐山是《诗经》的故乡,岐山人历来对《诗经》情有独钟。"读了《诗经》会说话"是岐山人耳熟能详的口头禅,岐山人所谓的"会说话",指的是言谈有礼仪。要达到这个境界,主要办法是学好、用好《诗经》。在漫长的封建社会,《诗经》一直是岐山儿童的启蒙读物,以耕读传家为荣的西岐人家大都藏有《诗经》,其中许多经典词语被作为励志的座右铭,镌刻于书房、门楣。岐地有身份的读书人,无论是在书面还是口头交往中,把用《诗经》名句交流思想,看作是展示学问、表现礼仪、体现身份和修养。熟稔《诗经》的先生一直在岐地享有较高威望,在各种活动中被列为上宾。诗礼的不懈熏陶,是岐山被尊为"首善之区"的重要原因,这个殊荣可能比今天的全国精神文明模范县还要牛。古代岐山人还享有腰裹黄腰带的特殊礼遇,黄色为皇家专用的高贵之色,身上有黄色饰品,不管走到哪里都享有座上宾的礼遇,岐山有句著名歇后语:岐山人经黄腰带——另有讲究,说的也是这件事情。

不说别的,即使哀乐阵阵、纸钱飞舞、经幡飘飘的悼念逝者的葬礼上,吟诵《诗经》相关作品,仍是岐地祭祀活动的一个重要内容,以颂诗之庄重礼仪追念逝者,强化对先祖的哀悼之情,体现了诗礼之乡人的浓厚的思古怀祖情结,从一个侧面反映了家乡人民对《诗经》这部作品的钟爱。

孔子说过,所谓孝,就是对亲人"生,事之以礼;死,葬之以礼,祭之以礼"。基于此,岐山人把丧葬之礼看作是行孝的最重要方式,即使借债也要厚葬老人,以免失礼遭人耻笑。所以,葬礼历来是各种活动中历时最长、参与人数最多、花销最大的礼仪活动。岐人重葬、祭之礼,是出自奉孝思先、饮水思源、慎终追远的感恩之情,借家门户族会聚一堂悼念先祖的严肃场面,深切缅怀先人功绩、恩泽,践行《大雅·文王》"无念尔祖,聿修厥德"之教诲,更好地遵行先人遗志,承继先人事业,实践先人遗愿,把这一项孝义浓浓的活动当作延续先人生命的寄托,让逝者虽死犹生,德范永存,使生者感受一次神圣的礼仪熏陶,虽然这种活动耗费太大,过于奢靡,但传递的重孝传统还是值得肯定的。

在隆重、庄严的祭祀仪式上,借着众人哀悼的难得机会,用与周人相同的语音,站在周人曾经生活过的土地上,哀诵《诗经》有关章句,足见岐山人把用《诗经》传递爱心和孝心做到了见缝插针的地步,这种形式只有《诗经》的故乡才能做得到吧,这就是故乡人对《诗经》的挚爱情怀。虽然这种流行于民国的"礼行三献,乐奏九章"的仪式,只有经济实力殷实、声名显赫的富户才能承受得起,这也就是俗语所说的"穷人埋人,富人埋钱"的道理,但不管怎样,这从形式到内容,都颇具文化意义的尊祖孝先活动,它在宣传《诗经》文化的同时也推行了孝道,使敬祖孝亲意识得到推介和弘扬。中华文化之所以几千年长盛不衰,大放异彩,是因为孝从来是个人、家庭、社会、国家的道德之本。所以这种形式单就对国人恢复、发扬尚孝的传统而言,目前仍然有一定的积极意义。

葬礼上的诵诗活动,在安葬逝者的前一天下午进行,活动邀请比较专业的乐队与过事者一起完成。乐队一般有乐师八到十人,礼宾六人,司礼四人。担任主祭的礼宾,必须是有功名、有爵位的秀才、贡生、举人、县令等著名人士。这项重要祭祀活动,第一项议程十分重要,就是由众孝子领乐师去祖坟迎请祖先,即"招魂",又叫"迎神朝祖",意为把列宗列祖从各个坟茔迎请回家,让他们与新逝者共享这一吟诵、悼亡活动,接受亲友和孝子的祭拜。乐师吹着哀乐,孝子捧着逝者的遗像,在祖先的坟茔烧纸,绕坟墓一圈,然后回到逝者灵堂前烧纸祷祝,意为告诉逝者,先祖亡灵与其会合,将一起接受颂诗禳祝。

这天傍晚,孝子、亲戚、家门户族先要聚集在灵堂前焚化纸钱,对诸位先祖哭灵哀悼,然后按长幼亲疏次序,穿白戴孝列队肃立,由主祭统一组织诵诗活动。诵诗祭祀的灵堂设在院内正中的庭堂里,同时院内还得设祖先神堂,祭桌上供奉列宗列祖神主和遗像,中间布天官神像,两边摆各种祭器、祭品。各式各样的祭品中,最重要的是名叫"献祭"的大馍,献祭必须用新麦头茬面,做成一斤左右的大馒头,普通关系的亲属每家最少献六个献祭,这些人家的献祭不染色,不做造型。近亲的献祭馍分量最重,数量为 9—12 个,叫"全礼",馍上要有面捏的红、绿色花草动物,插冬青枝条,以祝愿逝者万古长青、永垂不朽。这类亲戚的献祭馍要分层摆放在专用的食箩里,食箩像一个大型的木提盒,装满祭品的食箩需有专人一路抬来,由吹鼓手迎至灵堂,按亲疏有次序地置于最显眼处。灵堂旁的供案上,整整齐齐摆放着排排鲜艳夺目的献祭馍,哀乐和哭灵声不绝,使祭祀的氛围越发浓烈。亲戚回家时主人又回赠三个献祭,叫"回伴",回伴如连接亲戚之间的桥梁,表示亲戚关系一镰割不断,连绵有续。

吟诵《诗经》的祭祀活动分三场进行。

第一场,行初献礼。由孝子、孝侄列队祭祀。礼宾四人,灵堂左右设通礼二人,孝子前后各设一人领导答礼。通礼者唱:"执事者各执其事。"答礼者唱:"孝眷肃立,顶旌盆,执丧杖,披麻冠,束翠捷,艳魂帛,出帷。"通礼者唱:"移毛血(《礼记》中指带血的生肉)。"执司者奉毛血供神堂香案前,献毛血,跪! 焚香,燃表,酌酒,叩首,再叩首,三叩首! 通礼者唱"兴",执事者叩首,复位(以上为神主面前礼节)。至灵堂前,经盥洗、进帛、进巾旌、进醯碱、进猪心、进猪鱼、进猪燔、进献饭、进蒸饼、进羹汤、进祷文(祷文由礼宾事前分头撰写)、歌诗等十三项议程。歌诗时由通礼者唱:"歌诗童子就位!"两位歌诗者在灵堂左右相向而立,甲唱一句,乙唱一句,唱的内容就是《小雅·蓼莪》。这首诗共五章二十六句,是一篇儿子哭悼父母以铭记父母养育之恩的著名作品。但岐周之地过去只颂唱其中三分之一内容,即第一、二、四章内容,具体内容如下:

蓼蓼者莪,	青青的蒿子啊,又绿又高,
匪莪伊蒿。	不是普通的蒿子,它是招人喜欢的青蒿。
哀哀父母,	可怜的爹娘啊,
生我劬劳。	生我养我受尽了辛劳。

蓼蓼者莪,	青青的蒿子啊,又绿又高,
匪莪伊蔚。	不是一般的蒿子,它是招人喜欢的牡蒿。
哀哀父母,	可怜的爹娘啊,
生我劳瘁。	生我养我尽力操劳。

父兮生我,	父亲生我养育我,
母兮鞠我。	母亲抚养管护我,
拊我畜我,	时时处处关爱我,
长我育我。	辛辛苦苦培育我,
顾我复我,	千方百计照顾我,
出入腹我。	出门、进门都抱着我。
欲报之德,	想报父母大恩情,

昊天罔极！　　　天不随愿痛悲哀！

　　这是一首感天地、泣鬼神的悼亡诗，诗人反复陈述父母养育子女的艰辛和对儿女的疼爱呵护，诗歌连绵往复运用比兴手法，来描写自己哀哀欲绝的悲痛心境，把怜父母、爱父母、伤离世的复杂心情表现得淋漓尽致。在哀乐低回中聆听这样的诗句，谁能不为之动容？可以说这首诗是对意义绵长、深远的孝文化的诠释和演绎。将这首诗放在第一个演诵实在是恰如其分，意义非凡。

　　演诵结束后，通礼者用十分庄重的口吻唱："初献礼毕，孝子侧跪，圣堂作乐！"乐人演奏一段悼亡的乐曲，然后开始第二场诵诗活动。

　　第二场，行亚献礼。女婿、外甥等亲戚来灵堂前公祭。设施与第一场初献礼同。通礼者唱："行亚献礼，女婿、外甥等就位！"众亲戚跪灵堂前，焚香、燃表、酹酒、三叩首。通礼者唱："兴！"众人即鞠躬，复位。又经盥洗、进白餐、进稀肴、进糕点、进油酥、祷文、歌诗七项程序，比孝子的祭礼少六项。歌诗时有通礼者唱："歌诗童子就位！"两位歌诗者依旧如行初献礼那样，分立两边，一人一句，交替歌诗。内容是《周南·麟之趾》。这首诗意思是：祈求祖先保佑家族子孙繁盛，人丁兴旺，具体内容如下：

麟之趾。　　　　麒麟的蹄儿不踢人。
振振公子，　　　振奋有为的公子，
于嗟麟兮！　　　啊，你们是麒麟啊！

麟之定。　　　　麒麟的额头不撞人，
振振公姓，　　　振奋有为的公孙，
于嗟麟兮！　　　啊，你们是麒麟啊！

麟之角。　　　　麒麟的角儿不触人。
振振公族，　　　振奋有为的公族，
于嗟麟兮！　　　啊，你们是麒麟啊！

　　通礼者唱："亚献礼毕，孝子退，升堂作乐。"乐人鸣奏一段乐曲，然后进行最后一场颂诗活动。

　　第三场，行终献礼。孝孙参与祭场。设施同于初献、亚献。通礼者唱："行终献礼,孝孙就位！"众孝孙跪灵堂前,亦焚香、吊表、酌酒、行三叩礼。通礼者唱:"兴!"众人鞠躬,复位。后经盥洗、进柑橘、进鹂梨、进大枣、进雪桃、进香茗、进香烟、进祷文、歌诗九项程序。歌诗时,由通礼者唱:"歌诗童子就位,歌《螽斯》之三章。"歌诗童子站立位置依旧,歌法与初献、亚献礼同。

　　《螽斯》是《周南》名篇。《周南》起首的《关雎》说的是婚恋大事,这首诗歌是《周南》中表示祝福的作品。作者以螽斯繁育能力极强,表达其对生子繁育的高度重视,整篇诗作以物拟人,使用这种手法的深远意义不言自明,就是希望后代人丁兴旺,繁荣昌盛。在葬礼上吟诵这首诗,意思是对父母培育了众多子女之辛劳表示感恩,并愿父母在天之灵保佑家族多子多福,世代兴旺发达。

螽斯羽,	蝗虫翅膀哗哗响,
诜诜兮。	一会儿聚集一大帮。
宜尔子孙。	愿您多子又多孙,
振振兮。	世世代代人丁旺。
螽斯羽,	蝗虫展翅哗哗响,
薨薨兮。	薨薨飞来一大群。
宜尔子孙,	愿您多子又多孙,
绳绳兮。	谨慎群处在一堂。
螽斯羽,	蝗虫展翅哗哗响,
揖揖兮。	聚集一堂真热闹。
宜尔子孙,	愿您多子又多孙,
蛰蛰兮。	安静和睦在一堂。

　　通礼者唱:"三献礼毕,孝子退,阖户,息烛,撒簋,升堂作乐。"

　　在葬礼上敬诵这三首《诗经》作品,在老丧当喜丧的岐周,确实意义非凡,一来这是《诗经》故乡以这种方式对《诗经》表示敬意。二是给祭祀活动赋予十分典雅、深广的教化内容,深切怀念祖先,期望家和事顺,人丁兴旺。家族兴,村社兴,国家当然兴,这是人们长期以来最朴实的愿望,在这个场合表达出来具有特殊意义。三是首善地区崇德重孝的风俗由来已久,遍布方方面面,即使这种特殊的场合也不忘对德孝之风继承、发扬。

在岐山周原核心区域的京当地区,时至 21 世纪,起丧的仪式和唱诗前进行的活动竟和诵《诗经》活动大同小异,基本是按照《礼记》中的那套要求进行的。特别是丧礼前一天的迎接亲友的祭祀活动和次日起丧前的吊唁活动,要比岐山其他地区复杂隆重得多。其他地方仅仅由吹鼓手班子和孝子代表将亲友从十字路口接回灵前,迎客到灵堂就结束,但京当地区,迎亲时众孝子不管年龄大小,必须统一列队迎接吊唁的亲友,而且对所有来客,众孝子都要齐跪于地,磕头致谢。次日发丧前,邀请有名望的人士组织,在灵柩之前,以辈分、亲疏挨家挨户进行冗长而庄重的祭祀活动,凡参加者均受到一次行孝教育,而且家家如此。

在到处提倡从简祭祀的时候,这里却沿袭着这样繁复、隽永而意味深长的祭祀活动,周都地区的民众,是要用这种意味深长的礼乐活动凸显自己王都子民的仁孝风范,或用这种形式使人永远保持清醒头脑,每个周原子民永远不要忘记自己的出处,包括周人在内的所有祖先。祭祀时刻诵《诗经》,既是祭祀文化的内容,也是弘扬《诗经》等优秀传统文化活动,更是推广孝道的实践活动。孝是中华文化最突出的特色之一,是德的根本。尽孝则家齐,社会安定,国家治平,民族生命得以长久保存。愿人们都崇德尚孝,以尽孝为最高荣耀,把弘扬仁孝文化当作弘扬优秀传统文化的重要组成部分,让它活起来吧!

(此文引用了《岐山县志》编辑张汉涛有关考据内容,特此致谢)

品《诗经》 说岐山

读《天作》话岐山

天作高山，　　　上天造就了神奇、伟大的岐山，
大王荒之。　　　太王的艰辛开拓使她宽阔无边。
彼作矣，　　　　上天功高盖世，他使周国美丽、强大，
文王康之。　　　文王安抚定周邦，周的事业欣欣向荣。
彼徂矣，　　　　四方百姓纷至沓来，
岐有夷之行，　　岐山之阳的周道平坦、宽广，
子孙保之！　　　周人子孙要沿着先辈所指的方向勇往直前！

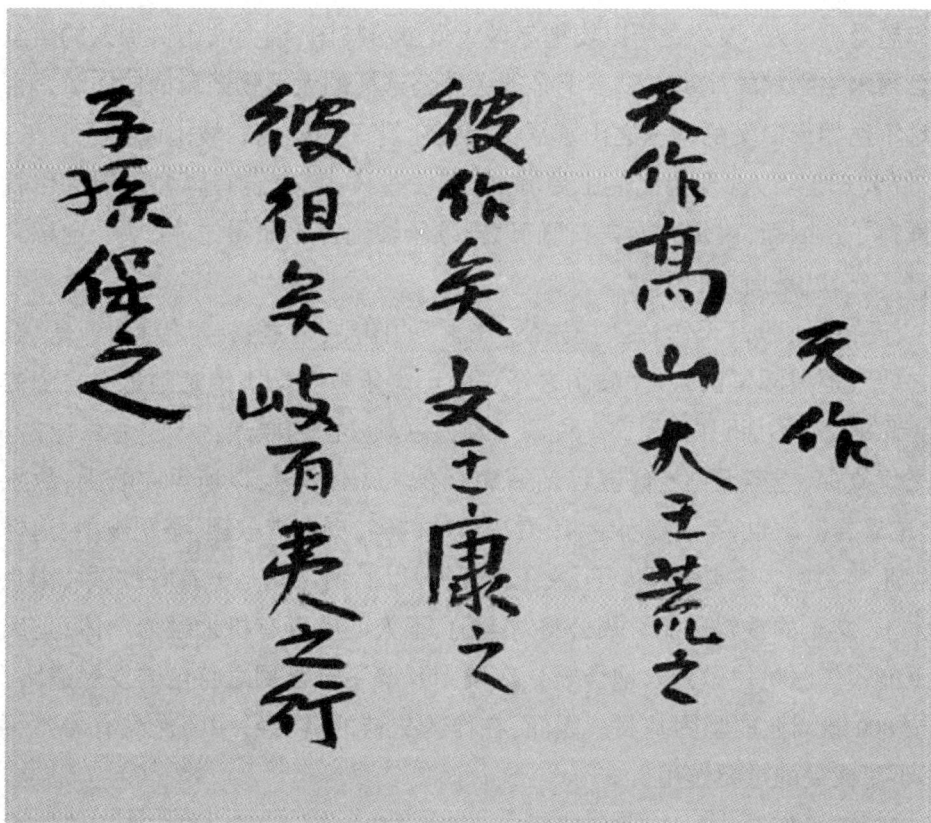

《周颂·天作》　　　胡宝岐书

这首《天作》是《诗经·周颂》中的著名诗篇,是《周颂》第五首。作品虽然只有寥寥七句27个字,却像一部高度浓缩的先周史。作者饱含激情地歌颂了神奇、伟大的岐山,歌颂了古公亶父、周文王两位英雄在岐山创业奋斗的历史。通篇虽为歌功颂德之词,但自然亲切,真实生动,丝毫不枯燥,是一首质朴无华的诗中精品,也堪称历史上第一首"岐山之歌"。作者强调上天很早就造就了这座名山,但只有当它碰到古公亶父、文王这样的旷世英才,才使普通的小山如千里马遇到伯乐,升华成一座不平凡的圣山,成为周人心中永远的丰碑。

有人说《天作》一诗作者就是周公,不少人觉得是有道理的。因为周公生长在岐山,耳闻目睹了周先王在岐山的奋斗历程,亲自参与灭商建周活动,他能掂量准岐山在周代历史天平上所占的分量,所以能够用如此恰切的语句,从心灵深处迸发出这首不朽的"颂岐之歌",并且将其列在周人日念夜诵的《周颂》之中。

《诗经》305篇诗作中,与《天作》相类似的作品并不多见。《周颂》主要是宗庙祭祀的诗歌,歌颂山川的诗歌较少,周人对后稷的出生地"邰",对公刘等周先祖取得的辉煌成就,也没有像对岐山一样给予如此直截了当的崇高礼赞。周公为岐山写词谱歌,深情赞美岐山,说明以周公为代表的周人对功勋之山的无限崇敬和热爱。周人、周公之所以要把赤诚大爱献给岐山,因为岐山对周人的贡献大到必须永铭心扉的地步,以至于必须由周公这样的大人物亲自诵诗作赋,否则将对不住如母似父的神圣之山。尼山因诞生孔子而驰名,岐山诞生了文王、武王、周公三位圣人,理应比尼山更驰名,若没有岐山,有没有辉煌的周文化就难以预料了。因而,对周人而言,他们怎样歌颂岐山都不显得过分,从一定意义上讲,《天作》就是周人的国歌。

《毛诗》认为,《天作》是"祀先公、先王"的作品;朱熹《诗集传》认为是"祭大王之诗";但姚际恒认为是"岐山之祭""岐山之乐歌",即清清楚楚歌祭岐山的作品。邹肇敏一番话明白、无误地说清了周人歌颂岐山的原因:"天子为百神主。岐山王气攸钟,岂容无祭?祭岂容无乐章?不言及王季者,以所重在岐山,故止挈首、尾二君言之也。"平心而论,单看诗作的内容,更像借歌颂、祭祀岐山、追怀先祖创业之大功。其实歌颂太王、文王离不开岐山,所以这是一首既歌颂岐山也歌颂太王、文王的重要作品。周公将对圣山、圣人的歌颂有机地融为一体,是因为先王能不失时机地做到人地合一,在岐山开辟了符合周之特色的发展道路,打下了800载周业的坚固基石。因而,在作为史诗的《诗经》中该作品有着不可替代、不可或缺的重要作用。

起首"天作高山,大王荒之"句中,作者用"天作"二字,说明"岐山"伟大非凡、鬼斧神工，非人力和自然力所为，堪为老天的杰作。而周公在此又不忍直呼岐山，将岐山敬称为"高山"，显示对这位像"长辈"一样的圣山的尊崇，岐山习俗一直有为尊者"讳"的敬老良俗，小辈直呼长辈名讳被视为不敬不孝，把并不太高的岐山叫"高山"，这个"高"和"高祖""高堂"中"高"的意思一样，就是说周人把岐山像先人一样敬仰。"大王"指古公亶父，"荒之"意为精心拓展。《书传》说："大王迁岐，周民束脩奔而从之者三千乘，止而成三千户之邑。"古书又说："天生此高山，使兴云雨，以利万物。大王自豳迁焉，则能尊大之，广其德泽，居之一年成邑，二年成都，三年五倍其初。"这段话的大体意思是：大王相中美丽、富饶的岐山是一个英明的决策，因为岐山这块吉地福宅，促成了大王事业的迅猛发展。短短三年，周人势力就猛增了五倍。这个神话式的发展速度，使周人对伟大、神奇的岐山和太王万分敬重。"彼作矣，文王康之"，诗句中的"彼"是上天。这句诗的大体意思是：文王励精图治，继往开来，推进太王绘就的蓝图，使周人的势力得到长足发展。在岐山诸位周王中，太王、文王可谓杰出代表，伐纣灭商虽然完成于武王，但周代商的必然趋势却早在文王时就已显示出端倪，所以太王、文王为周代建立做出了不可替代的贡献，他们的高大形象和不老的岐山一样永远立于周人的心目中。

　　文王虽然没有等到周胜商败的那一天就不幸逝世了，但他却在看似偏僻、貌不惊人的岐山给周人开辟了一条通向成功的道路，为周室强大奠定了雄厚的政治、军事、经济基础，这是周人最珍贵的财富。这就是"彼徂也，岐有夷之行"的深刻含义。原本遥不可及的灭商兴周之路，经过太王、文王在岐山的顽强努力，在文王离世前就已显现出希望的曙光，周代替商成功在望。岐山像一位充满智慧的老者、尊者，既给予了周人克敌制胜的莫大力量，又亲眼见证了太王、文王亲手把周之战车推向康庄大道的过程，并为武王乘胜追击，建立西周给予了强大的动力，因此周人自然而然应"子孙保之"这来之不易的家业，继承先人大志，把太王、文王开创的事业不断向前推进。这就是周人眼里神奇而伟大的岐山，这就是周人岐山情怀的真实写照。

　　明万历《岐山县志》载有一首古诗，对《天作》一诗给予了明了的诠释：

天作高山太王荒，

王季其勤文王康，

三圣相承文接武，

姬篆从此肇兴王。

可见,古代岐山文人,对岐山及《天作》一诗的认识和理解是非常全面和深刻的。

其实,貌似平淡无奇的岐山,在周以前就小有名气了。早在后稷时代,岐山南部归邰国,是后稷繁育五谷的佳地。《国语·晋语》载"昔少典氏娶于有娇氏,生黄帝、炎帝。黄帝以姬水成,炎帝以姜水成"。其中的"姬水"不少学者以为是岐山境内的岐水。姜水,据学者考证也在岐山境内,说明炎黄二祖的成长、发展均与岐山有关。《路史》载:"古有岐伯原居岐下,黄帝至岐,见岐伯引载而归,访于治道。"说明黄帝时期,岐山一带是岐伯所治的方国,黄帝曾来岐山用自己的华车载这位著名贤士,并与其切磋医药之理。由此可见岐地、岐伯在黄帝心目中的地位有多么重要。岐山出医圣,"岐山"无闲草,岐山的黄风(外人念防风)、黄芪、黄芩、大黄、地黄、黄连等,名字中都有"黄"字,抑或也是古岐人对人文始祖黄帝的缅怀和纪念。这些良药遍布岐地山川四野,助推一代岐伯成就圣名,以至于中医的名字"岐黄(岐伯、黄帝)"二字均与岐地有关,岐山为中华医药做出了重大贡献。

炎帝更是早出晚归,在岐山的山山峁峁尝百草,寻可食的野菜。岐山有情,他在这儿多年找寻救民的食物、药品都安然无恙,且收获巨大,但遗憾的是外地天台山上的断肠草却夺去神农氏的性命。有情的岐山人民早就建有几处神农氏的祠庙,其中以故郡镇神农山神农洞最为著名,至今仍然香火旺盛,足见岐山人对这位本土圣人感情之深厚。

仓颉在岐水畔居住多年发明文字;大禹三过家门而不入——在岐地推进"导汧及岐""治梁及岐"等惠民工程。《竹书纪年》载:"帝癸三年,犬夷入于岐以叛。"说明岐地在夏代地位依旧重要,是各方势力力争之地。到了商周,岐山成了名副其实的热点,各种势力竞相登场,在这里演绎改天换地的一幕幕大戏。周代时,岐山圣人扎堆涌现,成了岐山历史上风光无限的时代,其中周文王、周武王、周公都是岐山人,周公为圣人中的元圣。中国历史上比较公认的圣人有尧、舜、禹、汤、文、武、周公、孔、孟,加上武圣人姜子牙和关羽,总共就10多位大圣人,四位竟然出在岐地或在岐山成就大名,实为中国3 000多个县中之特例。这几位圣人以超凡脱俗的影响力,稳稳站立在那个时代政治、军事、经济、文化的最前沿,引领中华文明之船劈波斩浪奋勇前行。周代之所以是800年的周代,岐山的功勋是不可估量的。周代辉煌的方方面面无不闪耀着岐山之巅太阳的熠熠光芒,可以说有周一代,岐山在华夏出足了彩头,为中华文明立下了赫赫功业,值得人们永久自豪、骄傲。

那么，令世人敬仰的岐山地域具体在哪儿？哪儿是周人所歌颂的"天作"圣山？这确实是个看似简单而其实并不易给出统一答案的问题。

对此，历史上有多种观点。一般有山脉岐山和区域岐山两个概念，具体内容如下：

一、山脉岐山

作为山脉岐山，属于千山山脉，由许多山峰组成，它肯定大于今天岐山管辖的扶风——凤翔之间东西长约30千米的这段岐山。从历史文献记述看，过去就已有岐山之山脉、岐山之山峰和岐山之地区几种概念。作为一座山峰，岐山具体位置说法也不一致。薛综注《西京赋》引古本《说文》："岐山，在长安西美阳县界，山有两歧，因以名焉。（说文：岐，周文王所封，在右扶风美阳中水乡）"这可能是对岐山代表性山峰最早、最具体的解释。《尚书·禹贡》提到大禹在岐地一带的治水工程有"治梁及岐""导千及岐"以及"荆岐之旅"，这里的"岐"既可理解为岐地、岐水，也可理解为岐山，对此尚未见到统一的解释。周代起，岐山名声大振，泛见于《诗经》《易经》《尚书》和孔孟等大家的著述中。岐地学者庞怀靖先生认为岐山和岐山主脉是两个概念，他在《岐山历史概况与历史沿革》一文中说："泛称的岐山就是指西接千山（在今千阳县），东连梁山（在今乾县），绵亘于凤翔、岐山、扶风三县北境的一段山脉——千山余脉。"该山脉幅员较广，其南面台原一带大体上是古代大周原的重要区域。该山脉在现在岐山县境内，共有220多平方千米，为今天京当镇、祝家庄镇、蒲村镇、故郡镇、凤鸣镇北部地区，约占岐山县总面积的三分之一。

唐颜师注解《汉书·地理志》时说："岐山，在美阳，即今之岐州岐山县箭括岭。"这里确定岐山主脉即"箭括岭"，指出岐山就是当地人叫"箭括岭"的那座山峰。清代学者介绍岐山方位时说："美阳，岐山在西北，今岐山县东北七十里是也。"所以唐以后岐山山峰的具体位置指的就是今天的箭括岭，也是时至今天岐山人总体的看法。"岐"同"歧"，"歧"字表示物有分支，从造字古义看，定名为"岐山"，就是因岐山山峰分两个山峰。即"山有两歧，因以名焉"，两歧恰似"箭"之两栝。据县志记载，岐山东峰陡峭，其高1 594米，西峰平缓，其高1 549米。如果说周太王当年革命的大本营就在今天周原遗址一带，现在看这里正好在岐山（箭括岭）之阳，在周人先祖——后稷居住地"邰"的西北，也是易学上所谓的"生门"，不知周太王当时占卜的是不是这个结果，在这儿定都是不是也源于此。但这座叫做箭括岭的山脉确实与《诗经》等历史文献所记述的地方比较吻合。所以，历史上著名的岐山山峰应该就是箭括岭。箭括岭地形独特，既是阻挡、弱化西伯利亚寒流的屏障，也是抵御北地异族入侵的战略堡垒。这里曾一直是军事重地，占领了箭括岭就获得了战略主动权。据《麟游县志》记载："后梁贞明六年（920年）十二月，西川蜀王部将占领箭括岭，居高临下，败岐王李茂贞于箭括岭前。南宋绍兴年间（1131年—1162年），吴玠以箭括岭为屏障，击破金将黏没喝，为取得和尚原大战胜利奠定了基础。这种有利的地形也是吸引周太王落脚的重要原因。

但是，唐《括地志》《元和郡县志》《地理考·郡县志》、宋代《太平寰宇记》、清代《读史方舆纪要》等书籍认为，岐山是岐境内另一名山———天柱山。天柱山在岐山县城正北，只有一峰独立，似乎与命名者初意不符。岐地另一学者王效文在《岐山就是岐山》一文中说："你出了京当镇的北门，朝着北方举目眺望，见一山仿若土丘，双峰微凸中间凹陷，形似马鞍，呈现在群山横队的前列，介于西观山与东观山之间，这就是明万历《岐山县志》所说的'岐山'。"他认为岐山既不是箭括岭，也不是天柱山，而是另外一座山脉。

泛指的岐山山脉争议不大，对岐山主峰的所在长期以来却有争议，但不管怎样说，岐山是一座名山是肯定的。司马迁在《史记·封禅书》中说："自华以西，名山七，……而四大冢鸿、岐、吴、岳，皆有尝禾。"可见汉代岐山就和五岳等名山相并列，每年秋季国家要举行祭祀岐山活动。据记载，周成王曾在岐山进行过封禅活动。《唐六典》亦称"关内道名山曰岐山"。说明在唐代时岐山名气也要比现在

岐山县城东门《太王奔岐》雕像

大得多。当时岐山为何位尊名重？一般学者认为主要是其地理位置十分重要,加之草密林茂,水美山清,鸟语花香,物产富饶,唐、宋以前,这里都号称为"天府之国"。但最重要的还是因为这里风水好,是周代的"发祥地"和"大本营"。

要弄清周人乃至古代大贤所指的岐山是"泛称"岐山一带,还是"特指"的岐山山脉,这确实有点难度。即便古代的名人,也不一定很清楚岐山具体所指。如明代学者许仲琳,他是《封神演义》的作者,据说该书"三分史实,七分虚构"。写此书时他可能对岐山也作过调查、研究,但许仲琳在书中数十次说到岐山时也比较含混。其是这样界定的:作为与商纣对垒的阵营出现时,多称为"西岐","岐周"是一个诸侯国的区域;"冰冻岐山"及伐纣前"誓师岐山",这里的"岐山"指一个具体的山脉,这个"岐山"距周之都城——"岐周城"还有 35 千米。另外,该书还有"西岐州""西岐山"等称谓。当然这都只代表一种说法罢了。

二、县制岐山

作为一个大的地域区划来说,岐山是中华最早开发的地方之一。自大禹治水,国分九州起,岐地就在古雍州范围,为其核心区域,有学者认为古雍州得名的重要依据为岐地境内的重要河流——雍水。周太王次子仲雍名字中之所以有个"雍"字,主要为表达对雍水,对家乡的思念之情。后来文王在雍水岸边建起辟雍,《郑笺》云:"辟雍者,筑土雍水之外。亦明雍乃岐周水名,盖因水而立宫,引水以还之。在周为雍,在鲁为泮。"因雍水在丰镐之西,《周颂·振鹭》中也称"西雍",辟雍是禳灾、演礼乐、教化民众、天子与民同乐的政治文化场所。夏商时岐地是边远区域,并时常遭外族袭扰或短期占领。商后期,古公亶父由豳迁岐,获准在岐下建邦立国,定都周原,到周文王时实力大增迁新都于丰,岐地作为周人的政治、文化、军事、经济中心的位置没有丝毫弱化,文王为凸显该地之重要,乃分岐周东部为周公采邑,西部为召公采邑;均称"周地",由股肱之臣周公、召公统治。终西周之世,岐地因系周王朝起家之圣地而一直被重视。公元前 771 年,西周被异族"戎"所占,岐地亦沦为戎地。其时秦襄公因护送周平王东迁有功,周平王把岐地作为"空头支票"赐于秦。秦襄公和秦文公以周王的不经意之说为目标,习武强兵,多年努力,逐戎据岐,阴差阳错地收复失地,并使岐地成为秦一统的后方要地。秦始皇一统后,设郡县,以岐地为内史地,相当于直辖区。两汉时为右扶风区,为京畿要地。魏晋时为扶风郡。北魏时,以岐山之盛名设岐州(州治在今凤翔),到唐代时岐州和京兆尹地位同等重要,后唐李茂贞还在这一地区称岐王。此后,到明朝先后有 13 位诸侯级的人物称岐王,都是位尊权重的大人物,他们称"岐王"无不是冲着境内的名山"岐山"而沽名钓誉,足见岐山在历史上的地位是多么重要。隋开皇十六年(596年),设岐山县。唐贞观八年(634年),县城移至今之位置,再无变动。岐山县域后虽几经变化,但大部分区域与今天的区域相差无几。

古志对岐山县一直这样描述:"箭括后擎,终南前峙,凤堆西绕,龙尾东环,渭水萦乎南,梁山翼乎北,风气清淑,人文秀雅,诚天作之圣地,诞圣之名邑。""两山夹一川,二水分三原"说清了岐山南、北两山夹护,渭、沣两水中流的地理位置及历史厚重感,所以岐山历来为兵家必争之地。

岐山历史悠久,文化积淀丰厚,是驰名中外的"周公故里""青铜器之乡""礼仪之乡""陕菜之乡";这里土肥水美,物阜民丰,商贸繁荣,"金宝鸡,银凤翔,不及岐山一后晌"形象地说明了岐山自古经济就比较发达,2015年,岐山县经济总量仍位于全省各县前列。

现在要十分肯定地说出各种典籍中所指的岐山具体说的是一座山峰,还是具体的一大区域,确实有一定难度。最初古公亶父所立足的"岐下""岐阳",虽大多数人认为是现京当镇贺家一带方圆10千米左右的地域,但也有学者认为在21世纪发现的周大墓的周公庙一带,有的学者甚至认为在周原其他地方,这些都有待进一步考证。但不管有哪些争议,岐山山峰就是屹立于今之岐山县北面岐山山脉中的一座历史名山,岐山地区就是中华文明重要发祥地,各种说法丝毫不影响岐山在中国文明史上的作用。

总之,这座承载了太多中华文明内涵的名山,这块诞生过诸多圣人,演绎了中华文明诸多传奇的地区,值得人们永久歌颂和敬重,这块土地上诞生和走出去的为人民利益而努力过的人们都值得人们缅怀。《诗经》中有不少深情讴歌岐山的作品,虽没有像《天作》这样主题鲜明、中心突出,但都是周人发自肺腑的情感,这些诗作,一定意义上也代表了无数岐山人的共同心愿。

《天作》中"子孙保之"一句,像掷地有声的四字箴言,像周人面对着巍巍岐山,仰望苍天发出的铮铮承诺,他们以此由衷表示要永远继承先人大志,沿着先人开辟的正确道路,推进周人的事业,以回报天作之山——岐山,以及在此诞生的周代诸位圣贤,在一定意义上言,这也应该是世代岐山人的心声。

太王奔岐

——读《诗经》有关柞栎的作品

翻开周朝波澜壮阔的发展史，毋庸置疑，古公亶父称得上重量级的人物，他是后稷12代孙，是文王祖父，他对周族最大的贡献就是果断离豳奔岐，为周人开辟新天地打下了坚实基础，因而，文王早就把周太王的尊称加封在他的头上，这是当之无愧的尊荣。而古公亶父之前，堪与他齐名的周人之祖还有后稷、公刘两位伟大人物，他们三位都是周代人的杰出祖先，因而也是《诗经》大力歌颂的对象。

后稷是黄帝的后代，其母姜嫄的怀孕和后稷的出生均充满了传奇色彩。后稷在少年时期就展示出种植方面的天赋，他经过无数次实验，成功培育了"五谷"，他被尊称为"粒长"，即五谷的长官。他在种植业上有卓越贡献，夏王封他为专管五谷种植的农师。他历尽千辛万苦，培育了大麦、小麦，岐山人世世代代爱吃面食，所以对他格外尊敬，一直把培育小麦的后稷敬奉为"麦王爷"。

后稷教民稼穑的试验田，在今天的武功、杨凌一带，过去叫"邰"，近年有人还建议恢复杨凌的古地名——邰，认为比现用名更有意义。近代以来，国共两党对后稷都格外敬重。在抗战时期，国民党在杨凌建起西北农林专科学校，新中国成立后，国家投巨资建起了"农科城"。在后稷的故里，无数科技精英殚精竭虑传承着后稷的伟业。

乘车经过西宝高速公路杨凌段时，路北有一尊几十米高的后稷铜像，老远就映入眼帘，这位站在教稼台上的伟人，好像仍然专注于教民稼穑。后稷的故里"邰"地中心区，距离古公亶父奠定周业的周原地区，只有几十千米，共同被一脉渭河所滋养。据传，后稷农师的职位可以世代沿袭，但以兴水、治水起家的夏人，后来竟然改掉朝廷农官的职位，后稷的后人不窋因为失去官位，难以发挥特长，便不辞而别奔向西北广阔的豳地，与戎狄混居。不重视农业的王朝，国政也好不到哪里去，夏朝在不窋出走后不久便灭亡了。不窋所带走的后稷子孙，由于北地严寒,弃农从牧达几代之久。

后来在公刘做首领的时候,这位英明的当家人反复考量,决定率族迁徙,民众纷纷响应,他们便从游牧地区(今庆阳一带)南下到水清土肥的豳地南部,建立豳国。《诗谱·豳风谱》载:"豳者,后稷之曾孙也公刘者,自邰而出,所徙戎狄之地名,今属右扶风旬邑。"《旬邑县志》载:"公刘居豳,经十世,王太王,乃从豳地向西南迁至岐山下周原。"公元前16—12世纪,该地一直为周人的活动中心。公刘注重农业,势力日渐强大,后建立豳国,安邦定居,最终实现了丰衣足食,安居乐业,族群呈现出前所未有的良好发展势头,投靠者络绎不绝。

但豳地距离戎狄太近,时常遭其野蛮骚扰。到古公亶父为首领的时候,虽然族人事业发展如日中天,但戎狄的侵扰也愈演愈烈,他们抢粮、抢财、抢女人,更欲抢领土、抢邦国江山。经过反复权衡,古公亶父决定弃地保民,另辟蹊径。终于在一个风和日丽的早晨,他率3 000乘,过水翻山,来到岐地,岐地距离豳地不到150千米,他们七拐八拐,一口气走出了茫茫大山,最终在岐下周原的沃土上安营扎寨,建邦立国。

古公亶父来岐山经过的具体线路至今还没有统一的说法,他们翻越梁山,趟过漆水河这一点被公认,但对经过的沮水却一直说法不一。现在的沮水在铜川一带,据推测,古公亶父蹚过的那条沮水不是今天所说的沮水。岐山学者认为古公亶父经过的那条沮水源于岐山,东南流入渭水。据此,有人认为那条沮水可能是今天的七星河,过去把河流都叫"水"。发源于岐山的七星河在京当流经的沟道叫"祁家沟",因而该河旧称"祁水"或"七水",也有学者认为是"岐水",又因"祁""七""岐""沮"岐山方言发音差不多,所以古公亶父所经过的沮水就是发源于岐山(箭括岭)旁大石沟的七星河(古沮水)。岐山境内的七星河流域是古周原的核心区域,此处有不少西周遗址,出土了大量周代文物。

由于岐山一带开发较早,古公亶父初来时,这里南部许多平坦之地已有民众居住。新中国成立后,据考古出土的商代及以前文物,证明这里在古公亶父到来前早已被勤劳的先民开发。《大雅·绵》用生动的笔墨描述了周太王率部族在周原筑城建邦,初设国家的景象。诗中反映太王一行在岐下"爰始爰谋,爰契我龟",意为周人的京都新址,是经过反复调查、走访、勘探,在占卜的基础上最后确定的,而不是一时心血来潮的贸然举动。20世纪70年代,这里发现大量的甲骨文,也有占卜用的龟甲,说不定其中一块就是古公亶父卜定都城基址时用过的。从这首诗中可见,周人在周原勘探规划、栽桩放线的秩序井然,周之臣民劳动时热情高昂，劳动场面激扬、欢快，总体表现堪称从容自得，完全没有初来乍到缩手缩脚的窘态。这说明周人要么来此前已做过许多准备工作，要么来周原之前还在岐地某处有过一段时间的适应性过渡。对此，这首诗歌没有明确答案，也看不出来在周原建设城邦的具体时段，所以很难断定太王第一脚踏进岐周的地区到底在什么地方，过渡之处在何地，历史书上尚未见到有关确切的记载。

周太王在岐山最早的落脚点在哪里呢？据《麟游县志》记载："麟介于豳岐之间，实太王发祥之地。""古公亶父时，受狄侵，又由豳退出，集结于岐北高山，休养生息，始迁周原，定都岐阳。"从此记载可以看出，周太王在周原大开发之前，曾在距离周原不远的岐山山区开发垦种，休养生息，积蓄力量，为出山大发展做准备，这个过渡期不一定很长。实力提升到一定水平后，古公亶父才率民众向岐下周原拓展，并正式在今天京当镇凤雏村一带建邦立国。周代诗人选材有取有舍，仅摄取了最出彩的建都场面，足以展示周人的奋斗精神和健康向上的新风貌，而对刚刚进入岐山遭遇的困难境况未作赘述，符合周人乐观向上的生活态度和详略得当的诗歌创作原则。

民国时期，兴平人士田惟均曾两度出任岐山县长，他是民国时期岐山少有的政声颇佳的地方官之一。他曾组织地方精英编纂《岐山县志》，该志书体例完备，内容详尽，时人称为"良志"。其中《古迹·太王迁岐》记载："太王迁岐处在今崛山沟郑岔沟东北，据父老传说：该处树木耸生，枝不横出，为周时太王迁岐经过之处。"崛山沟是岐山山脉中一条南北大沟道，属于岐北高山地区，《岐山县志》的说法和《麟游县志》相印证，说明周太王初来乍到，在岐山山区过渡休整是有可能的，地址就在崛山沟郑岔沟一带。

《大雅·绵》载："柞棫拔矣，行道兑矣。"《朱子集注》：拔，高出貌；兑，通也。谓树木高耸，不碍人行，道因以通达。这与《岐山县志》所载的父老传说相符。崛山沟毗连箭括岭。蒲村镇、祝家庄镇一带有的老人也说，郑岔沟内的柘树（柞棫）一类的灌木刺、又较少，大多端立，割柴挖药，不挂人衣，不扎人手。据说，这是老天为便于太王来岐而故意收敛了灌木之刺，使其行走顺畅、省力。困难时期沿山人民没吃的、没烧的，群众经

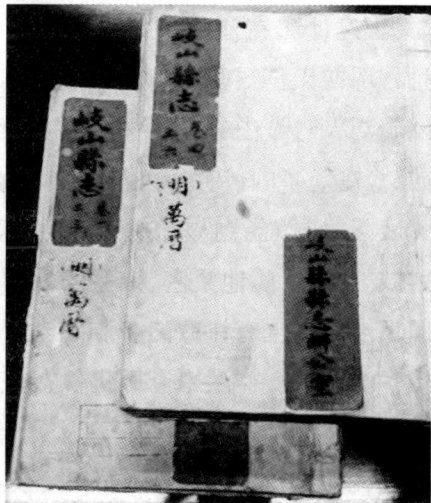

明万历《岐山县志》

常在郑岔沟里割柴，人们觉得那里的灌木就是比其他沟道的要顺溜一些，刺较少，加之沟内有一个可以取水解渴的泉，因而人们多愿在那里割柴、挖药。当地人把郑岔沟叫重权沟，意为沟分两岔，这个叫法符合这条沟的实际，郑岔沟主沟道里又分了两条小沟道，有四面比较平缓的山梁。这条沟距离周之故都——周原京当凤雏一带不到 20 千米，是南北走向的崛山沟岔向东边的最大的一条沟道，沟内山坡平缓，没有大树木，多为药草、灌木，适宜开垦种植。所以，明代山西迁岐移民的首选生息之地就是这里，新中国成立前，沟内还有一些小庙，多为移民后人为纪念先祖所修建。其中沟口有周太王等的小庙宇。新中国成立后，这里还曾是附近十多个生产队的山吊庄。因此地土壤比较肥沃，每年可收一料玉米和洋芋，为解决当时普遍存在的春荒贡献不小。从这条沟的地理环境看，可种粮、养畜、狩猎和采集野果，又有泉水、溪流，还比较隐蔽安全，周太王由豳入岐后，正需要这样的有利条件，因而他们在这里休养生息是完全有可能的。

《大雅》一共有 31 首作品，均作于西周鼎盛时期。大学者朱东润认为，这些作品歌文王之德者居多，次为后稷、公刘，不少作品是周人颂祖德，歌于岐山宗庙之诗，都是周人在岐周所作之诗。因岐周为周代兴起之地，先灵之所依凭，故周人往往有事于岐山。《易经》中"王用享于岐山"和"王用享于西山"中的"岐山""西山"都指的是现在的箭括岭，说的都是周文王在岐山进行祭祀活动，而且这两句话在卦象中也是很吉祥的预兆。说明岐山是周人的福地，是周人祭祀天地、先祖的重要场所，在周朝历史上有着独特的意义。

被诗歌界称之为"周人革命史诗"的《大雅》的前十首诗，古人早将其命名为"文王之什"，在这些诗篇中，人们不仅可以感到作者对岐山山川风物的热爱，同时将现在人们很少留意的带刺灌木也被屡屡提及，并赋予积极意义，爱屋及乌，说明周人对岐山充满感情。这类灌木就是《绵》《旱麓》《皇矣》中反复写到的"柞棫"。在众多的《诗经》注解中，均认为"柞棫"是古代对一些灌木的称谓。一些注解认为："棫"指白桵、白蕤；棘，刺意也；相当于现在所说的刺；带刺的灌木类统称棫。柞棫：质地紧密、细致的棘刺，柘树也。在《国风》中出现的树木种类繁多，但却没有发现有柞棫的身影。为什么在与岐山紧密相连的《大雅》中连续出现柞棫，而且这一类灌木今天仍然在岐山山区广为分布，岐山周公庙地区还有一架山坡名字就叫"柘树岭"。这从另一个层面说明岐山就是周人长期生活的地方，包括柞棫在内，岐山的一草一木莫不与周人有密切关系，因而在《诗经》中屡屡出现。

在生活清贫的年代,岐山人对柞栎之类的灌木也情有独钟,那时林业部门不准砍伐乔木，草类烧起来又火力不足，柞栎之类的灌木就成为岐山人喜爱的柴火。冬、春季节农活不太紧,人们起早贪黑,给生产队请假上山割柴,能割一担柞栎一类的硬柴就是不小的收获,因为它能供一家人烧较长一段时间。柞树树皮还可作黄色染料,其色称之为"柞黄色",以前岐山人重孙辈的黄孝衫就用柞树皮染色,不鲜艳,还易褪色。柞树皮作染料的方法早已失传,人们已很少用柞栎作燃料,岐山现在漫山遍野都是柞树一类的灌木,这类灌木只剩下承担优化植被的重任了,它曾承载的那段厚重的历史人们将永难忘记。

柞树一类灌木,在周人祖先日常生活中有着重要的作用。周人在岐山开启山林的第一项任务就是铲除杂草清理柞栎之类的灌木。《大雅·绵》中"柞栎拔矣,行道兑矣",意思是:高耸的柞栎已经清理得不碍人行,四通八达的道路已经修通。深意为:经过顽强努力,基本建设已胜利结束,我们将大步向前。这两句诗体现了周人披荆斩棘垦荒开地,整修道路初战告捷的喜悦心情。

《大雅·皇矣》中"帝省其山,柞栎斯拔,松柏斯兑",意思是:天帝过了一段时间来岐山视察太王治理岐山的情况,他高兴地看到遍地柞栎之类的灌木已收拾得干干净净,松树、柏树等高大的乔木被修剪得整整齐齐,到处是欣欣向荣的喜人景象。这几句诗在叙述周人清理灌木的同时,还记述了周人有意识地对松、柏等乔木进行修剪、管护,说明周人并不乱砍滥伐,对可作大用的乔木是相当爱护的,反映了周人在开发、建设时重视生态,不涸泽而渔。

《大雅·旱麓》中"瑟彼柞栎,民所燎矣。岂弟君子,神所劳矣",意思是:砍下四野茂密的柞栎树,在祭祀时烧了它们,以回报伟大的苍天和祖先,只要坚持虔诚地祭祀,知恩图报的后人肯定能得到许多新的福祉和回报。这四句诗说明周人是善待天帝、祖先的,他们祭祀的重要途径就是"燎",即燔烧柞栎、腾烟起火以传递对天帝、祖先的崇敬之情。同时反映周人在祭祀上也不滥耗物力、财力,而是只燃烧那些不能作建材用的灌木,既表达了孝敬之意,又节俭从事,对此天帝、先祖能不高兴并赐福于他们吗?

《大雅·棫朴》中"芃芃棫朴,薪之槱之,济济辟王,左右趣之",意思是:砍下茂密丛生的棫树、朴树,把它们晒干,就是燔烧祭祀的最好燃料。我们英明的周文王恭谨地走在前面，左右群臣在祭祀时跟着跑。这几句诗说明周人从君王到臣子、庶民都很重视祭祀活动,祭祀活动开展得很频繁,仪式隆重、庄严。并进一步证明周人把砍伐的棫树、朴树等无用的灌木堆积晾晒,以确保祭祀活动有足够的燃料。

械朴是周人庭燎照明的重要燃料。《小雅·庭燎》中"庭燎之光""庭燎晰晰""庭燎有辉"，说的是周朝官员清早上朝时间很早，官舍大厅里火炬明亮，柞械树枝燃烧得丝丝作响，驱散了五更的阵阵寒意，官员勤勉不辍，迈着庄重的步伐从各处赶赴朝堂，朝堂排场、整洁，庄重、肃穆、庭火通明，周室事业定会兴旺发达。这首诗说明了柞械为当时官方和民间照明燃料这一史实，从这里也能一窥先民的生存状况。

岐山是周代肇端之地，周人对中华文化大厦的建构做出了巨大贡献，周人所作所为亦被世代岐山人所尊崇，他们的一些习俗也在岐地世代传承。周人的"燎"俗至今还在岐地沿袭。岐山人虽然长期没有柴禾，但在砍柴时也和周人一样只砍柞械之类的灌木，对能成材的树木悉心管护，从不乱砍滥伐。岐山人在悼念亡灵时"燎"是必不可少的，但现在只烧麻纸、香、表，再也不烧柞械之类的灌木了。大年三十晚烧柏枝祭年求福习俗还在一些地方流行。小孩得了急病、怪病，老人撕一把麦草燎烧，意为驱邪治病。这些都源于周人燎祭之礼。

周人留下了太多的财富。周太王迁都的勇气，开疆拓土的创新、拼搏精神，周人敬天孝祖的孝道，这些在今天仍有积极意义，值得我们认真研究。

雏凤清音漫周原

——读《大雅·绵》

周原是个好地方！直至唐、宋时期，这里还被称为"天府之国"。

在这块神奇的宝地上，谁也无法统计曾经演绎过多少个惊心动魄的故事。从出土的文物可以推断，早在六七千年前，中华不少地方尚处于一片蛮荒的时候，一群先民就已在这块肥沃的土地上，沿沟河定居，开始农耕生活，奋力推进文明的车轮滚滚前行。

黄帝时期，能够见于史书记载的人物屈指可数，但岐山却出了一位值得让世人铭记的人物——岐伯，他的功业足以列在炎黄英雄榜单的前列，他几乎与黄帝的知名度不相上下。岐伯之所以声名显赫，除了管理有方、精于农事之外，最重要的是，他作为中华医药之鼻祖，历来被尊为救万民出苦海的大救星。对脱离鸿蒙的先民而言，困扰他们最大的威胁是疾病，岐伯通晓医术，为民祛除疾病，他理所当然就是鸟中之凤、人中之圣。任人唯贤的黄帝还任用岐伯担任他团队里的医药大臣。据说，岐伯一生很少离开岐地，因为岐山不仅是岐伯的故乡和封地，还因为这里有他最需要的草药，他的足迹走遍岐山和周原的坡坡梁梁、沟沟坎坎，他治病救人的故事至今还在流传。他与黄帝经常探讨医术，因此，"岐黄"成了中医的代名词，所以岐山是《黄帝内经》和中医的发源地。

在洪水滔滔的夏朝，周原地位同样显赫重要。大禹在这里先后实施了"导千及岐"等多项重大工程，岐地的老百姓口口相传，岐地南北走向的不少沟壑，是大禹用大禹铲疏导的排洪沟道。最著名的是他将故郡镇渚村、索王村一带的洪水分段开沟疏导至后河，杜绝了水患，开垦出了良田，造福一方。为纪念这位大贤，岐山索王村很早就建起了禹王庙，人们世世代代缅怀这位治水英雄。

岐周是商代重要的西部小邦国的属地，因为这里物产丰饶，位置重要，时常遭受异族滋扰。使岐山出尽风头、大放异彩的人物却是商朝晚期的古公亶父。古公亶父是麦王爷后稷的后代，其先祖以农为本。但在夏末，他们却从关中平原跑到戎狄之地（今甘肃庆阳一带），放下耒耜，拿起鞭子，弃农为牧，这一举动是进步还是倒退，没人能分解得清楚，也没有必要去把它厘清。直到公刘做首领的时期，这位周人的杰出人物，组织臣民南迁二三百里，到了距离岐山不远的豳地，在那里他们又渐渐归于农业。到古公亶父做首领的时候，也许他们觉得山沟里的西北风凛冽，也许感到穴居的时光过于压抑，也许如大多数人所说他们遇上了难缠的邻居——戎，他们惹不起却躲得起，于是在月明星稀的一个早晨，不少豳地老少尾随英主古公亶父，朝着毕星所指的方向，顺着梁山的大坡向西南而去，踏上了一条不归之途。但奇怪的是，这一走，强戎不但未寻踪追击，越梁山南下牧马，后来还在周人的强大攻势面前退却，远离中土，逃到荒漠苟延残喘。

古公亶父一行来到岐山之阳，膴膴周原的美丽景致一下就吸引住了这位大贤，北风、荒漠被后稷的子孙们远远甩在了脑后，面对无边绿野、阵阵和风、绿水青山、鸟语花香，他们欣喜若狂，激动不已。古公亶父平心静气，从行囊里请出漆水的龟甲，小心地划痕烧燎，龟背裂开的灰黄色神秘纹路昭示的天意竟然和他们心中的想法如出一辙，于是，古公亶父带领族人，抓住这近百年的黄金发展期，迅速崛起，在中华历史上留下多彩而有分量的一页，岐山也随之迎来最辉煌的历史时期。后来古公亶父的子孙们，以激动的心情写下了他们对周原赞美的诗句，抒发了几代人对周原浓浓的爱意：

"周原膴膴，堇荼如饴。"（《大雅·绵》）意为：啊，多么辽阔、美丽、富饶、迷人的周原，您是这样的神奇，怎么普普通通的苦菜到这里却像饴糖一样，甜美得使人陶醉！

"翩彼飞鸮，集于泮林。食我桑葚，怀我好音。"（《鲁颂·泮水》）意为：翩翩飞翔的猫头鹰时而欢乐地飞舞，时而激动地歌唱，时而悠闲地栖息在周原水边的林子里，它吃了我那紫红甜美的桑葚，叫声竟然比唱歌还悦耳动听。

谁说苦草比糖还甜的地方不是好地方？

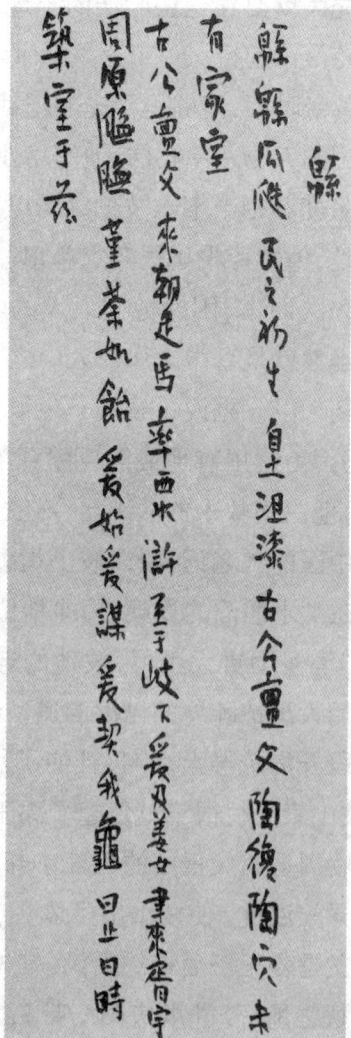

緜緜瓜瓞 民之初生 自土沮漆 古公亶父 陶復陶穴 未有家室 古公亶父 来朝走马 率西水浒 至于岐下 爰及姜女 聿来胥宇 周原膴膴 堇荼如饴 爰始爰谋 爰契我龟 曰止曰時 筑室于兹

《大雅·绵》节选　胡宝岐书

谁说猫头鹰叫声比唱歌还好听的地方不是幸福的天堂？这就是周人感觉中的周原！这就是 3 000 年后我们依然会魂牵梦萦的那个古周原！

据史书和今天的考古推论，古公亶父不但在这里安营扎寨，安家立邦，还因这里在他们心目中特别美好、吉祥，便毫不犹豫地正式把国号定名为"周"，后来筑城建都的核心区域就在今天岐山京当镇凤雏村一带，面积不足 20 平方千米，大约相当于今天的一个小乡镇。关于古公亶父的诗句如下：

绵

古公亶父，	我们伟大的先祖古公亶父，
来朝走马；	清晨出发，不分昼夜策马前行；
率西水浒，	走出豳地，沿着渭水向西走，
至于岐下。	终于来到美丽的岐下周原。
……	
乃慰乃止，	于是他们满意地停下来在岐乡安居，
乃左乃右；	这边那边同开荒；
乃疆乃理，	给子民公平划定田界，
乃宣乃亩。	带领人民翻地松土，垄成行。
自西徂东，	从西到东一片地，
周爰执事。	周国的子民各执其事。
乃召司空，	于是找来司空管工程，
乃召司徒，	于是找来管人丁、土地的司徒，
俾立室家。	古公亶父商议选址筑室建宫。
其绳则直，	仔细用准绳确定好具体方位，
缩版以载，	捆紧筑墙的夹板，装满黄土砸得结结实实，
作庙翼翼。	建起了宏伟、庄严的祖先庙宇。
……	

由以上诗句可见，风尘仆仆的古公亶父一行走出岐山来至周原，他们怀揣梦

想,对未来充满希望。他们豪情满怀,团结一致,全力投入建设美好家园的劳动之中。他们昂扬向上的志向,顽强拼搏的精神,认真敬业、有条不紊的工作态度,爱民孝祖的仁义情怀值得世人敬重。

该诗还有一段描写岐周人民劳动的场面,这就是在改革开放前,岐地仍然能看见的踏土墙的精彩场景。当时生产队和社员都很穷苦,没有资金买肥料,便"一年烟筒二年炕,三年土墙当粪上",生产队几乎每年冬、春季节都在组织社员毁老墙筑新墙,广袤的周原大地上,"嗵嗵嗵"的踏墙声不绝于耳,响彻云霄。请看《大雅·绵》中的诗句:

捄之陾陾,	一铲铲湿油油的新土哗哗哗被丢进筐内,
度之薨薨,	一下连一下的嗵嗵声多么坚定有力,
筑之登登,	捣土的登登声响彻云霄,
削屡冯冯。	唰唰唰几下就把土墙隆起的地方修得平平展展。
百堵皆兴,	干劲真大,百堵土墙齐动工,
鼛鼓弗胜。	踏墙声此起彼伏,比战鼓声音还洪亮。

欣赏这首诗,此情此景仿佛就在眼前。3 000 年前原始、笨拙的劳动场景被一直重复到社会主义的人民公社,不能不使人感慨万千。好在这一切都已一去不复返了。古公亶父和他的子民通过不懈劳作,建起牢固的城墙、高大的城门、雄伟的宫殿和庄严的庙宇、社坛。一座充满活力、规模宏伟的新邑城巍然屹立于辽阔的周原大地上,其中有一座宏伟的建筑就屹立于今天叫"凤雏"的普通小村庄,现在考古界把它称为"凤雏宫殿(宗庙)遗址"。

20 世纪 70 年代,凤雏村发现了先周时期大型遗址。凤雏,多么富有诗意和无限想象力的乡村地名,这个村名或许源于岐山山顶上那只凤凰稚嫩的第一声鸣唱,或者这里曾是哺育雏凤成长的囿苑,或许文王时期在岐山之巅大声鸣叫的那只凤凰就是从这里长大后起飞的。这个神奇的名字是一个充满无限希望的民族的幼年期的写照。这里还出土过不少以凤为纹饰的铜器、玉器,最有名的是一件雏凤形状的凤柱斝。

1976 年,凤雏遗址出土的周代甲骨文中,在不多的文字中涉及"凤"字的就有四个,如"凤""祀凤""凤现出""双凤"等,这些似乎都要证明这个村子的历史悠久,而且得名直接与周人有关。凤雏宫殿(宗庙)遗址恰是早周的遗存。更神奇的是,这里发现了儒家祖师爷的宫殿(宗庙),还有甲骨文、青铜器等周代文物。

这个宫殿就建在凤雏村南面一个夯土的台阶上,就像生机勃勃的小凤栖在梧桐树上。它面积达1 500多平方米,背北面南,北偏西10度,这也是周原地区大多农户宅基的朝向和角度。建筑群包括影壁、门道、前堂、过廊、后室和东西配置的门房、东西厢房等,前后两进,左右对称,布局完整,结构严谨,像放大了的周原地区的一个四合院。还有两处陶制排水管,墙面用泥沙、白灰涂抹,应该是当时规格最高的建筑。在遗址西侧发现了大量占卜用的甲骨,据此可推断此建筑大约为古公亶父到周文王时期的宗庙。

凤柱斝

前些年,有关部门航测时发现,在凤雏一带还分布着一个一平方千米左右的城垣。这样不大不小的规模,有人认为可能是周太王时期兴建的周朝的都城。《大雅·绵》中所记述的那个建都筑城的场面有可能就在这里,有可能建的就是这座城墙,凤雏遗址雄伟、壮观的宫殿(宗庙)和坚固的城垣也许就是《大雅·绵》中那些无名英雄们一杆一锤修建起来的。

雏凤总是要长成惊艳冠群、天下闻名的凤凰的。古公亶父时期的早周就是这样一只充满活力和希望的雏凤,经过季历、文王、武王等几代打拼,商之天下的三分之二已落入周人囊中,早周之雏凤经周风、周雨洗礼,经周粟、岐水养育,已出脱成惊艳、妩媚的浴火之凤凰,在华夏的上空任意飞翔只是时间问题了。周原迅速向四方扩展,算上公刘的豳地,这一块偌大的区域,早已今非昔比,成为著名的大邦了。由西向东滔滔奔流的渭河与由西北向东南倾泻的泾河在关中腹地相会,形成一个天然、硕大的"人"字,它的一撇一捺内就是广袤、迷人的大周原。这个叫做"周"的"人"从周原硬生生地站起来了,向四方突进,牧野一击,600年商朝被他取而代之,这一改天换地的壮举再一次印证了"苍天无眼,惟德是辅"的硬道理。三千多年后的今天,在华人身心的不少方面似乎还能感觉到周人当初的脉动。

　　周原也就是大学者易中天所指的中华文明发源地——两河流域（泾河、渭河），这两河好比哺育古印度文明的印度河、恒河；哺育巴比伦文明的幼发拉底河、底格里斯河。平坦、丰沃的周原无疑就是中华的"印度平原"和"美索不达米亚平原"。在西周的三四百年里，这里是世界上最繁华的都邑：宽广、平坦的周道四通八达，驷马豪车川流不息；神祠和宗庙庄严、肃穆；高门大户鳞次栉比；仕女如云，官宦如潮；礼兴乐起，歌舞升平……一派醉人的繁华景象。

　　虽然后遭戎狄入侵，地上建筑被战火毁坏殆尽。但在这里耸立起的国之纲纪，像岐山一样巍然屹立，永远扎根并傲立于华人心中，德、礼之基因将永远根植于华人血脉，即使再大的战火也焚毁不了！不是吗，世界四大文明古国有些早已发生断档乃至绝后现象，唯有起源于岐周的中华文明生生不息，瓜瓞绵绵，一脉传承三千多年，从这个意义而言，全世界都应歌颂周原，因为这里诞生的周文化像一架充满活力的永动机，她披荆斩棘，一意向前，影响和左右了亚洲乃至世界文明的进程，并使中华文明这棵历经几千年的大树至今仍然是一派勃勃生机。

　　周太王建都的那块核心区域就在今天京当镇的南部，这里现在仍然是美丽、富饶之地。它西、南、东三面水库环绕，常年碧波荡漾，滋润着这里的青天、沃土。这块神奇的土地土壤肥沃、疏松，富含各种有机物质，有的地多年竟可以不使用磷肥，种植的瓜果分外甜香；小麦下种量只有别处的三分之一，每亩产量却高达千斤以上。过去这里的凤雏、贺家、董家等古村都是西北农林科技大学的小麦良

凤雏甲组宫室(宗庙)建筑基址

周公庙凤凰山景区

种基地。

在全世界文物界,周原地区更是占有十分重要的地位,日本、欧美地区的大博物馆的镇馆青铜器大多出自周原地区。从汉朝至民国,这里出土的青铜器数不胜数,新中国成立后出土的青铜器就达 300 余件,这里也是出土周代甲骨文最多的地方,是名副其实的"青铜器之乡""甲骨文之乡"。同时也出土了大量的玉器、陶器等文物,堪称世界之最的发现达十多项,现在的周原可以说是用"宝贝"支撑起来的不沉的"航空母舰"!

唐、宋以后,周原地区因过度开垦种植,植被覆盖率降低,土地肥力退化,加上降雨量不断递减,已成了十年九旱的周原,造成大量人员死伤的大年馑多次发生。

2013 年,周原地区又一次遭受了较强的旱灾,许多村庄的秋苗都死于烈日之下,可怜的农人又眼睁睁地白扔了种子、肥料和机耕费。但古公亶父的古都旁,水利条件良好,一派丰收景象,农户的屋内屋外挂满籽粒饱满的玉米棒,连门前的梧桐树权上都是一片诱人的金黄。

在古老的周原,亘古不变的是今年的秋收永远是来年夏收的起点,后稷培育的小麦每年秋天在播种机车轮匆忙地运行中,均匀而又快速地溜进还残留有玉米霸王根的黑土。《豳风·七月》中描绘的 3 000 年前周人艰辛地播种,而今已变得十分便捷、高效,加上药物除草和适时灌溉,下一料的小麦取得好收成应在预料之中。

2013 年,在收获和播种交替进行的金秋季节,北京大学考古文博学院著名教授雷兴山又一次带着他的学员,像可敬的老黄牛一样,在周原的沃壤厚土里为国探秘寻宝。他们与这里的农人在同样一方田畴上作业,十多年来,只要这些才俊们挥动洛阳铲,就会有像这里的农田一样的好收成呈现在人们面前。

周原地区马年的新玉米还没有风干,这伙才俊还没吃惯岐地的臊子面就传出了丰收的喜讯。先是发现了周代巨无霸、连车轴顶端兽面纹饰上都镶嵌着绿松石的豪车;不久后又发现西周古墓群,有一个墓内发现了 20 多件青铜器,其中还有 5 尊大鼎,据推测,这最少应是士大夫贵族的墓葬。这些宝物又是出在那个凤雏,又是在周地都城里面。它又一次证明周原的"青铜器之乡"地位的不可撼动,"周之都城"地位的不可撼动。

2013 年,岐山被定为中国唯一的西周文化大景区,当文件的墨迹还未彻底干透,建设的大幕才刚刚启开,周原就迫不及待地献出宝物,送上庆祝的大礼。这既是周原的魅力,也是神秘周都的魅力,更是见证雏凤长大之地的魅力!

周室"三圣母"

——读《诗经》有关三位王妃的诗作

阅读西方史诗作品，令我们感动不已的不但有威武、英俊、所向无敌的国王，更有美丽、贤淑、智慧过人的王后，这些非凡的女人使作为英雄的国王的形象更加高大、完美。王后是西方史诗交响曲中最动人的乐章之一。品读《诗经》中堪称史诗的那些作品，我们竟然也会有这样的感觉，先周三王的身后也站着和西方王后一样伟大的三位女圣人。她们分别是周室英雄人物古公亶父的王妃太姜、王季的后妃太任和文王的后妃太姒，这三位也是史诗性作品中出现次数最多的三位女杰，她们业绩和德范令人敬仰，她们身上许多优良品行至今仍然值得人们学习和借鉴。

《大雅·绵》一诗中仅有两位主人公，一位是太王，另一位就是太姜。叙述太姜的两句诗是："爰及姜女，聿来胥宇"，大意为：太姜是太王迁岐和建设新都的贤内助和功臣。《列女传》中描述太姜时称："太姜有色而贞顺，率导诸子，至于成童，靡有过失，太王谋事必于太姜，迁徙必与。"从这两则记述可见，太姜是一位品貌俱佳的女杰，她支持太王迁岐，并积极参与太王重大决策和有关创业的具体工作。不是女中强者不可能与太王冒险出走；不是是非分明的聪慧之人，不可能成为太王的左膀右臂。史料记载，太王在许多重大事项上对这位睿智的贤内助都很倚重，无论卜定都城、确定宫殿及宗庙位置，还是

周公庙姜嫄殿　姜嫄塑像

设置官职、任命官员等重大事项,太王都听取了太姜的建议。太姜还身体力行,亲自参与岐下新家园建设的一系列实践活动。太姜是促成岐周崛起的女英雄和功臣。《大雅·思齐》中满怀深情地赞美她:"思媚周姜,京室之妇",意为:太姜美貌、品德超群,太王的贤妻居周京。这个评价很高也很准确。

太姜的优异表现与她的出身有一定关系,她生在水美地肥的邰地,其家族兵强马壮、声名赫赫,势力比周族要强大得多。优越的生活条件,良好的教育,不凡的作为,使她成为姜族的杰出女性。太姜与太王都是上古时期不可多得的优秀人才。太姜嫁给太王,姜、姬两大望族结盟,为周族事业发展、壮大起到了较大的推动作用。

历史证明,姬、姜关系在周室事业发展中具有不可替代的重要作用,离开姜族,周室早期前进线路也许要更加曲折,发展速度也许会更加缓慢。姜族是先周迅速崛起的一股重要力量。文王、武王时代,姜子牙加盟周室智囊团,大大增强了周室政治、军事势力;姜太公之女给武王做妃子,血浓于水的亲情使姬、姜联盟更加牢固和密切,灭商战车不可逆转地进入快车道,并较快实现了几代周祖梦寐以求的灭商目标,西周王朝闪亮登场。西周时期,姜子牙分封齐国,重商兴农,经济快速发展,为西周鼎盛立下了卓越功勋。

周室势力上升期和繁荣期,恰好是姜、姬联盟的蜜月期。西周灭亡时是姬、姜两族的交恶期。众所周知,是姜、戎联手,将赫赫西周斩落马下。太姜与太王亲手建起的岐周都城和丰镐二都一起被太姜的侄孙们一把火毁灭殆尽,真有点成也萧何,败也萧何。

太王与太姜结合,和当时许多方国首领的婚姻一样,扩大族群势力的政治因素起着重要作用。实践证明,太王这次婚姻堪称完美,太王不但迎来了一位治国齐家的得力助手,也为周室迎来了一位伟大的母亲,据传,她为周室培育了三位大圣贤,他们是太伯、仲雍和季历。前二位几次主动让国季历,一心开发吴地,为壮大周室实力做出了重大贡献,成了吴越人民永远怀念的英雄先祖。季历更是不负父母厚望,继承太王大志,励精图治,奋发有为,使周室的地盘不断扩大,势力日益强盛。

季历领导的周室事业能够快速发展,同样与他的后妃太任有密切关系。太任是殷商实力雄厚的挚国首领的次女,太王为王季选择太任做妃子的初衷就是结交有影响的大邦,结成联盟,壮大实力,实现快速发展的目标。太任不但为成就太王政治目的助了一臂之力,更为周室生下了名载史册的文王。正因为如此,

《大雅·大明》诗中对这位贤妃给予了高度赞美。

挚仲氏任，	挚国任氏家族二女儿，是位美丽的姑娘，
自彼殷商，	她从遥远的殷商大国，
来嫁于周，	嫁到我们的周邦来，
曰嫔于京。	她来到岐周京都做新娘。
乃及王季，	嫁给周室年轻、英武的王季，
维德之行。	她心地良善，举止端庄。
太任有身，	老天让她平安地怀了身孕，
生此文王。	顺利地诞下一子，就是姬昌。

这首诗指出挚国美女太任早就仰慕王季，衷心希望嫁给他，王季之父出于政治考量，也急需与挚国结盟，太任便顺利地嫁给了如意郎君。他心地善良，品德优秀，加之家风优良，太姜教导有方，王季与太任自然就成了一对模范夫妻，并如愿生下聪明的孩子——文王。

《大雅·思齐》一诗起首又一次对太任进行由衷赞美："思齐大任，文王之母"，意为：多么端庄、贤淑的太任啊，您就是生育文王的女圣，您是天下最伟大的母亲。

太任为什么能生下文王这样的圣人？《列女传》给出了这样的答案："太任之性，端一诚庄，惟德之行。及其有娠，目不视恶色，耳不听淫声，口不出敖言。……文王生而明圣，太任教之，以一而识百，卒为周家。"太任个人品行如此完美，怀孕后更加严于律己，采取的又是连现在人也很难做到的科学的胎教方法，加上膴膴周原上甘甜的泉水和精美的食物，无论从自然还是老天恩赐的角度讲，她理所当然能够实现优生的愿望。文王出生后，太任又能科学抚育和有效管教，周室能培养出文工这样的千古奇才也就不足为奇了。

文王出生时，屋子里飞来一只喙衔丹书的瑞鸟，丹书内容句句吉祥。周室上下无不兴高采烈，高瞻远瞩的文王祖父古公亶父从这一吉兆中灵敏地嗅出了周室繁荣昌盛的气息，便为孙儿取名为"昌"，并有意让姬昌日后继位，为此他不惜破格让三子季历接班，好顺理成章地把周室交到姬昌手里。深明大义的季历的两位哥哥忠心成全了太王的愿望。实践证明太王的这个决策很英明。文王从小到大都很优秀，一点没有辜负上天和太王的厚望。

同样，文王事业之所以获得巨大成功，他身后站着的那位杰出女性——太姒起到了至关重要的作用。

太姒是商代有莘氏(今合阳县东王乡莘里村)的女儿。太姒天生姝丽、聪颖、善良、勤劳、简朴，深得长辈喜爱。太姒也是远近闻名的女能人，她精女红，善烹饪，家务也料理得井井有条。

有一天，文王在太姒的家乡见到了人们交口称赞的"窈窕淑女"——太姒，一见钟情，文王家人也很赞赏这门亲事。渭水茫茫，小船难以对付大浪，为了确保迎亲队伍的安全，防止太姒一行过河发生不测，文王调集大量船只，船与船紧密连接，搭建了一座气势壮观、宽敞、平坦的迎亲连心桥，娶亲时人多车多，场面十分气派。道德完美的文王以盛大的仪式迎娶太姒，足见太姒在文王和周人眼里的位置多么重要，形象多么高大、完美。

《大雅·大明》一诗对文王婚姻给予详尽的叙述。

文王初载，　　文王即位时间不长，
天作之合。　　上天就给他选了一位贤惠的新娘。
在洽之阳，　　她家就在洽水的北面，
在渭之涘。　　就在莘国渭水旁。

文王嘉止，　　文王大婚的日子来到了，
大邦有子。　　他的新娘来自著名的大国。
大邦有子，　　她是大国有名的好姑娘，
俔天之妹。　　好比天上的仙女。
文定厥祥，　　纳币占定大喜日，
亲迎于渭。　　清清渭水旁，文王接新娘。
造舟为梁，　　连接木船作桥梁，
不显其光。　　场面庞大又排场。

有命自天，　　一道圣谕自天降，
命此文王，　　天帝赐命给文王，
于周于京。　　岐周建好新都城。

缵女维莘，	莘国有个好姑娘，
长子维行，	她是长女嫁周邦，
笃生武王。	她又生下英武的周武王。

　　记述文王与太姒的完美婚姻是这首诗的重点内容。作者不惜笔墨，详细叙述文王定亲、迎亲、结婚、生育武王的过程，旨在告诉人们，什么才是天作之合的婚姻，只有天作之合的婚姻，才能生下武王、周公、伯邑考这样的圣人。文王与太姒的婚姻成了中华成功婚姻的典范，"天作之合"也因此成为美好婚姻的代名词。

　　太姒是中华历史上唯一一位生育过两位圣人的圣母。《大雅·思齐》一句"大姒嗣徽音，则百斯男"，对太姒能够继承太姜、太任优秀品德，生下众多优秀儿子进行赞颂。传说太姒生了100个儿子，这虽夸大了不少，但有名可稽的就有十个，单凭这点，她也算是英雄母亲。除武王、周公外，太姒所生的另外八个儿子也都是很有才华的。这位品德高尚、生育能力极强的王妃，不但老百姓对她十分崇敬，就连一代女皇武则天对她也仰慕有加。天授元年（690年），武则天即位，尊封周文王谥号文皇帝，太姒为文定皇后，荣誉之高古代女人中无人能比。

　　周室"三圣母"是中华历史上最杰出的女性，而太姒义是其中最优秀的，因而她在汉儒所解读的《诗经》中，被认为是中华女性中道德完美者的典型代表。其中《诗经》的开篇作品，汉儒大多围绕歌颂后妃而发微、释义，这里的后妃不少学者认为就是太姒。11篇《周南》中，有8篇与后妃相关。《诗序》认为：《关雎》歌咏"后妃之德"；《葛覃》歌咏"后妃之本也"；《卷耳》歌咏"后妃'辅佐君子'之志"；《樛木》歌咏"后妃逮下也"；《螽斯》歌咏"后妃子孙众多也"；《兔罝》歌咏"后妃之化也"；《芣苢》歌咏"后妃之美也"；《桃夭》歌咏"后妃之所致也"。就是说通过诵读这些作品可以使人明白太姒志向远大、品德高尚，能尽职尽责搞好本职工作，能扶持夫君，能体贴、善待下属，能传授文王思想，长得又很美丽，还生了一群优秀的儿子，所以这位后妃就是一个完美无缺的女圣人。一部《诗经》，歌颂最多、评价最高的女人非后妃莫属。可以说《周南》就是一场关于后妃的大型交响曲。

　　《诗序》的这种诠释虽然被不少人质疑和否定。但从"诗言志"角度而言，距离《诗经》年代较近的汉代学者，站在教化的角度这样诠释经典，并非道理全无。编纂《诗经》的精英们，为何要把有关鱼鹰、葛藤、卷耳、蝈蝈、桃树、车前子、弯曲的树木和套兔子的诗作放在突出位置，把其中蕴含的深奥的言外之意抵靠到后妃身上，这确实值得人们审慎体味。

一部《诗经》，起首的八首诗全部歌颂女性，而歌颂文王教化的一些作品却列在歌颂后妃作品的后面。这种排列自有其深刻含义。

因为在中华传统观念中，女人的道德水平关乎国运的盛衰，家事的兴亡。司马迁对此认识很到位，他说："自古受命帝王及继体守文之君，非独内德茂也，盖亦有外戚之助焉。夏之兴也以涂山，而桀之放也以末喜。殷之兴也以有娀，纣之杀也嬖妲己。周之兴也以姜原及太任，而幽王之禽也淫于褒姒。故《易》基《乾》《坤》，《诗》始《关雎》，……夫妇之际，人道之大伦也。礼之用，唯婚姻为兢兢。夫乐调而四时和，阴阳之变，万物之统也。可不慎与？"这里提到的《关雎》是《诗经》开卷第一篇，既是"四始"第一、"风之始也"，也是《周南》第一首，主流意识以为《关雎》"风天下而正夫妇"，以此诗影响天下，矫正天下的夫妻关系。为什么要用雎鸟（鱼鹰）比喻如此重要的夫妻之道？因为这种鸟儿很特别，一个巢里分为两室，"生有定偶而不相乱，偶常并游而不相狎"，这也就是汉儒推崇的境界最高的夫妻关系，即"挚而有别"，就是夫妻要互敬互爱真诚相待，这也是朱熹把《关雎》比作"乾坤"二卦，子夏把《关雎》比作"天地之基"的依据。

另外，早期人类对女性一直很尊崇，夏、商、周三代，对女祖的祭祀一直是国家大事，诸侯国都建有女祖闷宫，祭祀规模和天子差不多，诗歌作品理应反映这种现实，这也许是《诗经》中把歌颂后妃的作品放在突出位置的原因之一。况且大家都相信《诗经》是经过孔子亲手删定的，是长期以来以教化为目的出现的政治、哲学教材，在篇目的排序上采取这种方法应当另有深意。

《周南》前八首诗作，从文学角度而言无疑是精品力作，值得人们永久欣赏，可从中品味浓浓的原生态之美。学者们赋予其教化意义，并且这种教化在妇德建设中起过一定作用，那么我们不妨让其在这方面继续传递正能量吧。因为妇女是"半边天"，全体妇女品德修养的提高，无疑对人类社会进步有特别重要的意义。

先周王室"三圣母"是岐山人的老祖母，她们在岐山这块土地上劳心劳力，修德养性，助夫教子，孝老爱贤，以自己不俗的功业，树立起光照千秋的典范。岐山人一直对这几位女性十分崇敬，周公庙姜嫄殿、首阳山十臣殿都供奉着她们的神像，这些地方年年有庙会，十里八乡的父老乡亲都要赶庙会拜圣母。希望这种寄托思念和孝心的活动世代传承；希望"三圣母"永远被人们敬重，就像人们敬奉太王、文王、武王、周公一样，因为她们都是从岐山飞出的美丽凤凰！

岐山造就的战神

——读《大雅·大明》

祝家庄镇戢武村中心广场姜太公塑像

　　《大雅·大明》是《诗经》中周王朝开国史诗的其中一首。秦汉学者认为该诗的作者是周公。诗歌从文王父母结婚生子写起，到武王牧野灭商决战得胜为止，时间跨度长，内容丰富，规模宏大、壮阔，结构严谨。如果不读其他开国诗，单独就这一篇而言，也堪称一部周人早期的发展简史。

　　这首诗叙写的事件均为决定周王朝前途命运的重大事项。王季与太任在岐周结婚生下了文王，文王与太姒也在岐周结婚生下了武王，武王在姜子牙的鼎力辅佐下在岐周积蓄、壮大力量，灭掉了势力强大不可一世的商纣王朝，西周取殷商而代之，800年周王朝正式登场，从而构筑了3 000年中华帝国的基本骨架。这些事件的主人当然是周之"三王三后"，但诗中还有一位在周人血统之外的大人物，他就是文王的大军师、武王之师及岳父——姜子牙，能够与周之圣王、圣后相提并论，倍受周公真心歌颂，可见姜子牙与周王朝关系是多么密切，姜子牙在周公心中的地位是多么重要。

　　历史上许多学者认为，《大明》一诗最精彩、最吸引和打动人的地方，不是表现"三王三后"的大部分篇幅，而是结尾描写姜子牙指挥牧野之战的短短八句诗。一场准备了上百年，双方参战人数接近80万，而仅仅几十个小时就决定胜负的超级大战，惜墨如金的诗人用寥寥几十个字，就淋漓尽致地使"血流漂杵"的一场恶战跃然纸上，囊无边于一掌，汇万言于数言，足见诗人功力老到。军威之盛，战况之烈，将帅之猛，士卒之勇，战马之壮，战车之雄，气势恢宏的周室威

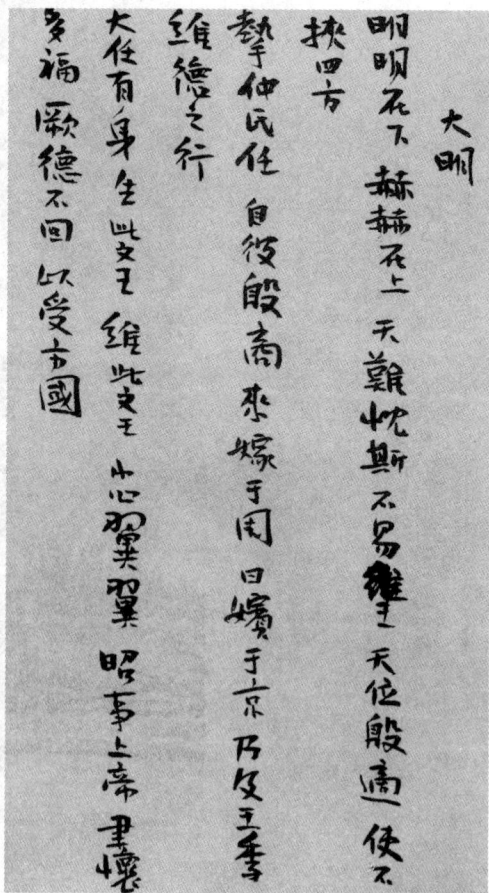

《大雅·大明》　　胡宝岐书

武之师犹如就在眼前。虽是 3 000 年前的诗作，但我们不得不感叹诗人高超的艺术水准。这首诗的点睛之笔和最大亮点似不经意，其实作者用这样高超的艺术手法描绘一代战神，自有其非凡的意义，就是要周人世世代代在祭祀先祖时，时刻铭记姜子牙的伟绩雄功。这八句诗如下：

牧野洋洋，	辽阔的牧野大地一望无际，
檀车煌煌，	坚不可摧的檀木战车亮堂堂，
驷騵彭彭。	如烈焰般的四匹战马，多么威武、雄壮。
维师尚父，	战车上就是伟大的战神，我们的尚父吕望，
时维鹰扬。	他足智多谋，英勇无敌，像一只展翅的雄鹰在飞翔。
凉彼武王，	他有力地辅佐着武王，驰骋在无边的疆场，
肆伐大商，	他指挥三军猛攻强大的殷纣王，
会朝清明！	商朝土崩瓦解，西周如朝阳升起在渭水之旁！

第一句诗主要写这是一场超级规模的关键之战。这场战役中，姜子牙亲自率先锋队，配有大型战车 300 多乘，3 000 多名虎贲的"装甲"师，是周室的主力和精锐。周武王率领四万联军组成接应方阵，伺机策应进击合围。当时穷兵黩武的殷纣王的大批主力军正在东国作战，路途遥远，战事胶着，一时不能召回参战，不得不以数量有限的卫戍部队为主，并拼凑了无正规训练的几十万乌合之众，总计 70 万。《大明》"殷商之旅，其会如林"两句诗，形象地描述了殷商军队人多势众，旗帜好像茂密的森林一望无边。而"牧野洋洋"四字，把战场广阔辽远、两军对峙、战鼓震耳、壁垒森严的境况写得历历在目、震撼人心。

接下来三句则重点写战役的前线总指挥姜子牙。四野是人山人海的参战军队，周军的统帅姜子牙，在正月凛冽的寒风中，银须飘飞，稳坐坚固的檀木战车，其势如虹，其锐如鹰，从容不迫，指挥若定。威如猛虎、红如烈焰的四匹一色健马，仰天长啸，声震云天，更增添了必胜的勇气和信心。虽然《诗经》中有不少描写战事的诗篇，但生动展示军事指挥家英姿的画面，只有这里称得上精彩绝伦。

姜子牙率领的先锋队是一支训练有素、如狼似虎的威武之师，他们如神兵天降先发制人，猛冲敌阵，左杀右突，如入无人之境。殷纣大军惊慌不已，仓促应战，阵脚大乱，被周军打得丢甲撂盔，人仰马翻，一战即溃，不少殷商新兵更是斗志全无，临时征召的奴隶和犯人甚至反戈而击。战争的主动权很快就掌握在姜子牙手里。

最后四句写周武王率大军乘势奋力追击,殷纣军队被周之联军合围,几十万殷商部队顿如鸟兽散,土崩瓦解。号称膂力过人的一代暴君殷纣王,在逆天失德、大势已去的惨境下,只得逃窜鹿台"蒙衣其珠玉,自燔于火而死",他的头颅被武王斩下悬旗示众。当然,被纣王宠幸的妲己也未逃过被诛杀的下场。次日,武王在姜子牙等簇拥下,在商王的宫殿里举行了盛大的"受天命"仪式,庆贺战争胜利。又经过一场场讨伐殷纣残余势力的激烈战斗,灭商战役彻底胜利,武王还在牧野建起祭室,祭奠苍天和列祖列宗保佑破敌之功。

牧野之战是中国历史上著名的以少胜多、以弱胜强、先发制人的经典战役之一,也是中国古代车战初期的著名战役。它终止了600年的商王朝,为西周时期礼乐文明的全面兴盛开辟了道路。姜子牙在牧野之战中所体现的大智大勇和用兵策略,对中国古代军事思想的发展具有一定的意义。姜子牙牧野一战战功赫赫,奠定了他杰出战略家、军事家的地位。

二

姜子牙,吕氏,名尚,一名望,字子牙,号飞熊。据传他是姜炎之裔,《国语》云:"炎帝以姜水成","姜水在岐水东",岐水、姜水均在岐山境内。据此不少学者认为炎帝是古岐山人,所以姜子牙是岐山人的后代。吕不韦、司马迁认为姜子牙是东夷或东海人士。吕思勉先生分析《礼记·檀弓》有关内容后认为,姜子牙是西方人。周代的西方地区,主要指丰镐岐周京畿之地,当时举世瞩目,人人向往,是礼乐文明和物质文明比较发达的富庶区。《诗经》中出现的"西人",个个衣着鲜亮、才高气傲,是天下人既羡慕又嫉妒的上流人士。姜子牙能成为军事奇才,与他出生在文化发达之地不无关系。何光岳先生甚至认为姜子牙就出生在今天宝鸡磻溪一带,那里属于岐周故地。但也有人认为姜子牙出生的那个西土为山西霍县一带。其出生地虽尚无定论,但之所以有这么多争议,足见姜子牙是个人人喜爱,且情愿与他同根同祖以沾其光的圣人。这种现象大多只会发生在有影响的正面人物身上。

姜子牙的祖先因助大禹治水立功,虞夏时封于吕。姜子牙少不得志,生活贫困，虽在殷商朝里当过一段时间小官，又重用无望，还受欺辱。据传那时他在商都曾邂逅文王，从姜子牙一句"下屠屠牛，上屠屠国"的表白中，文王慧眼识珠，认定姜子牙能成就大事，还邀他一同坐车到驻地，切磋天下大计。也有人说姜子牙还参与散宜生、南宫适组织的营救周文王出狱的活动。文王从羑里返回岐周后不久，姜子牙也只身来到岐周，隐居于渭水之畔。《史记·齐太公世家》载：吕尚盖尝穷困，年老矣，以渔钓奸周西伯。西伯将出猎，卜之，曰："所获非龙非螭，非虎非罴；所获霸王之辅"于是周西伯猎，果遇太公于渭之阳，与语大说，曰："自吾先君太公曰'当有圣人适周，周以兴'。子真是邪？吾太公望子久矣。"故号之曰"太公望"，载与俱归，立为师。《水经注·渭水上》曰："渭水之右，磻溪水注之，水出南山兹古，乘高激流，注于溪中，溪中有泉，谓之兹泉。泉水潭积，自成渊渚，即《吕氏春秋》所谓太公钓兹泉也。今人谓之几谷，石壁深高，幽篁邃密，林障秀阻，人迹罕交。东南有隅有石室，盖太公所居也。"《方舆纪要》也有类似记载。太公为什么要在磻溪垂钓？除了这里是姜子牙远祖炎帝故地，便于寄托对先祖的思念，更主要的是他"欲定一世而无主，闻文王贤，故钓于渭以观之。"姜子牙垂钓磻溪既见诸文献，考古资料亦能印证，1976年，岐山周原出土了一批西周早期的甲骨，其上有刻辞云："王其××，兹用既吉，渭鱼。""王"指周文王，可见史载文王渔猎渭滨是事实，在这里遇见并请回太公也有一定道理。

请来姜子牙，对文王来说如获至宝，他以最高的礼遇对待这位相见恨晚的神奇人士，策封姜子牙为太师，统驭周之万马千军，并让武王尊其为尚父，后来还迎娶太公之女邑姜做武王之妻。还在周之古都核心地带给太公划分了采邑。2009年，岐山县修建关中旅游环线公路时，在过去属怀邠乡的绝龙岭东侧孔头沟赵家台西周遗址发现了许多周代遗物，文物部门立即组织抢救性发掘，清理中发现了早周青铜器冶炼作坊遗址和青铜器，还有大量车马坑痕迹，尤其还有刻有"尚"字的车、马器物，由此初步判定此处当为姜太公的采邑。此地2013年被国务院列入第七批全国重点文物保护单位。这里出土的那些车辆也许就是伐纣的300乘战车的一部分，或许姜太公伐纣乘坐的那辆檀木宝驾也在其列。赵家台姜太公采邑与岐山周公庙周公采邑，刘家原召公采邑，都位于周原的核心区域，三个采邑组成了一个边长10千米的等边三角形，证明周初的采邑距离以10千米为半径这样一个科学结论，为研究周代采邑制、分封制提供了又一个实证。这也印证了易中天先生认为采邑大小大致相当于现在一个乡镇面积的观点。而且就现在看，这三处采邑的土地、水源等自然条件都相当，说明周王对待这三位高级别王公，是不偏不倚、公正合理的。三位圣贤像周室宝鼎上结实的三足，坚固而稳当地支撑着周初的江山，大周王朝的鼎盛与他们的辛劳密不可分。

走马上任的姜子牙不负周人之望，为周室做大图强制定军事方略，亲自训练周六师和周八师，加快了早周崛起的速度。文王积极采纳姜太公推翻商纣的策略，制定具体用兵计划，这些成功的理论和实践经验，成为中国军事理论宝库的重要组成部分。文王在文治方面推行的德治不断取得进展，西岐一隅成了风正气清、国泰民安、尊老爱幼、敬贤礼宾的乐土。虞、芮两国闹得不可开交的纷争，竟然在目睹周人争相让路、让畔的情形感召下，幡然自省，内愧难当，并主动自化干戈。足见西岐文明风气之迷人，榜样力量之强大。这是岐成功的重要政治思想基础。

军事方面，姜子牙在西岐厉兵秣马，不断把训练有素的甲士战车带向四面八方，在一次次严酷的战争中，实践着他的军事理论，拓展着周室领地。周文王返回岐周后几乎年年出征作战，《史记·周本纪》载："明年，伐犬戎。明年，伐密须。明年，败耆国。……明年，伐邗。明年，伐崇侯虎，而作丰邑，自岐下而徙都丰。"五年连战，姜子牙的战车从岐周一次次出发，沿着宽阔的周道，向东、西、南、北不同区域驰骋挞伐，讨伐对象有弱有强，但气焰威猛的周师所向披靡，攻无不克，战无不胜，周的领地在声震云天的战鼓声中迅速扩大，已有"天下三之二"，那些拓疆开土的战事连连得胜，多是姜子牙运筹帷幄的结果。战争胜利的大风暴日益临近，远离殷商的古都西岐，已不能适应指挥灭纣兴周战略大计的需要，不得不向东南100多千米处的丰地迁徙都城，在渭河下游富饶广阔的大平原扩大规模，新建更利于发展、壮大的政治、军事、经济中心，为联合各路诸侯，彻底击败殷商王朝做准备。在战事连绵和新建都城的浩大战役中，西岐是战争获胜的强大后方，姜子牙的演兵场和将士的培训基地就在岐周境内，战争的物质补给也源于此地。文王逝世后，武王在以尚父姜子牙为首的军事团队的有力辅佐下，通过艰苦的联络工作，终于和八百诸侯结成伐纣联盟，经过孟津观兵，统一思想，强化军队战斗力，做好了发动大规模攻商战争的准备。《史记·周本纪》载，文王十二年"二月甲子昧爽，武王朝至于商郊牧野，乃誓。"这段话说的是这次重要的战前动员活动，誓师大会鼓舞了将士勇气，诸侯联军一鼓作气，干净利落地把一个600年大商王朝打落马下，牧野之战的大胜直接催生了西周王朝的诞生，但此前多年，文王与姜子牙等指挥的一系列征战，为这次有决定意义的最后一击打下了坚实的基础。文王和太公在岐地策划组织的一系列大胜仗,锤炼了姜子牙这样的军事天才,成就了中华历史上杰出战神姜子牙的赫赫威名。

灭商后不久,周武王论功行赏,实行分封制。武王灭商的首席谋主、最高军事统帅与开国元勋是姜子牙,他对西周王朝的建立做出了巨大贡献,理所当然享有武王"首封"的特权,姜子牙的封国是齐。太公归位齐国后,修明政事,顺应民意,开放工商之业,发展渔盐优势,临近民众纷纷归附。周成王时,管蔡叛乱,成王派召康公给姜子牙传达旨意:"东至大海,西至黄河,南至穆陵,北至无棣,此间五等诸侯,各地官守,如有罪愆,命你讨伐。"据此,姜太公便积极配合周公东征战役,讨伐叛类,屡屡得胜,有力地援助了周公的东征,齐国国土也不断扩展。经过太公苦心经营,齐在列国中一跃成为大国、强国,司马迁赞誉其曰:"洋洋哉,固大国之风也!"齐享国达 686 年。

不可忽略的是,堪为旷世奇才的姜子牙,竟然从出生到白发苍苍几乎一事无成,干啥败啥,对一般人而言,早已心灰意冷,聊度残生。但奇才就是不同于常人,他之所以大器晚成,除了他出众的才华、执着的信念、顽强的意志和始终不渝的奋斗精神外,还因为他身处英雄用武的年代,又恰恰到了岐周之地,遇上了一位伯乐式的圣人——周文王,他的成功与这些因素密不可分。一位有"屠天下"之本领的军事奇才,如一乘能量无限的顶级战车,是周文王把他带上早周的高速公路,使他才力勃发,势若井喷。他这棵参天大树,只有生长在西岐沃土上,在周文王这样伟大的园丁培育、管护下,才会根深叶茂,郁郁葱葱,焕发无穷的生机和活力。

三

姜子牙满腹经纶,一直受到国人的推崇、敬仰和爱戴。歌颂介绍他的书籍不可胜数,特别是明代学者许仲琳,为了表达对太公的无比敬仰之情,写下著名的《封神演义》,太公变成了神界的"组织部长",成了至高无上权利的象征,也成了人们心里祛邪扶正的神圣偶像,这虽然超越了历史,但却反映了姜子牙在人们心目中的崇高地位。敬奉姜子牙的庙宇遍布各地,其中唐太宗时所建的磻溪太公庙最有名,是周原地区信众最常瞻拜的圣地。岐山的周公庙、首阳山、独山

和临近的西观山都建有姜太公的专祠,供周原人朝拜。

岐山是姜子牙发迹之处,他与周文王、周武王灭商前在岐山进行了大量的政治、军事活动,这对推翻殷商王朝,建立新兴的西周王朝具有十分重要的意义。虽然已经过去了几千年,但他深远的影响力至今还牢固地扎根在岐山人的心目中。

岐山一些地方曾经是姜子牙练兵和作战之处,武王伐纣的周王室的军队曾在岐山进行训练。岐山故郡镇的绝龙岭是姜子牙打败殷商大军的古战场。按岐山赵家台西周遗址最新考古发现,绝龙岭就在姜子牙的采邑内,它的另一个名字叫"独山",南北走向,长约2千米,高不足百米,东沟西原,依势独立,故名"独山",其根连着北面的岐山,像岐山这棵大树向南伸展的一个枝杈。传说姜子牙为抵御闻太师十万商军,奋力挥舞打神鞭,打神鞭在姜太公的法力作用下不断增大,形成了独山山丘。本地父老乡亲说,和姜太公能力不相上下的闻太师由卜而知,自己命归之处将在绝龙岭。闻太师率大军进攻西岐,兵强马壮来势凶猛,姜子牙面对敌强我弱的不利局面,巧施妙计,派杨戬扮作割柴的老汉,把闻太师大军带入绝龙岭旁的大沟内,看到"绝龙岭"三个字,闻太师大呼:"天灭我也。"料事如神的姜子牙带兵埋伏于独山山梁,居高临下,投石放箭,闻太师兵败身亡,殷商精锐之师全部葬身绝龙岭旁的大沟内。姜子牙在自己的封地内关门打狗,战胜了强悍的闻太师,这既是天意,更是实力。还传说此处是姜子牙冰冻岐山,消灭数万殷商将士的地方。这些传说真假存疑,但绝龙岭旁这条岐山北部境内最大的沟道,历史上一直为兵家必争之地却是事实,这条沟道北段名为"孔头沟",南为"龙尾沟"。唐中和元年(881年),黄巢几万义军在此被唐军设伏击溃,由此义军一蹶不振,不久覆灭。因绝龙岭一带地势独特,金朝时建过城池,当地人至今还把这里叫"金城",独山西北面有座小山,稍似方形,名为"四方山",

当地又称"封神台"，相传姜子牙曾在此封神。绝龙岭北部很早以前就修建了许多庙宇，庙内敬奉姜子牙等西周圣贤，过去每年七月有祭祀庙会。《岐山县志》原编辑黄元勋作有《金城山（独山）》一诗，写的是姜子牙与闻太师作战的事情，节选如下：

> 背山周阔一秃岭，　周纣交兵此地逢。
> 封神高台四方山，　岭上巨柏打神鞭。
> 南塬北山形似虎，　东水西沟势若龙。
> 子牙神兵排天阵，　闻仲将士丧金城。
> 庙小常有翠柏遮，　山狭不锁白云封。
> 乐楼里面歌军师，　太师椅侧斥昏君。
> 难信六月冰封事，　常思奇韬周鼎雄。
> 今日何处寻旧迹，　年年岁岁七月风。

岐山流传的有关姜太公的故事很多。当年周文王带领武王前去磻溪诚邀姜子牙来岐山辅周，姜子牙同意后提出要求，要周文王父子背着他走过陡处，在平处用车拉着走，周文王拉了880步，周武王背了48步，姜子牙说："我只保您周家出48个天子，有880年江山。"岐山人形容凡事不能重来时常说："泼出去的水，收不回来了。"用的就是姜子牙对原妻子要求复婚时断然拒绝的话。岐山人口头有一句话，常用来表示对某事深感意外，这句话与姜子牙封神有关，就是"我的天神""我的醋坛神"。岐山还有一句驳斥不思进取的"老汉念书——没前途"的歇后语，这话讲的就是大器晚成、老而有为的姜子牙，即姜子牙80岁做丞相呢——时机到了，以此激励人执着向上，活到老、学到老、干到老。还有一句讲凡事随缘的歇后语：姜子牙钓鱼——愿者上钩。

姜子牙一生坎坷多难，轰轰烈烈，神秘莫测，令人惊叹和效法的地方特别多，作为普通的老百姓，岐山人民对姜子牙的感情却表现得质朴、令人尊敬，他们无需让姜子牙赐予非凡的文韬武略，他们只希望这位从岐山走出的圣人能使人们过好普通的生活，于是喜食醋、爱盖房的岐山人便一直把姜子牙奉为保佑盖房平安的"安屋神"和做好醋的"醋坛神"，两尊神的名字虽不大气，但其意义朴实无华、坦诚、可爱，使人肃然起敬。多少年来再巧的匠人，每当房子盖到最关键的架大梁时，他们无一例外的要求主人在房子的中梁核心处张贴"太公在此"

四个朱红大字,贴好后才可放炮开席举行庆贺仪式,他们真诚地请求姜太公保佑施工安全、新宅安全。

　　臊子面是享誉四方的岐山美食,它是见证岐山悠久历史文化的活化石,它有一个被现代人认为是陋习的"光吃面,不喝汤"的习惯,然而这里面竟然都蕴含着敬先孝祖的周人"馂馀"大礼。以一碗臊子面汤端来送去,绵延不绝,有序传承着绵密的孝祖、感恩之情,由此可见礼仪之乡的岐人之祖真的了不起。岐山香醋又是臊子面的灵魂,醋好面就好。能做好面和好醋一直是衡量岐山优秀女人的重要标准,做一手好醋的女人是村子里威望最高、最受尊重的人。要提高做醋的成功率,岐山女人最看重的就是敬奉好"醋坛神"——姜子牙。她们在做醋的重要环节都要烧香供奉"醋坛神",在做醋的蒲篮上,放置酸枣枝条、轧面刀和红布,以抵御小鬼干扰"醋坛神"的护醋行动。淋醋结束后,她们不忘精心做一顿上佳的臊子面献给"醋坛神",以答谢这位最接地气的家神。

　　一个人逝后能被百姓封作两尊大神世代供奉,古今中外实属罕见。这就是姜子牙在岐山人心目中的崇高地位。

周公的困惑

——读《豳风·鸱鸮》

岐山周公庙周公汉白玉雕像

今天彬县、旬邑一带古时候称"豳地",是周人先祖活动的重要地区。几千年前,周人之祖公刘率族人迁徙至此,告别了与戎狄混居的游牧生活。豳地土肥水美,气候温和,他们在这里又一次由游牧文明转到农耕文明,这次转变对后来古公亶父一迁入岐山就快速融入当地农耕文明具有重大意义。因而周人对豳地一直怀有浓烈的思古感念之情。据说,最初《诗经》毛稿达3 000多首诗,但成书时只保留了300余首精品力作,其中就有出于此地,名为《豳风》的七首诗,这些诗作以较强的艺术感染力,表达了周人对故土的怀念、热爱之情。部分学者认为,《豳风》为周初作品,周公是其作者,也有人认为周公只是其中有些诗篇的作者。其中《豳风·七月》一诗,《诗序》以为是周公"陈王业"之作,《东山》《破斧》是反映周公东征的作品,《伐柯》《九罭》《狼跋》这三首诗都是赞美周公的。《豳风》在《诗经》中地位十分重要。司马迁评论《豳风》时说:"美哉,荡荡乎,乐而不淫,其周公之东乎?"既肯定了《豳风》的思想、艺术价值,也证明这些诗与周公及其所领导的东征有关。

毛亨和郑玄根据《尚书·金縢》认为《豳风·鸱鸮》是周公的代表作之一。《诗序》谓:"《鸱鸮》,周公救乱业,成王未知周公之志,公乃为诗以遗王,名之曰《鸱鸮》。"《尚书·金縢》也有相同记载。《史记·鲁周公世家》载:周公"东土以集,周公归报成王,乃为诗贻王,命之曰《鸱鸮》。王亦未敢训周公。"也说明周公是该诗的作者。

"鸱鸮"二字,岐周之地读:cì jiāo,又叫"饿老鸱",学名叫"猫头鹰"。《诗经》中有三首诗内出现过鸱鸮,分别是《大雅·瞻卬》中的"懿厥哲妇,为枭为鸱"。《陈风·墓门》中的"墓门有梅,有鸮萃止"。《鲁颂·泮水》中的"翩彼飞鸮,集于泮林"。这些诗作中鸱鸮都是以反面角色出现的,这一点和岐山人对这种鸟的看法基本一致。岐山距离豳地不远,过去这种鸟儿比较多见,二三十年前,半夜三更还能听到鸱鸮凄厉的叫声,因其叫声和外形都比较凶恶,人们对它很厌恶,如岐周人把风气不正的地方叫"鸱鸮窝"，如"那个单位风气不正，是个鸱鸮窝"。还有"饿老鸱抓鸡娃"的游戏。乡俗认为，凡鸱鸮惨叫处，附近村子可能要死人，所以鸱鸮是带来不祥之兆的恶鸟之说由来已久。后来人们都知道鸱鸮是吃田鼠等的益鸟。周代人之所以把它当作恶鸟，还有一说，因为周人的对立面是商代人，而商族尊奉的先祖却为鸟类——玄鸟(形似燕子)，凡是敌人喜欢的我们就要反对，按此逻辑，鸱鸮属于鸟类，受到周人"株连"也就不奇怪了。

《鸱鸮》一诗，位居名作《七月》之后，列《豳风》七首诗中第二位。全诗以一只可怜的鸟妈妈的口吻，诉说其虽遭不幸，仍然毫不气馁，坚持营巢制穴，抚养幼鸟，表现了健康向上、不畏艰险、勇往直前的积极生活态度。因而不少人认为这是周公以鸟儿的口气表达尽心尽力为周室效力的忠良之心，诉说自己一片诚心却不被成王等人正确理解、公正对待，屡遭误解和怨恨的苦闷和困惑。从诗作中还可以体会到周公对周邦稳固的担忧和焦急之情，并且明确说明个人没有一点私心杂念的情怀。

当时，由于周公、太公、召公、毕公等全力辅佐和武王的正确领导，伐纣胜利，江山易帜。武王仍封纣王之子武庚于殷商旧都，派自己两个弟弟管叔和蔡叔去监督他。但时隔不久，武王病逝，成王继位，成王确实没有后来的少年康熙那么成熟、干练，无力驾驭西周初期那个复杂局面，所以成王的叔叔周公顶着巨大压力，挺身而出，勇挑摄政大任，而且政绩突出，深得民心。但同为王叔的管、蔡二位对周公摄政很不服气，到处造谣生事，散布周公摄政对成王不利，天子有可能被周公取而代之的谣言。年轻的成王将信将疑，对周公产生微词和戒备心理。周公很诚恳地向召公、太公倾诉衷肠说："我若不避嫌，就对不起我们死去的列祖列宗。"他就借故躲避到东都洛邑。商纣的儿子武庚利用这个机会勾结管叔、蔡叔联合东方淮夷举兵叛乱。周公奉成王之命，率军东征平乱。忍辱负重的周公出征前满怀深情地作了这首寓言诗，陈述自己的心迹，表达保卫周室的赤诚之心。诗的开头就说："鸱鸮鸱鸮！既取我子，无毁我室。"他把武庚比作凶猛的鸱鸮，说它攫取了周室的管、蔡二子，还想来捣毁周室。周公把自己比作辛苦经营周室这个大鸟巢的一只老鸟儿，对鸱鸮的侵袭焦急万分，只有发出无奈的悲鸣，并且仍然毫不停歇地努力工作，以示一片赤诚。

这首广为流传的诗作也很快传至成王的耳朵，但成王读后仍然无动于衷。

经过三年鏖战，起事者武庚、管叔被杀，蔡叔被流放，周公领导的东征战役取得完全胜利。周公取得稳定政权的东征大捷，但由于成王还没有觉悟，对周公的芥蒂依旧，周公只好继续留在东都洛邑。

次年秋天，五谷大熟，但还没等收割，忽然天色大变，狂风四起，雷电交加，田地里的作物倒伏在地，大树也被连根拔起。天灾突现，成王和官员惊慌不已，于是他们慌忙穿上朝服，急急打开"金縢之书"——用金属绳子捆着的祷告书，看看里面有没有破解之法，能不能得到有效启示。结果他们发现了周公早先写的祈祷文书。记载的是灭商后不久，武王得了一场大病，周公诚恳祷告三代祖先，愿意以自己之死代替武王。也许周公心诚则灵吧，武王的疾病也神奇地好了。秘密破解后，召公、太公和成王就查问史官和当时的执事人员，他们回答说："的确如此，只是当时周公嘱咐我们不许张扬，所以无人知道此事。"于是成王手捧着祷告书对着洛邑激动地说："周公一向忠心耿耿，勤劳王事，而我年幼无知，现在上天发威来表扬周公的美德，斥责我的无知，我得赶快迎接他回来，向他检讨，将周公的赤胆忠心告知天下，永远传扬他的美德。"

于是，成王派使者迎接周公回朝，并郊祭谢天，这年地里的庄稼仍然获得大丰收。这首《鸱鸮》讲述的故事还记载于《尚书·金縢》篇和《史记·鲁周公世家》。

这是中国第一首寓言诗，周公以他的聪明才智在中华诗史上又重重地写了一笔。这首诗是：

鸱鸮鸱鸮!	猫头鹰啊猫头鹰!
既取我子，	你已经活活地抓走我的小孩，
无毁我室。	不要再毁掉我的窝巢。
恩斯勤斯，	我辛辛苦苦多么不容易，
鬻子之闵斯!	养育小孩我又累又乏!
迨天之未阴雨，	趁着老天现在还没有下雨，
彻彼桑土，	我赶紧剥些桑树根部的薄皮，
绸缪牖户。	修补我已经破了的窗子和门户。
今女下民，	现在你们下面人，
或敢侮予!	有谁还敢把我来欺侮!
予手拮据，	过度操劳，我的手已不听使唤，
予所捋荼，	我好不容易摘来芦花，
予所蓄租，	集聚多了好筑窝巢，

予口卒瘏，　　　我的嘴巴已经磨破，

曰予未有室家！　我的巢窝还没有筑好！

予羽谯谯，　　　我的羽毛已劳累得枯焦了，

予尾翛翛。　　　我的尾巴已经干枯了。

予室翘翘，　　　我的窝巢既险又高，

风雨所漂摇，　　风吹雨打漂漂摇摇，

予维音哓哓！　　我好害怕啊，我大声呼叫！

　　这是一首声情并茂、感人至深的禽言诗，其中寄托了作者的深刻思想感情，显现了母爱的伟大，诠释了"可怜天下父母心"的真谛，表现了周公体国爱民的拳拳老臣之心。周公竭尽全力维护受损的周室，时常忧虑自己出现失误和懈怠，使国器受到创伤。诗的第一章责备鸱鸮的罪过，充满哀求意味，使人不由产生同情和怜惜。第二章先写鸟妈妈不遗余力地预防灾难发生，始终充满战胜困难的信心，期盼不再遭受欺凌。但转念一想，鸱鸮是很凶残的，是防不胜防的，虽然费尽千辛万苦，仍然还有担心之处。把其矛盾、忧虑的复杂心情表现得惟妙惟肖，使人既同情又感动。末章写了母亲继续工作，竭尽全力使巢窝更安全，它不停地

辛勤劳作,尾巴衰,羽毛脱,但狂风骤雨里,巢窝还摇摇欲坠,它已力尽技穷,无计可施,已陷入呼天天不应,叫地地不灵之绝境,只剩天帝和祖先怜悯保佑了。

周公为周室家国大计一饭三吐哺,一沐三握发,在建立西周、平三监叛乱、建洛邑、制礼作乐等方面,为周室800年江山做出了伟大的贡献。单就他表现在《鸱鸮》诗中的忠诚为国之心,已经足以使世人感动并以他为榜样了。在天子误解、朝野多数人不理解甚至非议的情况下,周公虽然竭力于事,但他心中也有困惑和难言之隐,面对这一局面,我们从诗中感到,中国数一数二的伟人在那种境况下也显得多么无奈、无助啊!世事人心复杂、迷离、难以应对,好在苍天不负忠心,正如白居易所言:"周公恐惧流言日,王莽谦恭未篡时。向使当初身便死,一生真伪复谁知?"好在周公等到了"试玉要烧三日满,辨材须待七年期"的那一天。也许有些人没有周公幸运,长期处在困局难以解脱,甚至一生蒙屈含冤,但人们仍愿相信公道永在天心,更在人心!

凤凰的乐园

——读《大雅·卷阿》

从岐山县城周原广场，沿西宝北线西行数百米，老远便可以看到由两只巨型红凤造型圈成的县城西大门，大门既在古丝绸之路上，也在历史悠久的凤鸣冈上。浴火重生的火凤凰，展翅在古老的凤鸣冈，其深远寓意不言而喻。

凤鸣冈北连周公庙凤凰山，南接刘家原召公祠，周公庙一带是元圣周公的采邑和官邸，唐代就建了周公庙，刘家原一带是召公的采邑，该村召公时期遗留的一棵甘棠树，直到清朝光绪时期还健在，清代慈禧太后当政时期拨巨资，在树旁建了召公祠。这座低矮的小土冈，把北辰、南斗一样的两位大圣连在一起，使周公、召公在凤凰呈瑞的岐周大地永放光芒。

不管是远眺还是近观，这座小冈看起来都毫无奇特之处，它北高南低，从周公庙所在的卷阿以下，坡度缓缓南降，宛若灰头土脸的老黄牛的脊梁，实难引起人们的关注。这一类小岭冈在地处黄土高原的岐山比比皆是，从外形上而言，它与别处的小土冈并无二致，要不是西宝路南侧刘家河村的几家饭馆和小商店都以凤鸣冈命名，谁也不会在意这平凡无奇的小冈的存在，更不会把这个南北竖躺的小土岭与历史上非常神奇的那个凤鸣冈相联系。

岐山人一直认为凤鸣冈就是《大雅·卷阿》中所记述的那个凤鸣冈。据传，这条小土冈连同附近的凤凰村、凤鸣沟、凤凰山、凤凰堆、五色丹穴等地方都是周朝时凤凰经常出没之处。一定意义上讲这里就是凤凰的美丽家园。《卷阿》一诗开头写到的"有卷者阿，飘风自南"的卷阿，就是收风聚气的周公庙所在地。诗中"凤凰鸣矣，于彼高冈"所指的高冈就是这个貌不惊人的小土冈，当年那美丽、神奇的凤凰们，竟能在如此平素无奇的地方飞舞歌唱，实在令人难以想象，几千年来，这个传说能够居于岐山人之心底肯定自有它的道理。浑身遍布凤凰美妙传说的凤鸣冈，像一只展翅欲飞的瑞凤，就这样栖息、歌舞在这同样神奇的古周原，至今还让无数人流连忘返，敬仰不已。这不平凡的小冈的根就扎在北面的凤凰山上,周代的凤凰们,把它们的乐园就定在这一块神奇的土地上。

2004 年,凤凰山发现了周代的城墙,越发证明这里是周公故里的事实。在城墙附近,立有一通一米见方的石碑,虽伤痕累累,但碑上"凤鸣冈"几个大字苍劲有力,清晰可辨。碑载为明代万历辛卯年(1591 年)岐山县令于邦栋所书。据刘家河村刘丑劳先生讲,这通石碑"文化大革命"以前立在现在的"凤鸣冈饭馆"南侧古丝绸之路旁,而且这里还另竖有许多石碑,有麻石的、有青石的,大多与纪念周代圣人有关。那时这里还建有包括周公庙在内的不少庙宇,年年有庙会。立碑设会主要因为这里是当年播吉布祥的凤凰们的故居或大本营,抑或为凤之根脉,而凤凰是周人兴旺发达的标志。凤鸣冈东边不远就是"梧桐生矣,于彼朝阳"的古邑名村——朝阳村,而"凤鸣朝阳"还是岐山著名的"八景"之一(本地将"朝"读为 cháo)。以"朝阳"为村名,说明当地人很早就对凤凰、梧桐、西周文明非常敬仰。

元代诗人仇圣耦和张天锡对此大为感慨,"和鸣千古咏西周""高冈灵鸟象文明",便是他们赞美凤凰和凤鸣冈之情的真实表露。凤鸣冈东面有条南北走向的沟道,当地人叫凤鸣沟,沟里过去有小溪水,无论绿草萋萋的凤鸣冈还是溪水潺潺的凤鸣沟,都是当年美丽凤凰们歌舞、嬉戏之地,因而留下了许多迷人的传说,不说其他,单就凤鸣沟多变的名字亦能证其一二。除凤鸣沟之外,这沟还叫"佛指沟""佛旨沟""缚

岐山凤鸣广场"双凤喜岐"雕像

子沟"伏儿沟"等。

这条小沟道源自凤凰山下"飘风自南"的古卷阿润德泉一带，润德泉时荣时枯，凤鸣沟里的溪水时多时少，它流过叩村、周公村、堰河、凤鸣冈、朝阳等周原古村，经过十多里蜿蜒跌宕，从凤鸣镇陈家河汇入东西走向的横水河。县志记载，凤鸣沟很早以前水流湍急，经年不涸，元代县令曾修渠敷管引水至县城一带，浇田灌禾，饮用洗濯，当时还有能者因其水甘洌、清爽而开茶坊、醋坊、酒坊，名噪一时。有学者认为这条小河就是泛见于众多典籍的"岐水"，它对周室文明的发展、壮大做出了重要贡献。

凤鸣沟之所以有这么多的称谓，肯定有其独特的缘由。从岐地传说和当今史志工作者考证所知，命名佛指沟和佛旨沟是与中国佛教史上两件大事有关，前者牵涉到东汉迎奉佛指舍利。

2009年农历四月初八，新建法门寺舍利塔安奉舍利大典时，现场直播时香港卫视节目主持人指出，当年舍利东奉法门寺时，沿丝绸之路而行，行至凤鸣沟曾作短暂停留。当地传说也认为，当年印度阿育王将释迦牟尼舍利分派四万八千份，让各信佛地建塔安厝敬奉，以使佛光普照，洛阳白马寺、扶风法门寺都在惠奉之列。在迎归舍利的队伍到达当今凤鸣沟时，天空陡起诸多祥瑞景象，彩云旖旎，霞光万道，群凤和鸣，瑞鸟齐舞，惠风习习，芳香弥漫，似幻似梦，恍如仙境。面对突如其来的吉瑞之象，僧众惊喜不已，旋即停步止行，焚香颂经，朝拜不止，直到常景获复才恋恋不舍地步入最后的归途。佛指舍利被虔诚的信徒带走了，佛指沟因此成名，并成百上千年地留至今日。

佛旨沟的来历则与佛教发展鼎盛时期的唐朝有关。据传，唐高僧玄奘，曾前往印度取经，途经岐地时，利用在此安歇之机，向信众传释佛旨之玄奥，指点迷津，故名佛旨沟。长安距岐邑150千米开外，即使骑马也得一天多时间，奉旨从大唐中土经丝绸之路至印度，日行夜宿，几番往返，当时已被热捧的高僧玄奘在此住宿也是有可能的。况且，2008年香港凤凰卫视沿唐僧取经路线觅踪寻访时，根据有关资料记载，他们在蔡家坡北坡一处佛窟附近，对传说唐僧取经走过的黑风洞进行了考察，这也说明唐僧取经时有可能到过岐境。

据岐山方志专家黄长明先生考证，取名缚子沟源于著名的周公庙乞子会。周公庙是岐山旅游胜地，其中供有掌管生儿育女大权的神像，即圣母姜嫄，其规制仅略逊于庙内的周公殿，而高于其余众多庙宇。这里每年农历三月有祈子会，会期已由过去的五天延至10天，陕西西府各地信众，甚至甘宁两省亦有不少善男信女跋山涉水前来敬拜。其中一项主要的活动就是祈子还愿，未生育者祈儿求女，已生育者还愿祭礼，四面八方通往周公庙的官路，车如流水马如游龙。凤鸣沟旁通往庙宇的山间小道上，满是衣着鲜亮的红男绿女，沟底圣水淙淙，四野绿树掩映，花香四溢，人们虔诚地向路边摆摊的小贩购香请表，最重要的是请那象征还愿的红丝带，然后恭敬地把红丝带牢牢系在路旁开花结籽的树枝上，同时诚挚祷告，并默念心愿。一份迫切的传宗接代之申请，在这个生机盎然的春天，用这种独特而可敬的方式完成了神圣的上报过程，凤凰与姜圣母共同保佑美好的心愿终能开花结籽。这项始于唐代，寓宗教、乡俗于一体的古老活动，千余年绵延至今，即使在"文化大革命"中也偶有举行，足见这种活动穿越时空的力量之强大，而且愈是太平盛世，这种活动张力愈大，其中自有可探究的规律。

蜿蜒、漫长的沟道，一眼望不到边的祈子香客，树权上随风舞动的红丝带，香雾弥漫的春天气息，满怀憧憬的善男信女，构成一幅"瓜瓞绵绵"求子延嗣的壮观画卷，颇有感天地、泣神灵之气势。

伏儿沟则是交通部门对这个地方交通坐标的文字命名，这也是在调查的基础上确定的，绝非空穴来风。因为"缚子"和"伏儿"字面意思大体一致。从方言角度讲，在岐山地区，"佛""缚""伏"三字读音相近，"指""旨""子"三字读音相同。这也是造成这条沟的名字在历史演化中呈多样化特点的原因之一。

凤鸣冈、凤鸣沟一直是神奇优美、魅力无穷的。"天下有好景，佛道占其三"。加之凤凰亦是佛家推崇的神鸟，这片风水宝地上也就寺庙广布了，其中唐以来建设的较大庙宇有："凤凰鸣吉兆"的吉兆寺、"凤鸣朝阳"的朝阳村附近的实相寺、张家河（岐水一段）村的通圆寺，还有建在凤鸣冈上的凤脉寺，今为凤鸣寺。相对人们常说的"龙脉"，称作"凤脉"的地方的确不多，若把这一带称作"凤脉"确实是再恰当不过了，我们不得不佩服古人对这块神奇之地认识和理解之精深独到。1980年从该寺旧址出土三尊完美的唐代石佛像，其一，长1.3米，宽0.7米，头戴发饰，右手戴镯，盘膝端坐，脸形丰满，神态逼真，雕工高超；其二，通座高0.26米，头部高髻，身着通肩袈裟，袒胸，结跏趺坐于莲台上，面部丰满圆润，额前有白毫相，双手下垂，置于膝间，莲台后面刻有造像者的姓名；其三，通座高0.28米，首饰罗髻，身着通肩式袈裟，上身袒露，结跏趺坐于莲台上，面部丰满，额间有白毫相，双手下垂，平置于膝间。后两座像现藏于岐山县博物馆。第一座大像，前几年失而复得，现安奉于凤鸣寺，在这座开放的寺院内，接受各方信众朝拜，提高了这块宝地和这座寺院的知名度。

中国地名文化遗产
HISTORICAL — CULTURAL HERITAGE OF GEOGRAPHICAL NAMES OF CHINA

千年古县

AN ANCIENT COUNTY OF THOUSAND YEARS' HISTORY

岐山
QISHAN

联合国地名专家组中国分部
CHINA DIVISION OF THE UNITED NATIONS GROUP OF EXPERTS ON GEOGRAPHICAL NAMES

二〇一四年

　　"莫道朝阳鸣凤去,高冈犹是旧岐山。"是的,正如清代诗人李炳生诗言,凤鸣冈还是那道冈,凤脉寺也还在凤鸣冈上,但物是人非,乾坤已换,那个充满神奇,并承载千百年多少人幸福憧憬的凤鸣沟、凤鸣冈和巍巍岐山,都正沐浴着科学发展的春风,将迎来更加光辉、灿烂的明天。

凤飞卷阿

——再读《大雅·卷阿》

神秘的古卷阿

凡是收入《诗经·大雅》的诗作，据说作者多是王公贵族之类的大人物。其作品多颂演于上流社会的高雅活动中，个别作品艺术水准虽比不上国风里面的一些优秀作品，但是由于上流社会贵族们文化层次高，精于周之"京腔"——岐周语音，作诗讲究韵律，作品十分典雅、规整、考究，义宏旨远，反映西周初期的思想观念和历史事实，有较强的针对性和时代性，因而这些诗作经常吟诵、演唱于高雅的礼乐场合。这些诗作和西方皇家宫廷音乐一样，属于"阳春白雪"，在当时有较高的现实意义，并被周代社会和后来硕儒的主流意识敬仰推崇。司马迁对《大雅》给予了较高的评价，他说："广哉！熙熙乎！曲而有直体，其文王之德乎？"

《大雅·卷阿》应当就属这类"阳春白雪"，这首诗为岐人先祖召公所作，又记述的是成王和召公一行游历岐地卷阿时的所见所感，也许受先入为主观念的影响，3 000年后的今天，岐山人欣赏这首千古名作，不但不觉得佶屈聱牙、晦涩难懂，而且还另有一番滋味在心头，每到"春风熏得游人醉"的仲春三月，人们站在成王、召公曾经流连徜徉的卷阿前面，怀着敬仰之情，在蓊郁的汉柏唐槐浓荫之下，仰望周公、召公等圣贤的庙宇，用召公用过的标准岐山方音，抑扬顿挫高声朗诵《卷阿》，这难到不是在享受令人自豪又惬意的一份文化大餐吗？这是上天给岐山人得天独厚的一种礼遇和厚爱。

面对不太常用的"卷阿"这一词组，人们特别是外阜人，顺口读为"卷阿(音：娟啊)"。岐山人稍一懂事，就从老人的口里顺便学会这两个字的读音。这两个

卷阿　胡宝岐书

字在岐山方言中是常用字,如"把腿卷(蜷)一下",意思是把腿弯曲起来。再如"那个圪阿(niǎ wō)只住了一家人"。还有刘备之子阿斗、秦代之阿房宫和阿弥陀佛中的"阿",岐人都读为"(wō)"。这两个字合起来解释,各种资料虽不一致,但大体都意为:卷曲蜿蜒的山岭。偏正结构,前为"卷曲",后为"山丘",这一说法符合岐山卷阿的实际。但因"阿"另有"屈""庭之曲也"之意,如"阿谀奉承",古时"屈""曲"因义近互用,如取此意,则"卷阿"当为联合词组,侧重强调卷曲度较大的地形,这与卷阿当地人认识一致,因为这两个字是强调周公庙卷阿是一个放大的"凹"字。

卷阿在今天凤鸣镇董家台村周公村民小组,唐代时,这里属栖凤乡,后又称"鸳鸯乡",这几个名字皆与凤鸣岐山的典故、周公及这首《卷阿》诗有关,因为文献记载,周代时期,吉祥之鸟凤凰常在岐山山脉各区域游走歌舞,卷阿就是当年凤凰的重要活动场所。

"卷阿"在岐山人的眼里就是一个口沿朝南的"大簸箕"形的圪阿(niǎ)(wō)(音,方言),背靠的山梁是著名的凤凰山,两侧是北高南低绵延数里的黄土岭冈,远看挺像凤凰的两个巨翼,凤凰翼下就是周代圣贤祠庙——周公庙,供奉的这些圣贤个个品德优秀,堪与凤凰媲美。他们就是《卷阿》诗中那些"凤凰于飞,翙翙其羽”的凤凰的化身。

这里到底是不是《诗经》里所指的卷阿,许多解注《诗经》的经典都没有提及,就是说,既没说是,也没有说不是。宋代大文豪苏东坡在凤翔府做官时曾多次来拜谒周公祠,他在诗作中指出这里就是古卷阿。岐山所有年代的县志,编纂者都是大学问家,他们也一致认为这里就是古卷阿。1980年版《辞海》在“卷阿”条目中指出:“卷阿在县西北20里,岐山之麓。”1999年,国内史学界重量级人物丁文魁、斯维至、佟玉哲共同发布研究成果:周公庙古卷阿因《竹书纪年》记载,周成王曾携众臣游历卷阿有史可稽,岐山古卷阿是中国最早的旅游景区。

卷阿之地的“周邸治泉”是闻名遐迩的“岐山八景”之一,意为这里曾是周公官邸,这里还有一眼温热的甘泉,被唐代皇帝赐名为“润德泉”。周公官邸亦即周公行宫的观点传世久远,唐以前就在这里敕建了周公专祠,唐代规制最为隆盛。当时建祠的决策者也许就是这一观点的赞成者,庙内一些老碑文也持此种论断。2004年,周公庙考古成果震惊世界,那一年这里出土了许多“周”“周公”“毕”“新邑”字样的甲骨文,还有疑似周公家族的十座四墓道大墓,这一惊世大发现,不但位居当年全国十大考古成果前列,而且使这里为周公官邸的推断更加有据可依。

润德泉堪称陕西的“泉王”之一。这眼圣泉之所以是神奇的“泉王”,一是它像一位行踪飘乎的神仙,往来无规矩可循,有时小歇驻足一两年,有时驻足达10年、20年,最长的一次达35年。清代时有统计的225年里,该泉复涌20多次;二是它“流涸可占年”(元·张天锡),即每当它复流出水,附近的民运肯定能向好变化,因为这眼泉水富含矿物质,可浇灌附近百余亩农田,农民得利显而易见。良好的水质使饮用者大受其益,凡坚持饮用者很少患怪病。20世纪50年代,这里办过中学,曾有一年考上飞行员的学生数量列全省各县区之首,据说,是由于发育期的中学生饮用此水,身体倍儿棒,特别是视力超群,得以入选。据说,慈禧太后西行长安时,常享用此水;三是这泉是大唐皇帝赐名,县、府、朝廷和唐宣宗的四封往来诏书都还在,是考证当时许多历史事实的第一手资料;四是这泉水还是周代群圣饮用过的圣水,因而倍受尊敬,游客把品此水当作朝圣、占圣贤之光的圣事。凡来此地逛庙会、游山玩水者,都要饮用此水,走时还要瓶装壶载,带回去馈赠亲友。可惜此泉自1989年干涸以来至今再未复涌。千古圣泉,这一次您确实走得太久、太远了。归去来兮,胡不归?回来吧,善良的周之后人在等候您。

美丽的凤凰赞歌

周公庙是国家 AAAA 级旅游景区、陕西省省级风景名胜区,山清水秀,草碧树茂,鸟语花香,堪为游览的佳地。在周代的时候,这里的山坡多是原始森林、奇花异草,深山里活动着狼虫虎豹,不可胜数的鸟儿歌声飞扬、悦耳动听。大沟小谷溪流涌动,鱼翔虾戏。《诗经》中周人在这一带捕鱼、打猎的场景司空见惯。据史书记载,周成王曾在岐阳一带狩猎。这些都说明当时岐山动植物群类众多,景色秀美,颇似人间仙境,特别像卷阿这样"背有靠,前有照"、聚灵气、收灵光的宜人宝地,周人能不常来常往吗?

公元前 1031 年,这时西周的江山正如早晨八九点钟的太阳,朝气蓬勃,享誉历史的"成康之治"正在前行。亲政多年的周成王心境良好,志得意满。在一个春和景明的早晨,他高兴地带着群臣到此地视民风、察民情,"来游来歌",放松心情,尽情享受大自然的美景。看,这一行志得意满的王公贵胄,走下驷马豪车,像一阵和风,款款拂来。迎接他们的有微风、鲜花,伴歌、伴舞的是周身披满朝阳的美丽凤凰。《卷阿》诗里面是这样记述这一盛况的:

137

有卷者阿,	凹凸有致的美丽卷阿啊,
飘风自南。	一群贵人像仙风、彩凤一样缓缓南来。
岂弟君子,	他们都是举止落落大方的正人君子,
来游来歌,	美妙的歌声伴着他们喜悦的步履,
以矢其音。	一句句动情的诗歌表达着他们美好的愿望。
伴奂尔游矣,	他们举止优雅,从容自在,
优游尔休矣。	他们逍遥漫游,他们驻足赏景。
岂弟君子,	他们都是品行高雅的人士,
俾尔弥尔性,	请上天赐予他们洪福长寿,
似先公酋矣。	他们孝祖亲宗不断光大先辈的事业。

《卷阿》是《诗经》中篇幅居中的作品,共十章五十四句。上述两章和接下来

的两章都是用"赋"的艺术手法，直抒胸臆，表达王公大臣的愉快心情，体现诗人即时、即兴赋诗吟歌的才华，诗人在这里由衷祝愿周之王公贵族洪福齐天。是啊，面对卷阿这样秀美的大好河山，他们喜悦的心情怎能不溢于言表？也只有眼前这样的美好景色才能引发他们诗兴大起，并为我们留下了这首千秋名作。

对美好河山的歌颂还不是这首诗最重要的主题。周之江山为何"如此多娇"，接下来的五、六章就由"赋"铺陈叙述，娓娓道来，涉入诗作第一个主题：兴国与人才的重要关系。

有冯有翼，	四方才俊为周室出智出力，
有孝有德，	他们都是品德高尚的贤达，
以引以翼。	时时处处为国操劳。
岂弟君子，	多么平易近人的君子啊，
四方为则。	真是垂范天下的楷模。

颙颙卬卬，	他们温文尔雅，器宇轩昂，
如圭如璋，	品德高贵得像美玉一样，
令闻令望。	他们声名威望传遍四方。
岂弟君子，	多么平易近人的君子啊，
四方为纲。	真是天下人的好榜样。

是的，正因为周之先圣真心对待天下英雄，四方贤士竞相归附，为周之兴盛施展才华，并以他们美好的德行感染人，以周之礼乐教化人，才使周代江山政通人和，事业兴旺，人民安居乐业。

周朝是中国历史上忧患意识最强的一个朝代，"如履薄冰，战战兢兢"的居安思危意识反映在他们许多事件中，这也是他们能稳居中国乃至世界长寿王朝之榜首的原因之一。即使在这样兴高采烈的游历过程中，被誉为"四朝元老"的召公还不忘寓教于乐，对成王不失时机地进行语重心长的教化。《诗序》也说"《卷阿》，召康公戒成王也。"作为杰出的政治家，他的教导方法是十分高超的，他在诗里潜移默化地向成王和群臣传递了要重视人才的信号，传递了长治久安的良策。

在接下来的三章里，作者以神来之笔，以神鸟凤凰瑞象，喻周室兴盛、人才济济的振兴气象,使作品涉入更深的表达领域,阐述了人才兴国的重要性。

凤皇于飞,	美丽的凤凰啊,在蔚蓝的天空中展翅飞翔,
翙翙其羽,	百鸟的翅膀翩翩起舞,翙翙作响,
亦集爰止。	凤停在高大的树上百鸟陪。
蔼蔼王多吉士,	这一群朝堂的贤臣,他们济济一堂,
维君子使,	给英俊有为的成王贡献智慧,聆听着他的教诲,
媚于天子。	我们这些臣子啊,一定要服从天子,效忠周邦。
凤皇于飞,	美丽的凤凰啊,在蔚蓝的天空中展翅飞翔,
翙翙其羽,	百鸟的翅膀翩翩起舞,翙翙作响,
亦傅于天。	时而掠过低空,时而直插云端。
蔼蔼王多吉人,	这一群朝堂的贤臣,他们济济一堂,
维君子命,	给英俊有为的成王贡献智慧,听从他的指令,
媚于庶人。	我们这些臣子啊,要尽职保民,忠于周邦。
凤皇鸣矣,	美丽的凤凰啊,你的鸣叫声多么动听悠扬,
于彼高冈。	在那凤鸣冈引吭高歌,响彻四面八方。
梧桐生矣,	高冈上面长着郁郁葱葱的梧桐,
于彼朝阳。	长在巍巍的高冈上,迎着初升的朝阳。
菶菶萋萋,	枝繁叶茂,绿油油的叶子闪闪发光,
雝雝喈喈。	一群群凤凰和鸣,美妙的声音多么悠扬。

　　这三章就是一曲"比""兴"手法综合运用的凤凰之歌,通过展示"凤飞""凤栖""凤舞""凤鸣"等凤凰的高贵、华丽身影及悠扬和谐的鸣叫声,使这传播吉祥的神鸟群像栩栩如生、美丽动人,使人们油然生出无限的仰慕之情。这种手法的运用使该诗成为《诗经》乃至周代描写凤凰最著名的作品之一,由此"凤皇于飞""凤鸣朝阳"成了国人耳熟能详的经典成语。

　　凤凰本是东夷和荆蛮一带的部落图腾,在敬奉玄鸟的商代,凤凰同样是代表吉祥的祥瑞鸟,被商民族奉为神灵。周人崇拜的图腾是熊、龙一类的动物,本和鸟类没有关系,但奇怪的是偏偏商纣王朝的图腾鸟类,而且还是鸟类之王的凤凰竟然成群结队地来到周人生活的偏远西土，呈瑞献祥，其原因就是倒行逆施的商纣王朝已经失德于民，失德于天，所以连他们的图腾——凤凰，也弃暗投明离他而去，毫不犹豫地把吉祥和希望带给文王治下岐周的晴天圣土，带给他如朝阳初升的西岐兴周事业。

到成王时期，凤凰在岐周的活动已经是一种常态，但它为什么能这样欢快、自如地在卷阿之地展姿亮嗓，而不是别处？完全因为卷阿风和日丽，梧桐叶繁枝茂，水甜食足，特别是这里和善的人群与凤凰和谐相处，使其有了大放异彩、尽展歌喉的良好环境。借此作比：西周之所以能在短期内兴盛、崛起，是因为先辈用优良德行开创了清明仁和的社会风气，感召、吸引并延揽了天下大批像凤凰一样的名士贤才，正是在这种优良的大氛围下，靠着先王与这些贤士百年奋斗，才迎来风清气爽、国泰民安的大好局面。作为后来的游览者，必须牢记先辈创业的艰辛，时刻保持清醒头脑，居安思危，勤勤恳恳，夙夜在公，爱国爱民，明德慎罚，才能有更多如凤凰般优秀的人才蜂拥而至，保持大周盛世雄风，并不断取得新的业绩，使周之大好江山千秋万代，以回报先辈在天之灵。

这次旅游是真的喜遇凤凰，还是写诗者虚构，现无从考证，但周公庙的确有许多以凤凰命名的地方，凤凰鸣叫之处叫"凤凰山"，凤凰的游乐场所叫"凤鸣冈"，凤凰小憩的地方叫"凤凰堆"，凤凰堆旁便是美丽的凤凰巢，又称"丹穴凤迹"，这还是周公庙的八景之一。多年过去了，这里的泥土还是绚丽多彩，像被凤凰的羽毛所浸染，这里还有一座著名古建筑叫"凤山楼"，可惜毁于古时的一场大火。

阅读史书，深感凤凰对周成王好像情有独钟，在此次出游以前，成王还遇到"麒麟游苑，凤凰翔庭"的瑞象，对此周成王还欣然作诗一首：

凤凰翔兮于紫庭，	凤凰在朝堂上翩翩起舞，
余何德兮以感灵，	我何德何能可以引来这些灵鸟，
赖先王兮恩泽臻，	这全归功于先祖的大恩大德，
于兮乐兮民以宁。	我万分激动，愿百姓世代康宁。

周成王对出现这一吉瑞佳兆虽感到万分喜悦，但崇尚孝道的成王还是把这一现象归结于先祖的大恩厚德，并真心希望周室上下要永远与民同乐，为人民谋利益，这样凤凰将永远驻足岐周，国运将永远昌盛亨通，国势将永远兴旺发达。

《卷阿》式的颂美诗,在《诗经》里独具一格,游乐与谏诤融洽结合,表面上叙述君臣同游共乐盛事,反映祥和的盛世恢宏气象,但在颂景色之美、颂时代之美的表象下,更重要的是蕴含真切、深刻的谏诤之要义。委婉中表真诚,以微言晓大义,以诗歌明大志,达到了诗歌创作者及编撰者寓教于乐的目的。这种以颂美为谏的方式,正如学者祝秀权所说:"其实是周公制礼作乐而形成的一种美谏习俗和传统,是当时礼乐教育的重要途径。"(《凤鸣岐山》第九期)

最后一章与首章相照应。写君臣其乐融融,即兴创作了不少诗歌,既陶冶情志,又有感而发,使人在轻松、愉快中受到教育。

这样语近旨远,大雅隽永,含不尽之意于言外的诗作,体现了作者忠君爱国的赤诚情怀和高超的艺术水平。诗作者理应受到尊重,正因为如此,岐人早就把这位召康公供奉在周公庙,让后人来永远缅怀。

古卷阿的美景催生了君臣远足游历,催生了这首不朽之作,也升华了凤凰的完美形象,进一步确立了凤凰在国人心目中的崇高地位。

凤皇于飞,翙翙其羽,远去无痕迹,

听梧桐细雨,瑟瑟其叶,随风摇记忆!

这是刘欢演唱的电视剧《甄嬛传》插曲中的一部分,该剧能风靡全国,除了演员高超的表演技艺外,与这首插曲的曼妙动人也不无关系吧。而这则歌词的灵感不就是来自于《卷阿》中的名句吗。优秀作品的青春是永驻的,它能穿越时空,给人留下永久的美感。愿古老的《卷阿》像当年凤鸣冈上的凤凰一样,伴着这优美的旋律,在新时代的蓝天上飞得更高更远!

岐周的"农民节"

绿树掩映的卷阿,从外面看起来并不大,其实里面相当开阔,庙会正会那一天,卷阿里面即使有两三万人游来走去也不显拥挤,体现了卷阿的神奇。周公庙里存有唐代以来布局规整的几十座古建筑,不少建筑都屡毁屡建,虽然经过一千多年风风雨雨,但每一个建筑看起来依然完好,这些建筑和其中安奉的圣人大贤的圣像一样,承载着那些辉煌时代厚重的历史信息,传递着民族和祖先的梦想,都是历史留给我们的物质和文化遗产,永远值得人们珍惜。

目前看到的这历史一样凝重和遥远的建筑,不少是明清复建和新建的,它们像衔接古代和现代的桥梁,帮我们顺畅地跨越时空,使我们对圣贤的思念有了依附和寄托,并时时为我们传导强大不竭的精神能量,这也许就是文化遗产弥足珍贵之处。或大或小,或华丽或古朴的建筑里,供奉的都是岐山人共同认可的最受尊崇的老先人,任意一位都是中华历史上声名赫赫的大圣大贤。他们不凡的圣绩和德行莫不与这方水土的养育有关,甚至安厝这些非凡人物的沃土,也都在静静地演绎着岐山淳厚的民风、民俗。岐山人有"疼孙讨厌儿""抱孙不抱子"的乡俗,这一风俗据传来源于《礼记·曲礼》"君子抱孙不抱子"。周公庙里就有供奉周人的圣祖母——姜嫄(岐人称其为"娘娘婆"),其庙居于中间位置,孙辈周公、召公祠居于前面,姜嫄之子后稷(岐人尊其为"麦王爷")庙居于后面的右边位置,恰恰似一幅现实版的"背子抱孙"图。

在讲究礼仪、注重孝道的岐山,最受尊崇的人群是号称"爷""婆"的祖辈,红白喜事开宴的第一碗臊子面用来泼汤敬过世的祖辈,接下来就是孝敬在世的爷、婆之辈;刚开园的瓜果,必须先由爷、婆尝鲜;家里最高档的美味是臊子罐罐,必须永远放在爷、婆的屋里。所以最尊贵的人士、最尊敬的称呼莫过爷爷和婆婆了。如人们把最敬重的太阳就叫"爷婆",岐阳人把周三王庙叫"爷爷庙",把后稷之类的男性神尊称"某某爷",如把后稷叫"麦王爷",还有诸如财神爷、土地爷、灶爷、天爷、玉石爷等。把姜嫄之类的女性神尊称"某某婆",诸如娘娘婆、醋呀婆等。

被岐山人敬为麦王爷的后稷,名弃,是周人之祖,他对中华农耕文明做出过巨大贡献。《诗经》中有好几首诗歌颂后稷。《大雅·生民》是一首极富神话意味,具有丰富想象力而又不脱离古代现实生活的诗篇,诗歌生动讲述姜嫄生育后稷,后稷发展农业生产的故事。后稷之母姜嫄为得子嗣,多方祭祀求子,结果神奇地因踏巨人脚迹而怀孕,有人说这反映了周人在姜嫄时代尚处在"野合杂交时代"或"血族群婚的母系社会",姜嫄分娩时又出现神异之相,后稷出生时胞衣竟"不坼不副",像一个浑圆的肉球,但却安然无恙,对此异象姜嫄很不安,她将后稷弃置于街巷,数日内竟无鸟、兽加害,更显其神异非凡。谁知这位弃儿——后稷年稍长就表现出农业方面的天赋,经过摸索、实践,他亲手培育出了麦、粟、瓜、豆等农作物,而且发明、推广了不少先进的耕作技术,使五谷连连获得好的收成,他为满足人们食物需求立下大功。夏朝人论功行赏奉他为农后,即农官,并可世代传袭,后稷的子孙更是不忘他的功业,年年用他培育的五谷制作的食品祭奠他、缅怀他。

《鲁颂·闵宫》这样歌颂后稷:"是生后稷。降之百福。"意为:姜嫄圣母生了一位了不起的后稷,上天赐他百种福。后稷的出生地在今天杨凌、武功一带,过去那里叫"邰"。五千多年前,后稷利用邰地的良田沃土,辛勤培育五谷,手把手给民众教授稼穑之术,他是中华农耕文明不朽的神祇。

言简意赅的《周颂·思文》,虽然只有短短的八句,却堪为一首主题鲜明的后稷颂歌,诗作说:"思文后稷,克配彼天。立我烝民,莫匪尔极。贻我来牟,帝命率育。无此疆尔界,陈常于时夏。"意思为:想起伟大的后稷,功德可配苍天。养育我们民众,谁未受你恩赏。留给我们小麦和大麦,用来养育无数劳苦民众。农政不分疆界,全国普遍推广。

对于这位诞生于岐山附近的中华伟人、五谷之祖,岐周人民像《诗经》的作者一样,对他十分敬仰。虽然在偌大的周公庙里,他的庙宇不算太大,庙内陈设还有点简陋,但却位居周公庙诸庙中最高位置。岐山人一直自有其说法:岐地素来是小麦之乡,"麦米菜籽油"能吃饱的日子历来是老百姓最向往的,培育小麦的祖先理应居于高位,岐地的老百姓向来就是这样憨厚。每年小麦收割前,岐山县枣林、故郡、蒲村、北庄等地都有祭祀后稷的麦王爷庙会,方圆十里的善男信女纷纷挤进建在村子最高处的麦王爷庙里,对着泥的或纸的神像烧香燎表,虔诚祈求麦王爷保佑麦子丰收。当然他们回去的时候肯定得添置权把、扫帚、牛笼嘴等夏收物资,因为他们知道农民任何时候都得既信神力,更应尽人力,否则神灵也救不了你。周公庙庙会时间为仲春三月和晚秋十月,基本与周代的春、秋祭祀时间相仿,祭祀活动刻意在这个时候进行,是岐山人对在这里诞生的周礼的一种传承。

春天是播种的季节,秋天是收获的时刻,最重礼数的岐周人民,即使手头有多么重要的事情,在这个时候都要放下来,腾出手,静下心,邻近村落的民众聚集一堂,恭恭敬敬祭奠伟大的麦王爷。春天祈求麦王爷保佑五谷丰登,秋收活动结束后答谢麦王爷对五谷的护佑。祭祀麦王爷的香火一直很旺盛,并不富裕的农人每年准时在村社头目的率领下,抬着作牺牲的猪羊,敲打着周代传下来的锣鼓曲调,举着周人崇尚的红色旗帜、红飘带,毕恭毕敬叩头、鞠躬,诚挚地表达全村人的感恩心情,期盼麦王爷保佑年年风调雨顺、丰衣足食。

从中国传统文化而言,沟壑为阴,山冈为阳,小麦为阴,水稻为阳。麦王爷后稷庙居于卷阿这一低洼处,应符合小麦为阴之属性,况且站在凤凰山向南细看卷阿态势,古老的润德泉水一脉朝南哗哗而去,这一条溪流将卷阿从中一分为二,两半合拢岂不是一个巨大的"麦粒"形状?把麦王爷供奉在低洼处的"小麦身上",是天意还是人为,是偶然为之,还是智慧的先人们有意为之,这是个难解的谜。

虽然社会已高度发达,缺衣少穿的时代已成为回忆,国人早已不愁没麦子吃,很多人由于过于钟爱健康,已经厌倦了油腻的、容易引起高血脂的臊子面,但麦王爷是我们的祖先,是我们心中永远的神,人们理应世世代代饱而思饥,日日夜夜想想麦王爷当初试种五谷的千辛万苦,想想世世代代无米无面的那些恓惶日子,想想被饥饿夺去性命的那些可怜的人们。

在国家大力提倡重视粮食生产、节俭粮食的重要时段,真希望奠礼上的战鼓清音震醒那些糟践粮食、毁坏农田的不肖子孙麻木的心灵,愿祭奠时檀香的青烟随着新春的和风飘拂到更加遥远的地方,使我们每次祭祀后,都能有底气地回望一眼那位留着白胡子站在祭台上的慈祥老人——我们永远的麦王爷,我们不老的祖先!

周公庙里"凤求凰"

即使"人猿相揖别",蒙昧逐步消退,文明渐次走来,但"食色性也""饮食男女""求食求偶"这一人类生存的基本要义并未动摇。历史悠久的周公庙里面圣贤祠庙的巧妙布局也暗合了这一要义。人们一睁眼首先就得吃饭、穿衣,那么主管吃饭大事的后稷就当之无愧居于周公庙之最高处。接下来是掌管人类生育的姜嫄圣母,庙院的正中之位就非她莫属。当然,保证人们有序、有礼搞好自身生产、生活,就是居于姜嫄之下、庙院最前的周公一类大圣人要担负的重要职责了。

在繁重的种植业需要强壮劳力的现实面前,在"不孝有三,无后为大"的礼俗裹挟下,多少年来,人们不得不把人的自身生产置于重要的位置。娶媳妇生育,再娶媳妇再生育,几乎是农耕文明时期人们忙忙碌碌生活的主线,一切似乎都围绕这一中心匆忙运转。对那个时代的妇女而言,生子延嗣更是一件特别重要的事情。一个出嫁的女子,如果不生育特别是生不出儿子,不但在家庭里、社会上抬不起头,还有被休回娘家的危险,如夫家购买了一件不称心的东西要求退货一样天经地义。所以,生儿育女在一定程度上竟成了女人的根本任务,多年来存在的这一现象,也许是周公庙里姜嫄圣母的香火一直非常旺盛的主要原因吧。

姜嫄是一位充满传奇色彩的神秘人物。据传,她曾居住于姜水和漆水流域的邰地,她最大的贡献就是生育了后稷这位中华之农祖。由于她那个年代是母系社会,人们只知其母不知其父,因而她也是周人引以为豪的女英雄,伟大的女祖之一。周代祭祀她的级别相当高,以太牢之礼,与天子同等级别。各邦国和一些重要地区均有她的专祠,统一定名为闷宫。《鲁颂·闷宫》一诗生动描述鲁国闷宫的美轮美奂和庄重、肃穆,表达朝拜者对她崇敬、热爱之情,歌颂聪明、美丽的姜嫄圣母母仪天下的优良风范。诗中也表示周人将永远不忘这位女圣人,以最高礼仪长期祭祀姜嫄女祖。

《大雅·生民》开宗明义叙述:由于姜嫄圣母品行可堪,德范出众,老天才赐她生育了一位了不起的后稷。诗作暗示只要永远仿效姜圣母,不断提高品行修养,所有女人都能实现生儿育女的理想。《大雅·思齐》《大雅·大明》用较多篇幅对在中华妇女史上产生重大影响的太姜、太任、太姒进行了由衷赞颂。这些诗作反映了周人对他们男、女先祖的厚爱,在男权社会已经很稳定的时期,创作这样的诗作实在难能可贵。

岐山周公庙里的姜嫄庙包括正殿和献殿,正殿大门两侧的楹联是:

> 培斯世奇男异女;
> 育周家圣子贤孙。

献殿大门两侧楹联为:

> 庙貌枚枚拟闷宫;
> 神灵赫赫绵瓜瓞。

此联明显来源于《鲁颂·闷宫》和《大雅·绵》,由衷歌颂了姜嫄对周室的巨大贡献。

配享正、献两殿，姜嫄的地位不言而喻。这也是周公庙建筑面积较大的重要庙宇之一，庙宇气势恢宏，庙院比较开阔。每年全国数以万计的善男信女慕名前来朝拜，这里一直是周公庙香火最旺盛的庙宇。庙内姜嫄神像是一尊高大的泥塑彩像，她身披霞帔，头戴凤冠（居凤凰老家的姜嫄圣母，最有资格戴这顶桂冠了），慈眉善目，和蔼可亲，就像一位和善的岐山老婆婆。只要一睹其慈祥之神态，人们不由得生出许多信任和敬仰。过去在她的巨像两侧还塑有太姜，太任、太姒等周代贤妃的圣像，她们生前和老祖母一样德范可堪，去世后仍然协助老祖母一起给上香者降福送子，理应受到人们崇敬。姜嫄圣母的神龛旁对称悬挂着上书"送子娘娘""有求必应"的巨幅黄色锦幡，三面墙壁挂满"有求必应""瓜瓞绵绵""喜得贵子"一类的颂德歌功的锦旗和绸缎被面，足见她神通广大，民众对她万分崇敬。

姜嫄祈子以诚心感动上天，竟能足踩巨人脚印如愿以偿生下了中华一代农神，为周人以农兴族立国，立下不朽功勋，实在是一件功莫大焉的壮举，长期以来令多少妇女感慨、敬重不已。姜嫄求子的巨大成功成了世世代代女人竞相仿效的榜样，鼓舞和增强了不少缺儿少女者走进姜嫄庙的决心和信心。那些智慧的岐人的先人们，甚至在周公庙姜圣母庙附近建了一个彩云楼，又叫"踩孕楼"，在这座楼的过道还仿设了一个巨人足迹，专供祈子的妇人踩踏，以"学啥像啥"，尽量提高祈子的成功率。姜嫄就这样被人们怀着敬慕的心情不断神化，并一步步走上了神坛，成了掌管生育大权的一尊大神。

其实早在姜嫄时代，生殖崇拜就已普遍存在。如女娲"抟土造人"，夏女祖涂山氏"开石生启"，商祖简狄"吞卵生契"，都是衍生文化在神媒制度上的生动体现。姜嫄从周代就已被敬奉为主宰婚姻、生育的女神，她的庙宇叫"閟宫"，一般诸侯国以上才准许建立。岐周之地为何能建姜嫄圣母庙？据说，这里曾经为诸侯国，名字叫"邔"（和"岐"同义），姜嫄庙是否始建于封国的那个时候，难以确定，但该庙宇直到唐代香火还很旺盛却是不争的事实。

岐山周公庙祭祀姜嫄的活动，主要在每年的三月庙会，会后也有祭祀，但主要是生了孩子者来庙里还愿。祈子活动多在庙会期间进行。三月庙会属于古代上巳节的范畴。周代时东、南一带诸侯国，由于节气早，玄鸟（燕子）回归早，春暖花开得早，所以那里的上巳节一般在农历三月三左右，而岐山周公庙地处中国西北地区，春天来得稍晚些，上巳节会即周公庙会，较之东南诸国要推后一周左右，起会时间是农历三月初十，除时间不同外，活动内容各处大体相同。周公庙里举行的这种纪念姜嫄的祈子庙会，应该和周公庙一样已有悠久的历史了，新中国成立前，会期只有三天，新中国成立后，会期延长到十天。

随着时代的发展，祈子会中，那些由地方官员组织的诸如"悬壶""唱诗"等纪念姜嫄的活动逐步消亡，后来演变成目的明确、指向具体的祈子还愿活动，而且还衍生和增加了一些地域特色明显、比较神秘和看似不可理喻的现象。从祈子的活动过程就可以窥其一斑。

过去，祈子活动一般分白天和晚上两个阶段进行。

白天祈子仪式的地点主要设在姜嫄庙里，这一活动气氛自始至终庄严、肃穆。执事的庙管和祈子者都虔诚、郑重其事地进行一系列活动，活动如设定的电脑程序一样有条不紊，主要是在姜嫄神像前的禳祝。祈子主人公是已婚多年不生育、很少生育或生育结果达不到要求的妇女。长期以来，很少有人把不生育的原因归于男子，因为尚无男性祈子会就是明证。祈子的女人皆由其女性长辈带领，要给姜圣母敬献丰盛的时令水果；祈子者亲手做的一双小儿绣花鞋；用头茬新麦面蒸的 6—12 个麦面大馍，逢闰月、闰年蒸 7—13 个大馍；香、黄表、鞭炮等；给执事的庙管上供祈子费。祈子者无论上供大馍、烧香，还是燎表、放炮、磕头，都要双眼微合，嘴里默默祷祝，表达讨儿要女的心愿。这一系列仪式完毕后，就可以带走供桌上凤翔艺人做的彩塑小泥人，要男孩者可顺手掐一个摆在神龛上高一点的男泥人的生殖器，有人会再捏好一个填补在泥人裆里，所以后来的祈子者见到的永远是浑身器官完整的小男孩。

早在周代时，人们就已重男轻女，他们在郊媒祭祀仪式上要把男人用的兵器给孕妇，让孕妇带着祈求媒神，期望神灵赐一个勇武的男孩。岐地掐彩塑的生殖器就源于周代这一风俗，但表现得更直截了当，周礼的文雅与秦人之直率相融合，在这里淋漓尽致地表现了出来。怀里揣着男孩生殖器，好像在娘娘婆面前领取了生育男孩的许可证，她们会把它像家宅六神一样看待，并给予十二分的敬重，小心地放置于神龛前面，天天烧香敬奉，逢年过节，还要泼汤、献果。

一个一个女人满怀期待地走进来，一个又一个女人满怀憧憬地走出去，年年如此。祈子者回家时，可以带回自己献过的一只小鞋和一个馍，叫"回伴"，好像连接姜圣母和祈子者之间的纽带，乞子者生育后，要来庙里还愿，还愿来的时候必须再带 12 个大馍，带上祈子时带走的那一只小鞋，带上彩色小泥人，当然还得带一定数量的布施。还愿活动在生育后次年进行，也有人在孩子 12 岁赎身时进行，祈子时许的什么动物，还愿就带什么动物，普通人家带的是所许动物的纸模型,如纸糊的猪羊等,有钱人家祭献刚刚宰杀的公猪、公羊或大红公鸡。还愿的小孩还要披红挂彩,一些关系近一点的亲戚陪伴庆贺,给赎身小孩辫百锁(多为红包),祝愿小孩无灾无难长命百岁,参与还愿者仍然多为长辈女性。兴高采烈的庙内还愿活动结束后,主人会在家里(现在在周公庙民俗村里)做一顿丰盛的长寿臊子面招待庆贺的来宾。

祈子、还愿还有一项重要的后续活动,就是去周公庙玉石爷洞摸玉石爷的身体。玉石爷洞历来是重点景区之一,庙会期间这里虽然人如潮涌,但人们都情愿在玉石爷洞前排长队等候。相传,这尊玉石爷像是唐武则天时期一次暴雨引发山洪,山崖崩塌闪现而出的,神秘的诞生背景产生了摸玉石爷像治百病的传说。小儿一般摸全身,孕妇重点摸腹部,随行者哪里痛就摸玉石像的对应部位。过去为了保护这尊唐代文物,每摸一次需付一元人民币,后来换成了复制品,摸的人照样很多,但早已不收费了。

有的祈子者出了庙门,就立即找卦摊解梦、算卦。周公是《周易》的重要作者之一,他的圆梦理论和卜易学一样神秘而富有诱惑力,虽说抱着"娘娘婆啊娘娘婆,或儿或女给一个"的随缘心态,但一些人还是想完全实现既定的生男育女的目标,这就给庙前摆摊的卜筮者提供了机会,她们低声下气地诚挚问卜,得到的多是模棱两可的回复,使祈子者迷迷糊糊似信非信,又得再受一年的熬煎。为了避免这些烦恼,祈子者就得请一只凤翔的泥塑彩老虎,据说,在庙里请一只泥老虎,下一年就能生下一个小虎仔。若请了老虎,按讲究须在回家前一段时间不能说话,如果说了话,请的"虎子"就会被别人接走,所以在这里摆卦摊者不喜欢卖虎者,一般摆摊时两者距离较远。

白天的祈子活动在姜嫄庙里进行,一切是那么庄重、神圣。但晚上的活动,祈子的妇人则严格保密,有可能一辈子都密不示人,需在神神秘秘、偷偷摸摸中进行。这项十分保密的活动,只有参与者双方才知道结果和进程,其他参与祈子的长辈不能打听询问有关情况,能走上这一步的祈子者的长辈,她们永远看重的是炕上的结果,她们才无心计较孩子的父亲是谁,正如岐地俗语所云:"生在谁家炕上,记在谁家账上。"意思很明白、很现实、很超脱。

出了姜圣母殿的祈子少妇,忐忑不安地等待夜幕的降临。四野弥漫着浓郁的檀香气味,成双成对的春燕在梧桐树的蓝色花朵里飞来飞去,使春天的生育、生长气息越发浓烈。对姜嫄庙前乐楼里的欢快、悦耳的大戏,对春风满面的香客、游人,对于院里已结了一点小雏果的甘棠,祈子妇人统统视而不见,连往日酸辣清爽、令她们垂涎欲滴的岐山擀面皮,她们都食之无味。她们惴惴不安地单等"天明戏"(指从天黑演到天明的演出)大幕的开启,好使她们上演一场"凤求凰"——晚间和另一个陌生男子的野合,对她们来说这是对姜嫄殿祈子活动成果的深化和加强,是祈子活动的重要举措。

这项晚上在凤凰山山坡举行的实质性的祈子活动,多年来被称为"香头会"。这一活动历来很少有人横加干涉。

夜戏的开场锣鼓兴高采烈地敲起来了,台上演的是不是《凤求凰》,可怜的祈子妇人没心思看一眼。正好夜晚的上弦月不太亮,她们塞塞窣窣在庙里的烛台上点亮一只较粗的长香,坚定地走进那片当年凤凰们欢娱的树林,香头的火光像求偶的信号灯,有的女人很幸运,这星星之火很快就会被男人发现,那位只求一时欢愉的陌生男子,与祈子者一拍即合,这时女人手中的香火就得立即熄灭,这等于告诉在山坡游走的其他男人,持香的祈子者已有主,切勿前来打扰。

周公庙北坡有成片的桃花林,在春意盎然的桃花树下,陌生男女开始了最原始的"凤皇于飞(出自《大雅·卷阿》,后为成语,意为:凤与凰在空中飞舞交尾)",这个时候双方最大的默契就是永远不需要弄清对方的任何信息。但不是所有祈子者都很幸运,有的女人裹缠过的小脚奔走得已很疼痛了,也没有找到永远未知的另一半,檀香就还得接着燃烧,祈子的道路再艰辛,也得继续往前苦寻。好在舞台上的天明戏高潮迭起,舞台下掌声不断,气氛热烈。夜越来越深,舞台上的汽灯越来越明亮,板胡和鼓声越来越激昂,才子佳人的求爱表演也越来越缠绵,这一切都好像催促凤鸣冈上的狐狼们远离此地,好像为祈子妇人擂鼓壮胆,让她们坚定信心勇往直前,确保她们所处的周边环境的安全。寻找和等待就这样在未知中持续,直到达到目的。

舞台上猩红的戏幕全部合上了,不管怎样的结果,一切就此结束。太阳在庙院里梧桐叶上抹上了一片金黄,戏台下的地面也被打扫干净,好像发生了一些事情,又好像什么事也没有发生。女人们甘心或不太甘心地顺着润德泉水的流向,迈着轻松的碎步渐行渐远,消失在将要起身的麦田里。

日上三竿的时候,另一拨女人又上来了,祈子会进行多少天,这样的大戏就要演多少天。有人说这是圣人之乡的"情人节"。好多年了,苛刻的习俗对此一直睁一只眼闭一只眼,乡贤们也努力规避这个有点敏感的话题。这就是所谓的存在即合理的道理,说与不说都不能让它存在或消亡。人们不知卷阿里为绵延后代而上演的"凤求凰"式的祈子绝唱始于哪个朝代,但解放不久就彻底停演了。

陪伴祈子活动的是演唱天明戏的那座戏楼,建于元代,是西府最老的戏台。现在,戏台上的天明戏和那桃花林的"祈子大戏"都已唱不下去了,这不全是戏楼老朽的缘故。反对也罢,支持留恋也罢,它如天上的一朵白云随风飘逝,力气再大也拽不下来。

在一群圣人的庙宇旁,在周公苦苦想防止男女关系混乱而制大礼的圣地,多少年来却上演着这样的越礼僭制之闹剧,实在令人匪夷所思,让不少腐儒咬牙切齿却统统无可奈何。其实只要答案出来了,一切问题都显得不太复杂。

按周公之礼,周代的女子15岁时要把头发盘在头顶,叫"束发",然后插簪

周公庙东戏楼

子,叫"笄";男子20岁时要戴帽子,叫"冠",同时要起一个"字",岐山人叫"官名",名是卑称,字是尊称,有了字的男人就是成年人了,束发戴冠的意义不亚于现在的颁发身份证。这个时候男女青年就可以参与重要社会活动,包括举行订婚礼了,稍有身份者,婚礼活动就得循着"六礼(纳采、问名、纳吉、纳征、请期、亲

迎)"的程序一步步推进。这个礼制以对男女情爱的约束和限制为主旨,但为了繁衍人口,增加人丁,壮大国防力量,在一定的时间、地点还是允许甚至鼓励青年男女自由交往。《周礼·地宫·媒氏》记载:"仲春之月,令会男女。于是时也,奔者不禁,若无故而不用令者,罚之,司男女之无夫家者而会之。"意思为春暖花开,万物复苏、繁衍的春季,未婚成年男女,可以在各地郊媒会上自由相恋相爱,即使出轨也不追究责怪,倒是适龄而未婚未育者,是要被严责重罚的。这也许是庄重的周公庙会上出现祈子活动的礼制靠山。正因为如此,青年男女可以无拘无束地在仲春时的上巳节上,尽情展爱施情,岐山周公庙郊媒会上的类似活动与此如出一辙,这一时段,成年男女都可以在各地如周公庙后山坡一样的地方春心荡漾,而礼的约束对此是网开一面的。

《郑风·溱洧》就生动展示了上巳节时,男女青年传花示爱,浓情蜜意、融洽狂欢的动人场面,诠释了周代人对礼的全面理解和执行过程,使人读罢有疑惑顿消之感:

溱与洧,	溱水、洧水清又清,
方涣涣兮。	三月冰融水流畅。
士与女,	少男少女来春游,
方秉简兮。	手捧兰草驱不祥。
女曰:"观乎?"	女说:"你我携手河边玩?"
士曰:"既且。"	男说:"我已去过一趟。"
"且往观乎!"	"咱们两个再去又何妨!"
洧之外,	洧水外,河岸旁,
洵讦且乐。	确实好玩又宽敞。
维士与女,	男欢女爱心连心,
伊其相谑,	打情骂俏真热闹,
赠之以勺药。	互送勺药表衷情。

这种原生态的男女狂欢场面,是当时人们欢乐奔放、个性张扬的情形的真实记录,是一曲和谐、浪漫的人伦圆舞曲,也是当时流行的"情人节",这一现象在当时是见怪不怪、无人苛责的,体现了周礼的包容性和人性化。

周公和孔子孜孜以求的礼制,给人们个性的张扬留下了一定的空间,促进了人们个性自由和社会秩序的和谐。

多年来，周公庙里最重要的主人公周公，他以大度的胸怀和包容精神使这种现象一直延续，是因为他最了解自己的周礼的全面而深刻的含义，他知道人自身的生产是最重要的生产。祈儿求女的周公庙三月会还将继续随着这里软硬件设施的进一步完善，中国旅游产业的持续升温及周文化大景区的建设，庙会的内容将更加丰富多彩，观光休闲的人群将日益庞大。而夜幕下发生在周公庙山坡上的"凤求凰"现象，这种人类在礼制下为自身的繁衍所做的奋力挣扎，早已被文明进步的号角吹得烟消云散，不可能再有上演的机会，这样令人五味杂陈的事件，留给人们的思考也许还没有结束。

人类文明前行的步伐时慢时快，也免不了有险滩有高山，但诱人的目标永远在前方。

一棵不老的大树

——读《召南·甘棠》

开小花的大树

甘棠又叫"棠棣"，也叫"郁李""杜梨""土梨""扭梨"，岐地人把"杜"读"(tù)"，如"杜城""杜阳河"。所以甘棠也叫"土梨"，在岐下周原一带，年龄稍长的人都对甘棠树了如指掌。甘棠树多野生，在岐山山脉的阴坡、低洼处，春天开一树繁密的白色五瓣小花，散发着微微的清香。成熟后的甘棠果也只有樱桃大小，呈土褐色，这也许是本地人叫它土梨的一个原因。果形就像一个缩小的鸭梨，果子小的部分和梨相比有点扭曲，岐山人还把它叫做"扭梨"，成熟的甘棠味道既酥又酸，可以开胃口、止痢疾。

我们上小学的时候，暑假后期常去山上采摘苦梨、五味、野葡萄和甘棠，提着半笼子野果，边吃边串村叫卖，赚的钱用来购买铅笔、本子，虽然卖不了多少钱，但优哉游哉，无拘无束，所以苦涩中也充溢着不少快乐。

当时每年春天，我们还要去北山挖药、割柴、栽树，每当晌午的时候，劳动还未结束，带的一点干粮已经啃完，肚子饿得发慌，这时候就满坡找甘棠树，能在厚厚的落叶中刨出几颗土头土脑的甘棠果是很幸福的事，虽然彻底解决不了饥饿问题，毕竟还能压压饥肠，饥饿好像也减缓了许多，那时觉得甘棠就是世界上最美的食物，这一丝丝酥酥的酸甜味道，给艰难的儿时留下 串甜美的记忆。

甘棠树上长着半寸长的尖刺，本是植物自我保护的工具，但人们借此砍下甘棠枝条护院堵门，防止野兽窜入。这也可能是甘棠这种树木被称为"杜梨"的初因，因为"杜"的本意指可以用来堵塞门洞的树木。至今山里一些人家还把带刺的树枝堆放在柴草门前以防鸡刨狗挖。甘棠的树枝和树皮都可以入药，可以外敷治创伤，可以内服治肠道疾病。甘棠树的木质细腻、硬实，少有斜纹，是刻章子、作案板的好材料。甘棠树有很强的抗逆性，耐病虫，是嫁接苹果最好的砧木。甘棠的这种献身精神值得人们尊重。这看似不起眼的树木简直浑身都是宝。加上"甘棠"听起来十分甜美柔和、敦厚可亲,不像杜梨有谐音分离之意的"梨"字,因而甘棠树就是吉祥、平安的象征,常被植于庙宇、道路和农舍旁边。据说甘棠还是一些族群的神树。

岐人之远祖,周初之太保姬奭,即召公,在岐山他的采邑走访采风时,唯恐打扰百姓,常在路边甘棠树荫下办公断案,深受民众爱戴,成就了一代伟大廉吏。这一举动使甘棠树声名大增,而后各级官邸旁边也广为栽

召公祠前甘棠树

植,以取效法和怀念召公之意。因这些缘故,甘棠在岐地备受呵护,其中召公采邑的那棵千年甘棠更被人们奉为圣树,至今仍受敬奉。

《诗经》中的甘棠林

阅读《诗经》不难发现,周人对甘棠树情有独钟,以甘棠为题的诗作就有五首之多,即《召南·甘棠》《唐风·杕杜》《唐风·有杕之杜》《小雅·常棣》《小雅·杕杜》。虽然甘棠、杕杜、常棣听起来名字不一样,但其实质都差不多,都属于蔷薇科,是甘棠的别名或同类。众所周知《召南·甘棠》是歌颂召伯的。《唐风·杕杜》以孤零零的甘棠起兴,表现流浪者孤独无依的凄凉情绪。《唐风·有杕之杜》说的是一个有地位的人,以独处路旁的甘棠作比喻,叹息自己的孤立无助。《常棣》也称《棠棣》,这首诗《国语》以为是周公的作品,杜预、孔颖达也支持此说法。该诗以甘棠枝浓叶茂作比,意为兄弟亲密无间、团结一心就能所向无敌。后来这首诗便成了赞颂兄弟手足情谊的代表之作。诗作《常棣》"团结御侮"的思想,成为不少仁人志士和普通民众的精神武器。抗日战争时期,著名作家郭沫若根据此诗意境,创作《棠棣之歌》话剧,鼓励人们抛弃前嫌,像兄弟一样团结起来共御日寇。《小雅·杕杜》以孤独挺立的甘棠起兴,表现征夫迟迟不归,思妇日夜盼其回家的

苦闷心情。还有一些诗篇也写到甘棠,如《召南·何彼秾矣》中的"唐棣之华";《秦风·晨风》中的"山有苞栎";《豳风·七月》中的"六月食郁及薁","郁"即郁李,都说的是甘棠。《诗经》的田园里广布着甘棠,甘棠在《诗经》中簇拥成可爱的小树林。众多的甘棠在《诗经》中都是正面形象,它是不是《诗经》中出现得最多的一种树,难以肯定,但它确实有点像周之国树一样在当时被当作佳木良树。

甘棠的形象被推向极致,令人千年敬仰的重要原因是《召南》中的一首诗,诗的名字叫《甘棠》。这种树之所以很不平凡,是因为这棵甘棠与一位伟人的清正之风连在一起,伟人造就了名树,名树使伟人愈发伟大。这树的主人叫召公,《召南》一诗使甘棠成了召公、召伯的化身,也成了廉吏清吏的象征。

《甘棠》在总共有 14 首诗的《召南》中列第五位。全诗三段,每段三句,每句只有四个字,全篇共 36 字。四字一句、四句一段是《诗经》的常见格式。但像《甘棠》这样短的篇幅,且为三句一段,在《诗经》中却只有为数不多的几首,用这种特殊的形式歌颂一位不平凡的人物,是否只为表达对召公独特的大爱,值得思索。但不管怎样,这首诗代表另一种风格,在《诗经》中占有不可忽视的重要地位。其诗曰:

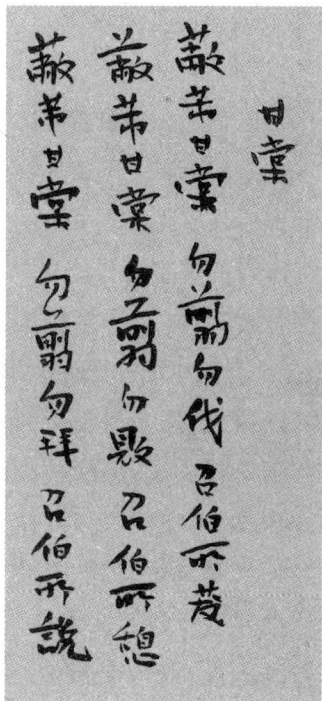

《召南·甘棠》　胡宝岐书

蔽芾甘棠,	枝叶繁茂,浓郁婆娑的甘棠树啊,
勿翦勿伐,	大家千万不要剪掉它的小枝,砍断它的树干,
召伯所茇。	因为召伯要在它下面住。

蔽芾甘棠,	枝叶繁茂,浓郁婆娑的甘棠树啊,
勿翦勿败,	大家千万不要剪断它的枝条,毁坏它的树干,
召伯所憩。	因为公务繁忙的召伯要在树下歇息。

蔽芾甘棠,	枝叶茂盛,浓郁婆娑的甘棠树啊,
勿翦勿拜,	大家千万不要剪坏它的枝丫,压弯它的树干,

召伯所说。　　因为召伯曾歇于这树下。

　　这首诗大多数字词三次重复使用，三段诗只有后两句的最后两个字不同，这六个字也就成了理解这首诗的关键，这六个字是：伐、败、拜、茇、憩、说。虽然是上古诗作，但如果用岐山方言读这几个字，用岐山习俗解释这首诗，就很容易理解作者的写作意图。"伐"是终结成材树木性命的活动，起首"勿伐"一词意为：这棵甘棠树再老、再粗都不能伐掉它，这是不可动摇的原则，诗人希望代表召公的这棵甘棠树万古长青。事实上岐山人民也做到了这一点，他们一直护佑甘棠树健康成长，虽然民国时期那棵老树被大风吹断，但从甘棠老根上长出的小苗至今仍茁壮成长，世代岐山人精心呵护，保全了诗人的初衷。"茇"，岐山人把用麦秆结成片状的草帘叫"草茇茇"，草茇茇常用来搭瓜庵、果庵一类的草棚，诗中这个"茇"是名词动用，指在草野间住宿。"败"和"拜"意思是：用手把树枝之类的小物件折断或弄弯曲。意思是：对这棵树不但不能伐，也不能折它的枝条，扳弯它的树干，就是应该像神龛里的神一样丝毫不能动，对这棵树只能一心一意恭敬呵护。"憩"指短暂的休息，岐山人所说的打盹之意，诗中意为召公过于疲乏，不得不稍作歇息，表现召公夜以继日忙于工作，顾不上休息，只能在树下临时打盹解困。岐山把"说 shuō"读作"shě"，而"说"在这里的意思正合岐人之意，即宿舍、草舍。意为让我们辛劳的召公在草棚里躺下展展腿，歇歇腰，如果他累坏了身子，谁给我们操心，谁为我们办事？用岐山方言朗读这首诗，就是：甘棠的树干多么壮实，甘棠的树叶多么密实，千万不要伐它，千万不要折它，千万不要扳动它，我们的父母官召公要在树荫下打盹，在这里为我们服务呢！用岐山方言读这首诗能有这样好懂易记的效果，从这方面说明这首诗有可能产生于岐山一带。

　　岐地人一直认为这首诗歌颂的对象就是岐山人召公，但也有人认为，这首诗作于周宣王时期，歌颂的是召公之后代，一个很好的大臣召穆公虎的事迹，人们也把他称作"召伯"，也有人说召公就是召伯。但大多数研究者以为这诗放在太保召公身上更为恰当。虽然这两位召公出生的年代不同，但他们都受周王之命在南国治理国事，为民服务，都有很好的政绩，也有很好的口碑。比如为了不让人们给其盖办公豪宅，他们就在甘棠树下照样认真执法，秉公办理人民的诉讼案子，很受人民爱戴。也有人说他们在南方办案，而人民当时又忙于采桑养蚕，难以脱身应事，为不影响人们劳动，他们便自受委屈，在桑农看护桑园的草舍里为民办理要务。在北方麦收季节办案，人们不违农时，抢收抢种，他们怕打扰农民收种，便深入田间地头，在甘棠树荫下办理公务。这种可贵的敬业精神即使是今天仍然不失为最佳公仆形象，理应受到民众的拥戴。人们感念他们的恩德，爱屋及乌，甚至连他们曾经临时乘凉歇息的甘棠树也爱护有加，千方百计呵护它，唯恐有人剪坏它的枝叶，扳弯它的枝干，毁坏它的树身，简直像爱护眼睛一样爱护一棵不同寻常的君子之树。诗人满怀深情地写下了这首千古名作——《甘棠》，就是让人们记住甘棠，更记住召伯，世代传颂和效法他的不朽业绩和勤政、廉政品质。

这首诗以对甘棠树的爱护表达人们对召伯、召公的爱戴之情，表面上看，三段的意思似乎差不多，然而仔细分析，同中却有异。第一段说对甘棠树不要剪毁它的枝叶，不要砍断它的树干；第二段说不要剪毁它的枝叶，不要弄坏它的树干；第三段说不要剪毁它的枝叶，不要扳曲它的树干。诗作除了反复强调不要剪毁树叶之外，对树的主干更是关怀备至，"勿伐""勿败""勿拜"，即"不要把树弄死""不要毁坏树干""不要扳弯树枝"，即既不能弄死、弄伤它，甚至最好不要触摸它，以免对它有玷污和毁损。爱护甘棠的感情一层深似一层，表达对这棵不寻常的圣树一枝一叶都要倍加爱护。在渐层递进式的叠意写法中，每段先警告，再讲道理，由浅入深，唤起人们的高度注意和重视。三段三举召伯，更值得人们对甘棠树的尊重，也显示出对召伯感恩戴德。甘棠树的浓荫密布，象征召伯的深仁厚

刘家原"甘棠遗爱"碑

德;甘棠树的枝叶婆娑,象征召伯慈祥的音容笑貌;甘棠树的坚硬枝干,象征召伯坚韧、执着的意志。人们对召伯的感恩、爱戴,对他所歇息的一棵普通甘棠树尚且如此,其他就不言而喻了。这是典型的由小见大的写法。此诗所说的典故,也成了赞美地方官员的常用语,以唐代刘禹锡《答衢州徐使君》中"闻道天台有遗爱,人将琪树比甘棠"一句最为著名。大书法家于右任曾将此诗写成条幅和岐地《甘棠图》相配,成就了一段珠联璧合的佳话,此作品被岐山县文物部门刻成石碑,反复拓制,赠送给各地友人,成为岐地一绝。传扬这幅作品,也告诉人们不管诗中说的是召伯还是召公,他们都是人们心目中的圣贤,值得人们永久怀念。

甘棠树的适应性极强,寿命长,一生无私地为人们提供酸甜的果实、浓郁的阴凉和上佳的木材,又不择地理环境和土壤肥瘠,所以在中国许多地方都能见到它顽强生长、葳蕤、健壮的身影,这一点也堪比召公。召公是周初几个寿星之一,他历经四朝,足迹遍及大河上下、江汉流域,赤胆忠心辅佐多位君主,不管在哪里都能干出优异政绩,他是中国历史上廉政、勤政的典型代表。他在许多地方留下了不凡的政绩,不少地方争相认他为本地长官,植甘棠,建祠庙,以甘棠、召伯、召公之名命名地名和重要建筑,几乎成为风气。

历史一晃就是几千年,但老百姓眼里的好官吏的标准总是惊人地一致,不管是吃大米的南国,还是吃小麦的北方。对清官的拥戴、赞誉是没有地域差异的,是不受时代变迁所影响的。这是历史上不少人以为这首诗是歌颂召公的主要原因,多年来岐地人一直坚持这一观点,因为所有廉吏身上都具有召公般爱民、爱国的优秀品质。

中国的树王在召亭

召公姬奭是岐山永远的骄傲,虽然对他的族系至今说法不一,但不少人赞同皇甫谧《帝王世纪》中的观点,即召公为"文王庶子"。召是地名,公是爵位,奭是其名,位列三公之"太保",故称之为"召公"。他曾与周公辅佐成王,在周之八伯中位列二伯,故又称"召伯",周代历史上曾有多个召公、召伯。

关于"召"地在何处,汉《郑笺》、唐《毛诗正义》都认为"周召者,《禹贡》雍州岐山之阳地名""周、召之地共方百里,而皆曰周、召,是国内之别名";"文王受命,作邑于丰,乃分岐邦周、召之地为周公旦、召公奭之采地"。这就是说,旦之采地曰"周",奭之采地曰"召",周与召可以统称为"周",其位置在岐山之阳,周太王由豳地迁到岐下,建邦立国,故郑玄称之为"岐邦",亦称之为"岐周"。召公的采邑"召",大约在今天岐山县刘家原至凤翔县东部。(庞怀靖《流落海外的大保玉戈》)。

刘家原一带地处横水(岐水)和雍水之间的台原上,水美土肥,地理位置优越,文明开化较早,该村是岐山最古老的村落之一,其名字最早可追溯到汉代,当时名叫召(邵)亭,含方圆十里之地,比现在刘家原村所辖范围要广得多。《水经注·渭水》曰:"雍水又东经邵亭南,世谓之树亭川,盖邵、树声相近,误耳。亭故邵公之采邑也。"不知道伟大的郦道元有没有来过此地,但他此说好像部分有误,即此地叫邵亭为召公采邑是对的,但说树亭川有误,这与实际不符。这里当时俗名就叫"树亭川",是因为这条川道上有一棵著名的甘棠树,此树下面曾是周代太保姬奭处理公务的地方,能以甘棠树为一条川道定名,足见那时这棵树和他的主人一样,即使在汉代,人们对它仍然仰慕有加。历史、地理方面的名著《方舆纪要》《括地志》都说这里就是古邵亭。《一统志》则清楚地指出:邵亭在县西八里召公村。这里明代就叫"召公村",民国后期归怀邠区所管辖,1950年归周召区管辖,刘家原村的名字,在民国至20世纪五六十年代还叫"召伯村",人民公社时期曾叫"召伯大队"。村名是一个地方历史文化的活化石,负载着丰厚的历史元素和文化积淀。这里代代相因相循的村名,从一个侧面证明这里就是周代召公的采邑。而郦道元所说的那棵甘棠树,一直到清道光、光绪年间和民国时期还被认为是周代之物。

清道光二十三年(1843年),安徽宣城举人李文翰任岐山知县,第二年春,他带幕僚去召亭村观赏、拜谒周代古甘棠树,时值仲春季节,高大、雄伟的甘棠古树浓荫广布,满树白花如雪,香气弥漫,使人心旷神怡,难以忘怀。回府后,他怀着对召公和名树甘棠的仰慕,创作了名画《甘棠图》,并题跋一则。跋中曰:该树"正及花时,腰围七尺,高约六丈余。老干横斜,着花繁茂,瓣五出如梅,白而小,如雪之糁树,而枝叶尽为所掩。里人并能名之,谓即《诗》所咏召伯蔽芾之甘棠也。夫由周以来,积三千余载,虽金石之物,莫不剥烂,而一树犹无恙,然耶?否耶?然召亭固即召伯旧治,其树亦特异,非凡木可比,且《水经》即称'树亭',或即指此树而言,未可知矣。"从文中可知,当时这棵三千余年的甘棠树的腰围粗壮,需几人合抱,而且花繁叶茂,生机勃勃,比金石器物还坚固,由此可见该树确为高龄,实属树中之王了;同时作者也表达了对这棵历史久远、饱经沧桑的名树的敬仰之情。道光二十七年(1847年),邑人武澄慕名将这幅《甘棠图》与跋文一起刻于青石碑上,这方石碑后立于召公祠。在周公庙召公祠前,也竖有一方与召公祠内碑石等大、内容等同的仿制品,不少人慕名前来拜谒、观瞻。

光绪二十六年(1900年),八国联军占领北京,慈禧太后逃到西安,坊间传说这位锦衣玉食的老佛爷,在西安吃完用周公庙润德泉水煮的岐山挂面后十分高兴,一段时间心情颇好,加上岐山县令和地方绅士恳请,岐山人多年欲建召公祠的心愿得以恩准,老佛爷拨五千两专银,在甘棠树周围建召公专祠。官方和百姓齐心合力,苦心经营,历时两年,建起占地七亩、三座院落的召公祠,祠内有正殿、献殿、山门、耳房、厢房、照壁等,门楣悬"敕建召公祠"金红大匾,神龛中供奉着召公姬奭及前述的召穆公姬虎,庙内显眼处悬挂着慈禧太后所赐的木匾一方,上书"甘棠遗爱",此匾至今还在原址专存。正殿西面就是饱经沧桑、根深叶茂的天下第一奇树——甘棠,它像一位慈祥的老者,用它遮天蔽日的浓荫佑护着它的主人。这座祠庙宏伟、壮观,使人肃然起敬,多年来朝拜者往来不绝。召公祠解放前曾为师范学校和中共地下党活动地点,新中国成立后,为刘家原中学,现为岐山特殊教育学校,召公祠相关的旧建筑已荡然无存。清朝因召公而起的建筑,近百年来为国家培养人才服务,爱民如子的召公想来不会有意见。

还有一件奇特之事,就是当年在修建召公祠挖地基时,竟然出土了和召公关系十分密切的国之重宝——大保玉戈。该重器上有27个篆字,内容为召公领命南巡布化,这验证了召公由此出发南巡布化的史实。这件有文字的玉戈辗转流落美国一家大型博物馆,其拓本原件珍藏于岐山县博物馆。宝物在这特殊的时间和地点出现,群众说这不是召公显灵是什么?

清宣统二年(1910年),清帝国大厦倾覆的前夜,一阵神奇而罕见的狂风将召公甘棠树刮倒。当地民众急忙报告县衙,县令吴命新动员当地数百民众将古树勉强扶起,并专门造了一个砖土台子,小心地将古树保护起来。但遭受这次风灾重创后,甘棠古树元气大伤,一蹶不振,枝损叶衰,大不如从前郁郁葱葱。

民国二十五年(1936年),召伯甘棠又一次遭遇狂风袭击,大树被狂风从砖台处刮倒,向东北方向倒斜并被折断,本地东南风不是很盛行,但古树却神奇地倒向了东北方,当地民众说:"这是鞠躬尽瘁的甘棠和召公一起向东北方向的岐周古都鞠躬致意。"对此突发事件,祠内住持旋即禀报县长田惟均,县上立即上报省府,并组织数百人将树体抬入殿内保护。因为此树早已被信众视为千年神树,据说,有祛邪扶正、镇宅之效,所以小枝干被乡邻和游人私自锯取,用红布包裹请回家敬奉。

次年三月,国民党军队第七十八师途经岐山,司令部参谋李经天等赴召公祠晋谒,看见遭毁的甘棠树被置于大殿,已被人逐步碎躯,深感忧虑,便立即给主管此事的国家考试院院长戴季陶写信报告,此信大致内容是:"召公祠浩气犹存,丈余蔽苶甘棠倒置殿内,庙首告云,甘棠从初周迄今三千余年,实为吾国古木无出其右者,如不保护,不但有伤国粹,恐将化为乌有。钧长电饬岐山县长派员负责暂予保护,中央博物馆派员接运首都珍藏,庶先圣遗爱不至凌夷涂炭。"他还随信附了甘棠图拓片。李经天认为召公甘棠位居我国古名木第一,是树中之王,应作为国宝置于国家博物馆珍藏,可见这棵圣树在民国以前多么受人器重和尊崇。戴季陶收悉此函后,立即批办保护,县府组织力量将甘棠树残躯置于专制的木架,并移至庙内嘱人妥善看护。还敦请西农校长率专家前来会诊,制定了甘棠根部复活方案。经专家用除腐施药、配营养土、灌水等办法施救,终无力回天,3 000 年的甘棠大树,就这样在召公故里顽强地走完了它的一生,但圣树的躯体在主人的庙里仍受四方众人的瞻拜。然而,也许是工夫不负有心人,也许是甘棠难舍故乡情,从来树大必有深根,1937 年春天,在古甘棠侧根上,竟然长出了一棵小小的甘棠树。无论是天意,还是圣人显灵,还是这神秘古树生命力过于强大,总之它劫后重生了,而且还在慢慢长大长高,愈来愈焕发出勃勃生机。

改革开放后,当地一位有德望的老人——刘森,积极奔走呼吁,建议修复召公祠,并尽力保护召公祠遗存的文物——"甘棠遗爱"牌匾,坚持施肥浇灌召公祠里的甘棠树。1997 年,他们集资建起甘棠树围栏,树立三通石碑,镌刻古树甘棠图画、《甘棠》诗和召公事迹,让人思树怀贤,保护好这棵古树的遗根,永铭召公大德,这些善举体现了召公故里的人民对这位大圣贤的敬爱之情。

古召亭诞生过一位顶天立地的圣贤,这里的后来人有义务宣传他、学习他,并让这象征召公遗爱的甘棠永远茁壮成长,花盛叶浓,庇护中华更多地方。

召公功勋盖世,他助武王伐纣,南巡布文王之化,对包括其采邑在内的周之西土进行卓有成效的治理,《史记·燕召公世家》记载:"召公之治西方,甚得兆民和。召公巡行乡邑,有棠树,决狱政事其下,自侯伯至庶人各得其所,无失职者。召公卒,而民人思召公之政,怀棠树不敢伐,歌咏之,作《甘棠》之诗。"可见司马迁和杜预、孔颖达持论一致,认为《甘棠》是歌颂召公的。而岐地人民一直认为刘家原甘棠被召公之灵附体,几千年敬奉从未中断。伟大的召公,他在西土岐周一带率先推行礼制廉政，使该地多年刑措不用，并成了周之首善之邦。因而成王让他把西土岐周的成功经验向南国布化，让甘棠浓荫在更多地方播荫布凉，惠及黎民百姓，有力地促进南国之地和其他地区文明的进步。召公在漫长的一生为周之江山忠心耿耿、殚精竭虑，做出了不可磨灭的贡献，他是堪与周公媲美的周初股肱之臣。太史公曰："召公奭可谓仁矣！甘棠且思之，况其人乎？燕外迫蛮貉，内措齐、晋，崎岖强国之间，最为弱小，几灭者数矣。然社稷血食者八九百岁，于姬姓独后亡，岂非召公之烈耶！"可见司马迁对召公的仁德是十分肯定和推崇的，他说燕国能存在800多年的原因之一，是因为有召公留下仁德这份珍贵的遗产。

> 嘉木荣于陌野，勿剪勿伐，此处吾侪皆共仰；
> 清风起自诗经，宜歌宜咏，今朝来者要深思。

是啊，好大一棵树，扎根在周原沃土，经历了周原漫长的风雨春秋，但终究还是倒在了祠庙里，听说它的躯体被人们当作神灵之物一点一点削走，并与千家万户的家宅六神敬在同一个神龛里，磕头礼拜。把树当神敬的周原人，这样做的目的清清楚楚，就是盼甘棠不老，留大爱千秋！

世界上最早的地震

——读《小雅·十月之交》

岐山,是中国历史上最长的王朝起步的地方,从这里发祥的周文化影响了3 000 年的中国历史。先周的岐山对中国乃至世界做出了多方面的重要贡献,甚至连令人闻之胆颤心惊的破坏性大地震,周代岐山大地震的记载也都是世界范围内最早、最详尽的。西方最早关于破坏性地震较完整的记录数据,只有地中海东部的记录,那是 2000 年前的事,而周代岐山境内的那次地震,是人类有明确史料可考的第一个破坏性大地震。这个记载,竟然比欧洲同类地震的记录早了近千年。

发生在周代的那次著名地震,史称"周朝岐山大地震"。《史记·周本纪》记载:"周幽王二年,西周三川皆震……是岁也,三川竭,岐山崩。"这里所说的地震发生的具体时间是公元前 780 年,地点为今岐山箭括岭一带。《岐山县志》也称那次地震造成了"三川皆震,岐山崩"。顾功叙主编的《中国地震目录》中,将此次岐山地震的震级定为 6—7 级,属于强震。宝鸡市防灾减灾专家组组长周可兴认为,在岐山历史上,三次伴有"岐山崩"的大地震中,无论强度和破坏性,周幽王二年(前780 年)的这次大震居于首位。周可兴按照"地衣定年法",对岐山箭括岭沟壑内多处直径为 1—2 米的大石头上的地衣反复测定,从得出的数据分析,岐山脚下许多大石头就是那次大地震引发岐山山体崩裂,从高处落到沟底的遗物,可见那次地震的破坏性很强,"岐山崩"也是事实。同时,人们知道岐山山脉多为坚硬的石灰石,改革开放 30 多年来,岐山开矿炸石的隆隆炮声从未停息,但岐山山脉仍巍然挺立,这说明能使坚固的岐山出现崩裂的那次地震强度之大、破坏性之强。

《小雅·十月之交》用诗的语言记录了那次大地震,诗中所描述的地震景象十分逼真、可怕。同时还记载了周幽王时期发生的日食和月食。诗曰:

十月之交, 　九月刚过十月到,

朔日辛卯。 　这天恰逢辛卯日。

日有食之，　　这天又一次发生了日食，

亦孔之丑。　　这是很不好的征兆。

彼月而微，　　前不久才发生了月食，

此日而微。　　今天又紧接着发生日食。

今此下民，　　现在天下的百姓啊，

亦孔之哀。　　真是倒霉到了极点。

日月告凶，　　日月都出现了不祥之兆，

不用其行。　　它们不按常理运行。

四国无政，　　国政腐败世风日下，

不用其良。　　有才能的贤良之人不被重用。

彼月而食，　　上次月食的发生，

则维其常。　　还算平常屡见到。

此日而食，　　今日又遭日食了不得，

于何不臧！　　不吉利的事情临头怎么好！

在叙述了月食和日食现象后，作者重点生动描述了地震的骇人景象——

烨烨震电，　　雷鸣电闪很可怕，

不宁不令。　　政治腐败国势危。

百川沸腾，　　无数条江河沸腾翻滚，

山冢崒崩。　　神圣的岐山山峰已经崩裂倒塌。

高岸为谷，　　那么多的高崖忽然就变成了深谷，

深谷为陵。　　那么多的深谷又忽然变成了丘陵。

哀今之人，　　可恨可叹当朝众多奸佞，

胡憯莫惩！　　何曾引以为教训。

……

下民之孽，　　无数人民遭大难，

匪降自天。　　不是老天降下的。

噂沓背憎，　　你们当面谈笑背后骂，

职竞由人。　　灾祸出现全怪你们这些坏人。

这首诗描写地震的诗句，堪为经典之笔，只用短短四句，就把地震的强烈程度和触目惊心的骇人场面形象、生动地反映出来，让人读后如身临其境，不寒而栗。

虽然对地震的描绘，历来被认为是该诗最成功之处，但这并不是作者真正的写作意图，作者并不只想单纯写岐山大地震的凶猛惨烈，其深层之意是斥责和惊醒昏庸的周幽王。周幽王是历史上有名的昏君、暴君，在屡遭自然灾异面前不知戒惧、赈灾救民，反而宠幸褒姒，重用佞臣，乱政殃民，暴虐无道，导致国力日衰，民不聊生，终于使国家政局出现大地震——西周王朝覆没。作者以自然界的地震隐喻周室的政治、社会秩序已经被昏王政坛地震颠

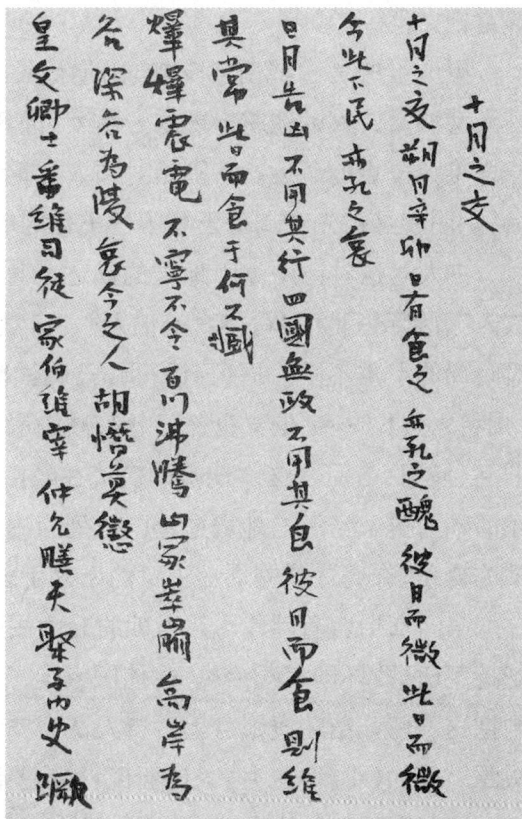

《十月之交》节选　胡宝岐书

覆，影射周幽王肆意妄为终遭天报，导致政息人亡的结局，这种写法可谓入木三分，令人过目难忘，也起到对当代和后世的警醒作用。

这首诗分为八章。先是简写发生在周幽王六年（前776年）十月（即夏历八月）初一的日食事件，同时也提到前不久发生的月食。古人迷信地认为日食、月食是重大的天变现象，上天的这种变异与人间世事往往是相联系的。《汉书·郎𫖮传》载："𫖮上丰事曰：日者，太阳，以象人君。政变于下，日变于天。"又《毛传》："月，臣道。日，君道。"因此"此日而微"，即日食，使认为是阴侵阳，臣凌君之象，是君臣之道的反常，也是灾祸即将发生的征兆。月食、日食接连发生，诗人担心国家和民众即将大难临头。

次章写日、月之所以不按常规运行，出现日食、月食这样的凶兆，实在是很不好的一件大事情。原因是老天爷对周幽王昏聩无道、不用贤良用奸臣的报应，并指出月食与日食比较起来，月食是经常发生的，还没有什么大的问题，而出现日食这样关系国家朝政的重大灾异，实在是极不寻常的严重情况，必须引起足

够重视。

更严重的是出现雷电交加、山崩地裂、河水沸溢、墙倒房塌、家毁人亡的地震大悲剧。诗人以地震出现的一系列可怕现象预示周之江山有可能像遭受地震一样难免覆亡的命运。特别是对周人有重大关系的神圣之山——岐山，竟然崩塌，明明就是祖先对周幽王等不肖子孙的严厉惩罚。

古人对这首诗中关于地震的描述一直评论较多，牛运震说"胪列灾异，竦诡骇人"，姚际恒也说"写得真是怕人"。自然灾害连连发生，作者言外之意是老天对时局的严重不满。据《国语·周语》载："幽王二年，西周三川皆震。伯阳父曰：'周将亡矣！'……是岁也，三川竭，岐山崩。十一年，幽王乃灭。""三川"指的是渭河、泾河、洛河。这次地震的痕迹在岐山山脉特别是崛山和箭括岭一带，今天还清晰可辨，当年的地震遗迹已被列为崛山森林公园的景点之一。面对这样剧烈的变化，昏庸透顶的周幽王竟然无动于衷。

第四章指名道姓地历数当朝的七位佞臣和幽王艳妻褒姒的倒行逆施，他们把持朝政，败坏国家政治风气，使国家走了下坡路。一句"艳妻煽方处"画龙点睛地把这一切归结在褒姒身上。诗人认为宠幸褒姒、依靠奸佞是周室一切祸乱的根源。正如《小雅·正月》一诗所说："赫赫宗周，褒姒灭之！"

第五章写皇父的专权、贪婪和不恤下民。这伙奸党佞臣不顾农时，强迫人民从事繁重的劳役，并滥搞伤民工程，毁人房舍、废人田园，对此他们还冠冕堂皇地说是"按礼法这样是应该的"。

第六章写皇父自营私邑，自选聚敛财富之臣为高官，胡作非为。

第七章写诗人在这样的不利环境里尚黾勉从事，忠于职守，却还遭到"谗口嚣嚣"，受到掌权的坏人的诬陷和欺压、迫害。因而诗人愤怒地得出"下民之孽，匪降自天"的结论，认为人们遭受的灾难都是昏君与奸臣带来的，表达了诗人对人祸的清醒认识。

第八章写诗人为国事悲愁郁闷而身患疾病。有的人对朝野目前的危险处境还无所警觉，这更使人悲愤、忧虑，但诗人为国为民，宁愿遭受独自悲怆的煎熬。虽然天命无常，世事扰扰，诗人良知未泯，不愿仿效那些趋炎附势的同僚自甘沉沦，他要反其道而行之，仍坚持兢兢业业，勤勉为国。

这首诗通过对史称"岐山大地震"等灾异现象的描述，旨在对西周末年违背天命、祸国殃民的暴行给予大胆、直率、深刻、猛烈地抨击。由于诗人是周王室的贵族，是当时统治阶级的成员，对王朝的内幕和弊端非常了解，因而对形势分析准确到位,对当局抨击切中要害。他为西周王朝的即将崩溃忧心忡忡,因而他大声疾呼,敢于直接指名批评以皇父为首的佞臣、昏君及后妃,这样矛头指向明确的作品,体现了作者爱憎分明、疾恶如仇的创作态度,也反映了作者的非凡勇气和胆量。同时他能一针见血地把自然界种种异象的原因归于"四国无政,不用其良";并得出"下民之孽,匪降自天"的结论,这一切中时弊的判断,符合唯物史观,在当时实在难能可贵。

由于周幽王君臣已昏庸到"自作孽不可活"的地步,终于导致犬戎之祸,幽王被杀,西周灭亡,又一次应验了所谓"祸福全在自求"的道理。

这首诗还保存了我国最早的有文字记载的日食发生的具体时间。据一行、郭守敬等天文学家的推断,这次日食发生在周幽王六年(前776年)9月6日前。这一历史记载,不仅科学地解决了该诗的写作年代——是在周幽王时期,还澄清了《郑笺》认为该诗作于周厉王时代之误,这也是世界上最早的日食记录,具有一定的科学价值。

这首诗在表现手法上全用赋法,直抒胸臆,但能叙议结合,既叙述了自己的不平遭遇,又批评了黑暗的现实,以讽刺皇父等人为明线,深层次讽刺周幽王,使人感到真实、有力,其手法之妙是值得借鉴的。

首阳山上话采苓

——读《唐风·采苓》

西坞村地处岐山县京当镇北端，村子北面紧挨的名山叫"首阳山"，是岐山（箭括岭）向东南凸出的一个山梁，这座山东西宽约 800 多米，南北长约 1 000 米。山梁平缓，顶上有数百亩的草甸，山坡上是稀疏的洋槐林，山脚下是一层一层的梯田，田里长的是一年一料的小麦，雨水好，收成好；天旱了，一亩只打百十斤。从山顶到山脚，地是一样的贫瘠。西坞村之所以叫"西坞"，与这座山本无多少关系，但西坞村名气大，却沾了首阳山的光。

西坞村地处先周京都之地的西侧，这个名字谐音是"习武"二字。相传，首阳山早先为周人练兵习武之地；另一种说法是"坞"为哨所，传说，首阳山顶曾建有周室的哨所。名字的两种意思都与赫赫有名的周朝有关。周朝故里有这么一座令人敬仰的小山脉，卫戍名都，挡风遮雨，它就像一位饱经风霜的尊长护佑着年轻的周室，并使这位如雏凤般充满生机的小邦从这里由小变大，由弱变强，雄霸天下。

村上老年人代代相传，商末周初，这座山上曾经饿死了两个大官，是亲兄弟，一个叫伯夷，一个叫叔齐。听说他们反对武王东征伐纣，硬挡住武王的战马不让东行，理由是下级不能推翻上级，不能打仗，打仗会死很多无辜之人，尽量靠和平方式解决一切争端。那时，武王出师的部队正如烧红的碌碡，他兄弟俩的这点口水根本浇不灭征讨大军心中的熊熊烈焰。武王凯旋而归，不但未曾计较，还请兄弟俩入朝为官。两人断然拒绝，他们既不出仕，也不吃周朝赠给的食物，最后吃光了首阳山上的蕨菜和荠菜，活活饿死在周邦都城之侧。两位贤人在首阳山饿死，使首阳山因悲剧显赫于世，使两位贤人以不食嗟来之食而名声震天。

首阳山山腰向阳处有一块麦场大小的空地，新建了几座红砖小庙，处在中间的就是伯夷、叔齐两兄弟的庙宇，其余为周公庙和姜嫄圣母庙（娘娘庙）。据说，新中国成立前，这里庙宇很多，号称"周十臣殿"，除了周公，还有召公、毕公、太公、毛公、太姒等。庙院比现在规模要大得多，占地几十亩，建有多座大型建筑，其中这里的周公庙前有一口筐箩大小的生铁圆形钟，悬挂在一搂粗的侧柏大枝杈上，每遇匪事或逢会结社，大钟擂响，声震几十里，包括西坞在内八社的民众，闻声而动，纷纷前来，听取安排。据说，民国时几次土匪来袭，因钟声及时响起，人们躲避得快，避免了不少损失。古庙的钟声救过村民，使它成了这里受人敬奉的一大景致，可惜 1958 年大炼钢铁时，古钟被毁，葬身炼铁炉。

改革开放后，附近村民又募捐了不少钱物，用 20 年时间，逐步恢复、重盖了几座小庙。在庙场背后，还新砌了一座远比常人坟墓要大得多的伯夷、叔齐墓，但这比起原来的那座墓还是要小许多。没有人知道这里的老庙、老墓冢始建于哪个朝代，但都知道每年有祭祀两位贤达的庙会，庙会从何时绵延至今，当然也无从查证。庙会具体的日子人们都烂熟于心，每年农历七月二十二庙会时，村里热心的老人自发组织，挨门挨户化缘筹备供品，聘请戏班子表演与周代有关的秦腔戏，方圆七八里的善男信女即使再忙也要前来逛庙会看戏，朝拜祭奠往圣。这么著名的圣贤山，这么著名的祭祀会，翻阅顺治和民国《岐山县志》，却找不到与该山相关的记载。据有关同仁讲，此地过去为岐山和扶风的交界处，归属时常变动，有时候归扶风县管辖，所以没上岐山老县志也不意外。

据有关史料介绍，"日出之初，光必先及"的山脉一般常称作"首阳山"，因而全国以首阳山为名的山脉比较多，河南、山东、甘肃、陕西周至都有首阳山，大多数首阳山附近的人，都称他们那里的山才是伯夷、叔齐光顾过的首阳山，有的山上还建有纪念两位贤人的大型庙宇，香火很旺。有的立有介绍二位贤人事迹的石碑，这种现象说明敬仰贤达之人是国人的传统美德。《封神演义》中曾多次说到首阳山，从书中记载看，此山在包括潼关在内的五关西面，大约距西岐城 35 千米，当时岐地面积大，不知道书中所言的西岐城具体在岐地哪一处。

《诗经·唐风》中有一首名为《采苓》的诗歌，其中多次提及首阳山。诗曰：

采苓采苓，	采甘草啊采甘草，
首阳之颠。	爬到首阳山顶找。
人之为言，	有人专爱说谎言，
苟亦无信。	那些全都不正确。
舍旃舍旃，	坚决不要去理他，
苟亦无然。	那些全都不正确。

人之为言,	有人专爱说谎话,
胡得焉!	什么也捞不到!

采苦采苦,	采苦菜啊采苦菜,
首阳之下。	在首阳山脚下找。
人之为言,	有人专爱说谎言,
苟亦无与。	千万别跟他一道。
舍旃舍旃,	坚决不要去理他,
苟亦无然。	那些全都不正确。
人之为言,	有人专爱说谎言,
胡得焉!	什么也得不到!

采葑采葑,	采芜菁啊采芜菁,
首阳之东。	到首阳山东面找。
人之为言,	有人专爱说谎话,
苟亦无从。	千万不要跟他跑。
舍旃舍旃,	别理他啊别睬他,
苟亦无然。	那些全都不可靠。
人之为言,	有人专爱说谎言,
胡得焉!	什么也骗不到!

　　这首诗的中心是讽刺那些执迷不悟听信谗言的小人。唐国的大致地域在今天山西境内，山西永济也有个首阳山，诗作中的首阳山也许指的就是永济的首阳山。这个首阳山是不是伯夷、叔齐光顾之处，实难确定，因为"武王大队雄兵离了西岐……正往首阳山来，大队人马正行，只见伯夷、叔齐二人，宽衫，博袖，麻履，丝绦，站立中途，阻住大兵。"《封神演义》中的这段描述，说明这山在伐纣所经过之处，而山西的首阳山是否位于周武王孟津观兵和伐纣必经之路，也难有明确的证据，而岐山的首阳山是武王伐纣、祭祀岐山的必经之地却是事实。究竟哪里的首阳山留住过两位贤达，每朝每代争论不休，至今莫衷一是，但均不影响两位贤人在国人心目中的光辉形象。《诗经》中的首阳山作为这首诗中事件的发生地，具体在什么地方不太重要，因为它并不影响诗篇通过首阳山要揭示的深刻

含意。诗作说：采甘草到山顶、采苦菜在山脚、采芜菁到山东面都是走错了地方，因为那里压根就不生长这些野菜。所以听信谎言，就像在没有长野菜的地方想获取野菜一样荒谬，进而奉劝人们对于假话和谗言要毫不犹豫地坚决抛弃。诗作通过层层比兴，不断增强说服力，衷心奉劝人们凡事要拿稳主意，不要轻易相信谎言。虽然这首诗被先贤认为是《诗经》中艺术水平较低的，但反反复复讲的这个道理却具有永恒的意义。用首阳山作比兴说清了一个真理，山在哪里就不那么重要了。

岐山的首阳山，西北边紧连着岐山（即箭括岭），离周室岐山古都所在的凤雏遗迹仅1 500—2 500米。箭括岭与首阳山既像孪生兄弟，又像岐山这位巨人两条迈向周原、迈向丰镐、迈向四海的有力巨腿。首阳山与周围的诸山最明显的差异是向外凸出，像站在大队伍外面的一名列兵，威武、骄傲，与众不同，它每天清晨把第一缕朝阳迎来，传递给如儿孙的岐山群峰的各个山脉，使那里的一草一木生机勃勃苗壮成长。饱经风霜的首阳山，就是山脚下的台地，不太平坦、肥沃，零零碎碎的，每年只收一料小麦，产量低而不稳。半山腰的土质甚至十分贫瘠，稀稀拉拉长着低矮的洋槐树，山顶是大片开阔地，村上老年人说这里叫"跑马梁"，是周人放牧和训练战马的场地。现在看来，这里的面积确实够大够开阔，从那片稀疏、低矮、瘦弱的杂草、野树的生长情况看，以这里土地的肥力，要长出大量可食的野草是不容易的，据此臆推，伯夷、叔齐饿死在这样贫瘠的山上并非没有可能。

历史上对伯夷、叔齐一直是褒贬不一，有人称他们是举贤任能、仁义礼智和忠孝兼备的典范；有人认为他们不识时务，是逆历史潮流而动的落后分子。但总体而言，褒大于贬。孔子、孟子、屈原、司马迁、韩愈、范仲淹、刘伯温等名人，均对这两人给予了高度评价。司马迁把二贤列在《史记》的七十列传的第一位，就连尊周抑殷的《封神演义》作者，也作诗赞美这两位贤人，其诗曰："可怜耻食周朝粟，万古长存日月光。"但也有人讽刺这两位贤人，既然不食周粟，为何却在周朝的山上采食周朝的周薇呢？"所以有一种可能是，这里的野草、果子本是够他们吃的，他们的死是因为其抱负无从施展，良禽无木可栖，愤愤然绝食而逝。不管死于何因，在周朝发迹的西坞一带，人们对他们却赞美有加，世代顶礼膜拜。在首阳山东侧还有一座名山叫"西观山"，上边更有甚者，建的专祠是与周为敌的三霄及其兄赵公明的庙宇，且在大周原一带名气很大，每年农历六月十六都要举办大型庙会，祭奠这几位成了神的周之宿敌。周原核心地带，周王朝的发祥地,纪念周之重臣——周公,以及对立面伯夷、叔齐、赵公明、三霄的活动年年举行,这看似矛盾的传统仪式,是一种功过分明的祭礼,还是后来人的调侃恶搞,或是一种博采众长兼容并包,又或是博大、广阔的周原人的胸怀,值得深思与回味。

遥想当年的孤竹国距西岐达千里之遥,伯夷、叔齐两位侯王长期养尊处优、锦衣玉食,视功名利禄如浮云,奔义让国,决然息身而退,慷慨西行,像唐僧西行,像红军北上,像普罗米修斯离宫盗火,他们跋山涉水、义无反顾,一心去投奔当时的仁义之君——西伯侯姬昌。当他们受尽千辛万苦来到朝思暮想的西岐圣土时,他们心中的偶像文王已溘然长逝,面对的是"以暴治暴"的姬发,他手捧文王的牌位,隆重举行出师伐纣、祭祀岐山的活动。理想和现实的冲突使他们难以面对,本着"苟能制侵凌,岂在多杀伤"的和平理念和"臣不犯君"的传统思维,他们像《唐风·采苓》这首诗所表达的主旨一样,天真地认准了无战争就无流血的死理,不惜螳臂当车,奋力扯拽将要长驱直入的武王坐骑,结果当然是毋庸置疑的,就像是诗中所嘲笑的采野菜走错了地方。历史上所有像他们这样的贤达,都无法阻拦武王伐纣浩荡前奔之大军,只留下永久的称赞、嘲笑和无尽的感慨。

历史自有其是非标准,我们无须费心为两位名人做五五开或四六开这样简单的评判。因为历史永远都在继续,谁都改变不了过去和现在,更左右不了未来。虽然,在《唐风·采苓》诗中指出首阳山的那三个地方是采不到野菜的,但伯夷、叔齐不管在哪儿采食野菜都改变不了两位大贤的美好德行。

试想伯夷、叔齐倘若今日在世,不管在哪里采薇,都可能不会因野菜短缺而饿死吧。但他们的高风亮节、大义大德无论在什么地方、什么年代都不会死亡,像太阳、月亮一样,永远在人心中发出万丈光芒。

一个古村名与一首名诗

——读《周颂·时迈》

岐山祝家镇戡武村牌

岐山县祝家庄镇有个小村庄叫"戡武村",村子北边不远就是千古岐山(即箭括岭),该村和附近的杜城、岐阳、宫里等村都是周原历史悠久的名村,这些村落位于岐山之阳、土厚地肥的一片台原上,村子东面是祁家沟(也有人称"岐水"),西面是崛山沟(石沟),过去这两条沟道里都有溪流,台原水绕山护,地理条件优越,位置重要。这些村庄都在早周都城的核心,其村名都与周朝有关。不少老人说,戡武村是由周朝兵器库所在地而得名,此说传了许多年,有一定道理。

通过近年来的学习、思考,我感到该村名字还有更深的一层含义,而此意相比于"兵器库"之字面理解更贴近词义,而且意义更深远重大。其深意应为:结束战争,实现永久和平。这个村名神奇的是,它竟然和《周颂·时迈》一诗所揭示的主题完全一致,甚至"戢武"二字就是诗中"载戢干戈"之句的浓缩。到底是村名因袭了古诗的含义,还是这首古诗的创作者从此村村名中得到了启示和灵感,二者都有可能,即便是与这些关系不大,也无碍该村村名蕴藏的深旨大义。

《诗经》名篇《时迈》,是《周颂》中的重要诗篇之一,据古代学者考证,这首诗的作者是周公,但也有一些人认为这首诗是武王所作。武王是西周最高统治者,是国家重大事项的决策者,周公是武王决策的实施者。商灭亡后,武王下令周公作这样一首颂诗,宣传刚刚诞生的西周王朝治国理念,此说符合二人身份。这首诗如下:

时迈其邦,	巡行天下诸国,朝会各路诸侯,
昊天其子之,	上苍视我如儿郎,
实右序有周。	庇佑我大周国运昌。
薄言震之,	才始发兵讨纣王,
莫不震叠。	万邦莫不震动、敬畏。
怀柔百神,	祭祀安抚天地百神,
及河乔岳。	遍及河流和山岳。
允王维后!	武王不愧为天下之君!
明昭有周,	大周昭明照四方,
式序在位。	天下文武官员各司其职。
载戢干戈,	于是收起干戈从此勿用,
载 弓矢。	于是装起弓箭藏在袋里。
我求懿德,	我希望求得有德之士,
肆于时夏。	遍施仁政于天下万邦。
允王保之。	保持祖德,诸神保我大周万世和平。

诗作说的是武王伐纣取得胜利后,带领王公大臣奔赴各地,巡察四方,举行盛大朝会,燔柴祭祀天地山川,答谢百神襄助之恩,表达息兵罢武、开创和平新纪元的诚挚心意。诗作从一个侧面反映了周人敬天怀祖、知恩图报、爱好和平的浓浓情怀。周公作为周王朝的开国元勋,他亲自陪同武王进行了这次庄严而神

圣的祭祀活动。这首巡察祭祀歌体现了周人礼祭活动的广泛性，他们把包括岐山在内的山川河岳都作为祭祀的对象，一边隆重答谢，一边诚心祈求诸神与祖先保佑周之天下国泰民安。同时郑重禀告诸神，周室将结束武力，推行礼乐仁治的治国方针，以达到永固王业的目的，一定意义上反映了周人神话先祖、天人合一的执政理念。作为陪伴武王巡游的周公，思想一直与武王相契合，他以这首诗作记录了武王的这次不凡之旅，反映初定天下的周代政治集团的执政理念。

诗的前半部分，叙写武王受命于天，受命于民，做了天下的新主人，去巡察百国，并昭示四方，新周取代殷商是奉了上天旨意，具有高度的合理性。从"明昭有周"至结尾是最后一部分，是诗作的重点，在此周公真挚表达了周人治国理念：偃武修文、永保和平，确保国家强大、人民安康幸福。其中"载戢干戈，载橐弓矢"是千古名句，其深刻含义是暴政已除，天下初定，放弃武力，创造和平是人民的期盼和共识，休养生息是国家的要务。"干戈""弓矢"，均指的是武器，是暴力、武力的象征，如"止戈兴仁""止戈散马""大动干戈""化干戈为玉帛"中的"戈"均与此处同义，都指的是武力和战争。"懿德"即美德，指文治之德。这几句诗说明息武修文策略是周初统治者的基本政治取向。《郑笺》中也说："载戢干戈，载橐弓矢。"两句表现"天下咸服，兵不复用，此有著震叠之效也"，也就是说周人以武力取天下，但在取得天下后并非一味继续滥用武力，而是要大力推行仁治。这种思想被孟子以后的历代思想家、政治家极力推崇。司马迁在《史记·周本纪》中记述了武王伐纣后与周公的一段对话，这段话与这首诗的中心意思如出一辙，即："纵马于华山之阳，放牛于桃林之虚，偃干戈，

《周颂·时迈》 胡宝岐书

振兵释旅,示天下不复用也。"诗作与史书相互印证,均反映了周公和武王终结暴力,追求和平、创造和平的理想信念。

诗中"戢"字读吉(jí)。字意是:收敛、收存,是个形声字,"戈"为形,"咠"(qí)为声。其本义指收藏兵器,引申为收敛、止息。从本义可见这个字本身有一点兵器库的意思。"戢武"中的"武"字是个会意字,金文的武,上部表示武器,像戈,下部表示行走,像脚趾。"武"本义是指同军事、强力有关的事物。引申为勇敢、英勇。由此引申为古代一种关于战争的抽象道德观念。所以,从本义讲,"武"开始并不指武器,《史记》系统记载了古代主要战争,从黄帝到汉武帝大小战争 500 多次,涉及 80 多个篇目,十几万字,其中并没有武器这个概念。其《律书》(亦称《兵书》)中有"其于兵械有所重"之句,"兵械"注解为"弓、矢、矛、戈、戟之统称",所以武器那时不叫武器,统称为"兵械"。

有一个文字的故事也说明"武"本义并非指武器。据《左传》记载:楚庄王打败晋军后,他的手下有个叫潘觉的人,建议把晋军的尸体堆成一座小山,以告诫后人军事力量的重要性。然而庄王却说:"夫文,止戈为武,大武,禁暴、戢兵、保大、定功、安民、和众、丰财者也。"大概意思是说,武力的目的是消灭战争、保护民众、集聚财富,即"止戈为武"也。其实"止戈为武"只是望文生义,简单化附会,"止戈"就是把"武"字拆解,把"戈"字的"刀撇"去掉,"戢武"两字有息武之意。而《新华大字典》指出此义并不确切,"武"字准确的意思是:代表征伐,而并没有"止戈"的意思。

《周颂·时迈》中"载戢干戈,载櫜弓矢","载"为助字,《诗经》中出现的"载"字大多做助词用。"戢"字意为收藏、收敛。"干戈""弓矢"均指兵器,意为:把那些干戈、弓矢之类的兵器统统都收藏起来吧,再也用不上这些个玩意儿了。这是周武王取得伐纣胜利后向世人由衷地表白——马放南山,刀枪入库,彻底地消灭战争,开创万代和平盛世,亦即偃武修文,推进国家长治

西周编钟

久安。从汉字的本来意义和《时迈》的主题而言，"戢武"的原本意思是：止息征伐，缔造和平。

唐代开国不久，李世民为纪念开国元勋，建有凌烟阁，碑称"戢武阁"，有人以为，"戢武"意为不忘英烈，结束征伐。明代李东阳在一个碑文中亦写有"戢武不用"之句，同样也表示息兵罢武之意。

综上所述，戢武村名的深远含义为结束战争，实现永久和平，此意更为贴切，更富有教育和启迪意义。这也是武王取得伐纣胜利后，为谋就长治久安，实现天下大治采取的基本治国方略。《时迈》虽为一首文学作品，但清楚地体现了武王的政治取向，是"诗言志"的典型代表。

在武王的故里，即《诗经》的故乡，有这么一个不起眼的小村庄，起了这么富有诗意和深远政治意义的名字，实在耐人寻味。也许是周朝的政治家以此名寄托他们的良好愿望，也许是后代的有识之士对《时迈》中的名言感触太深，将其用于岐周村庄之名，以使人们世世代代向往和平、追求和平。岐山各村之名都源于何时，大多无处可查，但不少与周代关系密切。在岐山可见到的最早志书是明朝万历年间编纂的，该志书中有"戢武"这个村名。由此可见，该村确实历史悠久。

秦文公收复岐周

——读《秦风》部分诗作

众多历史事实说明，野蛮民族对文明地域侵占时，采取的破坏手段大同小异，烧杀抢掠便是最常用的一种。西周末年犬戎侵占岐周也没能例外，他们肆无忌惮地在岐周一带狂烧滥抢，把大量的奇珍异宝席卷一空，拿不走的统统烧毁，不长的时间就把光鲜靓丽的名都古邑遭践成满目疮痍的废墟。

西周末年的岐周，到底被犬戎毁坏到何种程度，我们实难想象，但是从这以后，犬戎将岐周变为他们的领地却是铁的事实。东迁洛邑后，刚刚建立的东周王室对收复失地有心无力，重回西土拜祖祭宗的愿望只能停留在他们的梦中，逢年过节时也许只能在十字路口烧香、燎表遥祭千里之外的三王周公了，收复西土重构繁华更是不可企及的梦。

后来许多文人雅士来岐周吊古感怀，写诗作赋，经常运用的典故就是《王风·黍离》中的名句："彼黍离离，彼稷之苗。行迈靡靡，中心摇摇。知我者谓我心忧，不知我者谓我何求。悠悠苍天，此何人哉！"诗作中的"黍"和"稷"，都属五谷，过去岐山曾广泛种植。"黍"是糜子，黏性大，常用来做发糕，即黄儿粑粑，也可以做成黄米干饭就着炒菜吃，是待客和过节的美食。"稷"是谷子，《诗经》中称其为"粒长"，即五谷之首，营养丰富的美味。脱了皮的谷子叫"小米"，可以做小米粥、小米饭、腊八粥和米儿面。历史上，小米一直是包括岐地在内的黄土高原上人的主食，它不仅为古人生存做出过重大贡献，还在中国共产党夺取革命胜利的斗争中发挥了重要作用，所以说小米也是"革命之食"。

《黍离》的作者怀着诚挚的情感，对西周的宗祠祖庙、宫苑台榭、繁华街市化为废墟深表遗憾和痛惜。曾经的繁华今成梦境，曾经的神奇化为腐朽。夕阳残照，宫苑基址上成片的糜谷和野草随风摇曳，狐兔出没，乌鹊乱飞，四野一片寥落。转瞬间,宫殿成牧场,灵台为农田。八方辐辏、四夷朝贺的强大帝国分崩离析。面对衰败景象,作者抚今追昔,悲从中来,感慨万千。其中"知我者谓我心忧,不知我者谓我何求",回旋往复,无限哀怨尽在言外之意中。悠悠苍天,这到底是发生了什么,为什么无限繁华转眼却成了遍地野草、庄稼,这是天灾还是人祸?这是诗人疑惑不解的问题,也是值得后人深刻反思的问题。

《黍离》是一首悼亡名诗,"彼黍离离"所点染的颓败的镐京未尝不是当时的岐周的真实写照。千百年来,故宫黍离就作为亡国之思的代名词,不断出现在名人的诗文辞赋中。如曹植《情诗》:"游者叹黍离,处者歌式微。"向秀《思旧赋》:"叹黍离之愍周兮,悲麦秀于殷墟。"许浑《金陵怀古》:"松楸远近千官冢,禾黍高低六代宫。"等,都表达的是这种复杂的幽思伤感情怀。

苏轼在凤翔府任签书通判(相当于今秘书长)时,几次游历岐山周公庙,写了《谒周公庙》一诗,其中"至今游客伤离黍,故国诸生咏雨濛"用的也是《黍离》的典故。后来其弟苏辙和其韵也作了一首《题岐山周公庙》,其中"周人尚记有周公,禾黍离离下有宫"这两句与苏轼的诗作一样,都表达了思古怀贤的幽情。

"皮之不存,毛将焉附?"周幽王和他宠幸的美人褒姒一同死于戎狄之烈焰,西周大片土地随之沦丧。在众多老臣的辅拥下,周幽王10岁的儿子宜臼被立为周平王,并在秦等小邦国的护送下于东都洛阳登基。东周在周公营建的洛邑不得不拉开大幕,于是,在名为周的舞台上,五彩缤纷的列国大戏正式上演,礼崩乐坏,诸强争雄,百家争鸣,每天都有鲜活的新故事出现,历史在各种势力的争斗中缓慢而有规律地前行。

周平王被簇拥到了洛阳,刚坐定,免不了论功行赏。秦国先有"勤王"之劳,后有"护驾"之功,于是周平王正式封赏秦国为诸侯国(之前,秦国连诸侯国都不是),并且还给了秦国一个特殊的任务——"戎无道,侵夺我岐、丰之地,秦能攻逐戎,既有其地。"(《史记·秦本记》)就是说"恶人犬戎侵夺了我岐丰两都,如果你们秦国能够从恶人手里夺回来那些故都宝地,岐丰就是你们的!"

周平王明知凭自己目前的力量根本收不回犬戎所占之地,便以空头支票将岐周之地封赏给秦国,目的只有一个,就是落个顺水人情。但秦国却欣喜不已,起码有了大的发展目标和努力方向,他们可以名正言顺地在周人的圈子里活动,同时也得到了一直想要的身份和梦寐以求的地盘,实现了挤进诸侯国之列的夙愿。

参与护驾的晋国同样获得了丰厚的赏赐。《竹书纪年》记载:"(周平王)赐晋、秦以豳、岐之地。"即周平王把豳地赐给晋,把岐地赐给秦。秦、晋在西周时,都没有什么大的实力,这一次政治投机的得逞,为他们以后成为诸侯霸主奠定了重要的基础。

据传,秦人有一位祖先叫恶来,周武王时期他助纣为虐,被姜子牙所杀,后被姜太公封为"冰消瓦解神"。西周建立后,站错了队伍的秦人未占到便宜,好在周穆王时期,秦地出了两位驭马的能人,一个叫造父,他贵为周穆王的驭手。据说,他驾着日行千里的快车,陪这位好战的周天子四处奔杀,甚至还见过王母娘娘,屡立战功被封为大夫。另一个叫非子,他在今天宝鸡千渭一带给周王牧马,在这个看似毫不起眼的岗位上却做出了非凡成就,受到周孝王赏识,给予封地建邦营宫室的优厚待遇,自此秦人正式挤入西周的上流社会,以一个小邦国的名义出现在周人重大社交活动中,加上在西周末年因在保周抵戎中立了战功,成了受封岐邑的诸侯国。

历史有时候确实很奇怪,对一些杰出人士而言,只要能想到,就一定能做到,秦人就是这样。他们怀揣周室所赐的一张空头支票,凭着顽强拼搏、百折不挠的精神,硬是在看似不可能的穷途中杀出了一条血路,把桀骜不驯的犬戎收拾得服服帖帖,自己堂堂正正地将周平王当初给予的空头支票上的内容变成了现实,这使后来东周的君臣肠子都悔青了,这说明在较量中实力永远是硬道理。

《秦风》中有部分诗叙述了秦人初为诸侯、收复西岐的一些事情。从周平王那里接过许诺的是秦襄公,从法律层面上讲,他已经拥有了岐周故土,还可以同以前那些声名显赫的诸侯平起平坐。秦国立即和其他诸侯国互通使者,行享聘之礼。然后郑重其事地用马、牛、羊各三只举行大牢之礼,祭祀天帝,欢庆秦国正式加盟周之大家庭。在这举国欢庆的时刻,秦襄公举行了一次盛大的狩猎活动。秦国文人、武士纷纷参加了这一盛典,有人还用诗歌的形式赞美了秦襄公狩猎的壮景。这就是《秦风·驷驖》。诗曰:

驷驖孔阜,	四匹黑马肥又壮,
六辔在手。	六根缰绳牵手上。
公之媚子,	秦君宠爱驾车者,
从公于狩。	随君出发打猎忙。
奉时辰牡,	赶出应时兽群,

辰牡孔硕。	应时兽个个肥壮。
公曰左之,	秦君喊声"向左射",
舍拔则获。	野兽应箭便倒下。

游于北园,	秦君猎后游北园,
四马既闲。	驾轻就熟马悠闲。
辀车鸾镳,	轻车銮铃响叮当,
载猃歇骄。	猎狗息在车中间。

这首诗中马壮车强、君王英武,捕猎场面惊心动魄,收获的猎物非常多,凯旋而归时君臣兴高采烈。从狩猎这一侧面可以看出,秦襄公是一位英勇善战、有胆有识的威武之君,他不光善于打猎,更有打天下的胆略和力量。他打着周天子的旗号,开始了讨伐戎狄收复失地的斗争。虽然当时戎狄势力布满渭河流域,力量十分强大,但秦襄公不畏强敌,经过整整四年的艰苦征战,才"伐戎而至岐",第一次收复了周人失去的岐周之地。但戎狄岂能轻易让出这个战略要地,后又与秦人在岐周一带反复搏杀,展开拉锯战,双方你来我往连续殊死搏斗了好长时间,还未分出输赢。更可叹的是,在岐山地区一次与强戎激战中,秦襄公身先士卒,奋勇冲杀,不幸战死在岐山脚下,成了在收复岐山战争中牺牲的众多英烈之一。岐山见证了岐周都城的毁灭,也见证了为夺取周都而搏杀的秦襄公的英姿。

秦襄公的长子秦文公继位后,继承先父遗志,前赴后继,继续征战,终于在秦文公十六年(前 750 年),彻底击溃戎狄,全面收复了失去 20 余年的岐周之地,贤明的秦文公还把岐山一带的周朝遗民聚拢起来,亲自慰问并妥善安置,周之遗老遗少对此颇有好感。秦文公实现了秦襄公克戎收岐的遗愿,秦人用自己的努力使周平王的一纸空文落到了实处。秦文公很守信用,只占了岐周之地,把当初周平王未曾许给秦的地区慷慨地还给了周王室,这一义举赢得了一片赞誉。

如旭日东升的秦国充满了生机,他们的许多举动很大气,在列国中影响较好。发生在岐周一带的"泛舟之役"就是一例。有一年晋国发生大饥荒,晋国国君向秦君伸手借粮,秦君二话没说,把大量产于岐周一带的"五谷",靠人背车载运到河边,再用无数船只从千河、渭河向晋国运送。船队从千渭交汇的秦都出发,过岐周、眉县、咸阳、潼关入黄河,船队如没头没尾的长龙,浩浩荡荡塞满了渭河、黄河河道。参与运粮的船夫不少是岐周百姓,体现了秦人乐于助人的宽广情怀。秦人雪中送炭之义举为晋国解了倒悬之危,挽救了无数灾民。但是不久,秦国也因灾荒出现粮荒,向晋国请求援助,晋国自食其诺,未给秦人归还粮食,反而乘火打劫,侵犯秦地,愤怒的秦穆公率军迎头痛击,初战告捷,但在追击晋君时反遭围困,处境危急。在这个危急关头,300多个出生于岐山脚下的老百姓挺身而出,奋力与敌人拼杀,终于使秦军反败为胜,还阴差阳错地俘虏了晋国国君。

这300多个岐山草民为什么要舍身帮助秦君脱险呢?原来,早些时候秦穆公的一匹战马丢失后,跑到了岐山脚下,被饥饿难耐的这300多个岐山草民捕获,并分着吃了。秦国官吏追捕到这些人,准备绳之以法。秦穆公知道后不但未治罪,还怕他们吃马肉不喝酒伤害身体。于是赐予他们好酒,让他们赶紧喝下,此举保护了这些人的身体。后来就有了前述"岐人救秦俘晋王"的报恩大剧。这件事既说明了秦穆公胸怀宽广、体恤百姓,又说明了岐山人有情有义,知恩图报。300多名被司马迁称为"岐下野人"的岐山勇士,出于感恩,勇赴战场,"驰冒晋军,晋军解围,遂脱穆公反而生得晋君"(《史记·秦本纪》),救助了秦穆公一行。秦国反侵略战争大获全胜,晋国军事和道义双双失利,秦国也借此赢得了更高的人气,在列国争雄中有了更多的话语权,威望进一步提升,实力大大增强。为击败晋国"推锋争死,以报食马之德"(《史记·秦本纪》)的岐山人,由此更受到秦穆公的关爱,岐山人在秦一统大业中出了不少力,流了不少血。

"有志者事竟成",秦人真是了不起,他们的每寸土地,都是经过自己一刀一枪拼杀、一点一滴流血得来的,他们坚强的意志、非凡的政治智慧、英勇拼搏的精神是其他诸侯国所不能相比的,仅凭这些他们后来统一了天下。

原来生活在犬戎统治下的岐周遗民,看到秦人打败了犬戎的军队,人民脱离了的戎族的统治,心中虽然非常高兴,但喜中有忧,毕竟秦人在岐周人眼里比戎族好不了多少,文明程度远不能和西周相比。再者秦君到底不是他们的国君周王,他们岐周人才是正儿八经的老区子民,秦人虽为新主,不过是周王刚收编的杂牌军,秦人能走多远值得怀疑。岐周人因心中固有的优越感和隔膜就难免对秦人不服,所以一些赞美秦王的诗中还不忘包含着一些劝解、教导的口吻。《秦风·终南》就表现了岐周人这种矛盾复杂的情绪。诗曰:

终南何有?	终南山有什么?
有条有梅。	有山楸树和梅树
君子至止,	国君来到终南山,
锦衣狐裘。	白狐裘配素锦服。

颜如渥丹，	脸色红润如丹石，
其君也哉？	他做君主好是坏？

终南何有？	终南山上有什么？
有纪有堂。	有那枸杞和棠梨。
君子至止，	国君来到终南山，
黻衣绣裳。	青黑上衣彩下裳。
佩玉将将，	所带玉佩锵锵响，
寿考不忘！	长命万岁寿无疆。

诗中的"终南"，是西周首都南部的屏障终南山，与岐山的南山相连，同属现在的秦岭山脉，那里不但气候宜人、物产丰饶，而且还是抵挡外敌侵犯的天然屏障，是周人引以为荣的地标，也是西周王朝的象征。诗人说："秦王你虽然衣着光鲜，脸上气色看起来也不错，但你是在我们的终南山上游玩呢，你别忘了你不过是个新客，我们的周王才是这里真正的主人。"一句"其君也哉"，明知故问中，暗含对新君的揶揄，对其能力的似信非信，并有劝其不要过于嚣张，明白自己牧马出身和迁入者的身份，不要对周之遗民做不雅、不敬的事情。既劝谕新主又赞美家乡，绵里藏针，把周人既自大又稍微自卑的心理刻画得惟妙惟肖。

但是，岐周之地到底是拥有三百多年文明底蕴的周都首善之地，周人又是长期受礼仪熏陶的，他们"虽为旧邦"，但却能顺应时势，及时转变观念，融入秦人四处征战、实现统一大业的斗争之中，并用浓浓的礼仪打磨着秦人的身心，使其由"瓦釜"逐步走向"黄钟"，大踏步进入文明时期。

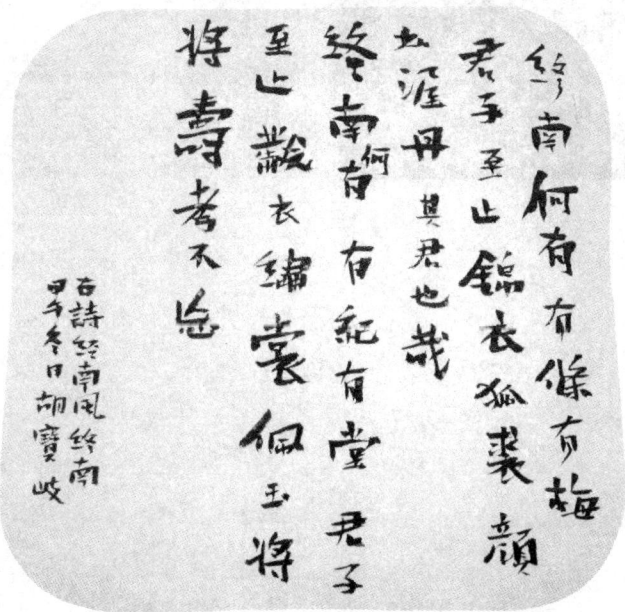

《终南》 胡宝岐书

秦人能够收复岐周,最终完成统一中国大业,除了他们的聪明智慧、顽强骁勇外,岐周丰厚的文化积淀、庄严的礼仪、富饶的物产和故都人民积极奉献、英勇奋斗也功不可没。秦襄公、秦文公从犬戎手中夺回岐周,使岐周人民摆脱了戎狄的统治,实现了回归周朝的愿望。岐周人民以自己在"秦王扫六合"的征战中的艰辛付出,回报了秦君的解放之恩,这种"礼尚往来"符合岐周礼仪之邦子民一贯的行事风格。

岐山周公庙《凤鸣岐山》铜雕

敬畏岐山

——再读《周颂·天作》

生身父母是人之至尊者，这是毋庸置疑的，父母是人生之根本，没有父母就没有我们，没有我们也就没有人类社会的绵延更替。人作为天地间的匆匆过客，父母之恩比天还大、比海还深，理所当然应该铭记在心。

泱泱中华，群山广布，多如九天之星，那么，众山之至尊者又该是谁？横空出世的茫茫昆仑——中国第一神山，是众多河流之源，浑身都是中华文化符号，但她身上虚无缥缈的成分太多，如西王母、盘古、女娲等等，都是和寄托某种美好愿望相关的传说，这当然也值得中华儿女的尊崇，但在崇尚科学的今天，她为尊者尚可，若要为至尊者，则离我的心理期望有一定的差距。历史悠久、风景秀美的五岳，又多为山水名胜、佛道圣地，作为中华文明山之至尊者，也难全尽我之初衷。珠峰，仅有其高；喜马拉雅山，独有其大；黄山、天山虽各有其卓绝之处，但也似乎难当大任。在数千年中华文明史上，能如父母一样堪当尊者的本源之山，我深感非礼乐发源地的岐山莫属。

岐山是陕西关中西部一个普普通通的山，与安葬华人始祖黄帝的桥山如兄弟般稳立于黄土高原。俗称箭括岭，由东西两峰组成，东峰高 1 594 米，西峰高 1 549 米。这位众山之尊，北有千山山脉环护，南有美丽的秦岭作屏障，渭水如玉带从中部鸣琴而过。这片神奇的地域，四季如经纬般分明，土地肥沃，名泉、小河甘冽，是粮、果、牛、羊最适宜生长的宝地，也是最适宜人类居住的宝地，直到汉唐时期，这一带仍是著名的天府之国。

这块圣土注定要与中华文明的孕育、生长产生最密切的联系。无论考古成果，还是历史传说，都已雄辩地说明这里是中华文明最重要的源头，是儒家文化的根脉。考古证明，仰韶、龙山文化时期，先民就在这里辛勤劳作，岐山京当镇双庵一带考古证明，和黄帝大约同时期的龙山文明后期，这里的牧猎文化已经开始向农耕文明过渡。《竹书纪年》记载："帝桀即位，畎夷入于岐以叛。"说明到夏代后期,这里因富饶和位置重要曾被异族所占。岐山京当周原考古史料证明,此地商代遗迹较多,有的还与周遗迹叠压,在中华文明步履蹒跚的幼年,岐山追寻文明的脚步就未曾停歇,而且在商代末期,这里因为一位英雄人物的到来,走上了文明进步的快车道。这位英雄就是"古公亶父"。

商小乙二十六年,生活在今天彬县一带的古公亶父,不堪忍受戎狄的肆意侵扰,带领一伙人马,背井离乡寻找新的归宿。前路茫茫,后边追袭不断。据大学者陈全方先生考证,这支疲于奔命的队伍,经永寿,到乾县过梁山,沿今漆水南下,东拐至大北河又朝南沿沣河向西探行,然后到了美丽的古周原。他们走了多长时间,遇到了多少艰难险阻,我们无从而知。他们是怎样得到周原的土地,我们也无从知晓;这个落脚地,是他们长期梦寐以求,还是偶然所得,还是如孟子所言:"非择而取之,不得已也。"所有这些都难以确定,也都不重要。总之岐下周原收留了这群不速之客,他们便在这里坦然地安顿下来,像游子回到故乡,像种子遇到适宜的土壤,先后到来的人传说达万余。就这样,温情好客的岐山两峰,像伸出热情有力的双臂,迎来了这一群不同寻常的客人,古公亶父的英雄群体注定要在这片神奇的土地上书写最美的文字了。中国历史最璀璨夺目的一页将在这里徐徐翻开。

巍巍岐山,面南雄踞,永远向着普照万物的太阳。双峰如箭,时刻准备向入侵者怒射。他如城似墙,不但有力地阻挡着凛冽的西北寒流,也阻挡了戎狄侵扰,据陈全方考证,自古公亶父迁入这一退可守、进可攻的战略要地后相当长一段时间,异族再未敢发起大的入侵活动,为周人发展壮大提供了难能可贵的发展机遇。传说有凤凰在那段时间曾多次光顾岐山,翩翩起舞,欢快歌唱。祥和吉瑞的氤氲之灵气,久久笼罩着这座并不巍峨,却灵光四射的宝山——岐山。岐山真正成了周人的福祉之山。

古公亶父胸怀如周原般开阔,意志如岐山广布的青石一样顽强,他既有翦商的鸣凤之志,又有如履薄冰的忧患意识和认真务实、不懈努力的拼搏劲头。咚咚不绝的筑城圈墙的夯声,开阡陌营井田的牛耕鞭影,使穴居放牧的习俗渐行渐远,新生的文明大树在膴膴周原渐渐长大成形,从群山之中脱颖而出,巍然傲立于圣山之旁。贤明的公刘之后虚怀若谷,他们没有为异化得了岐山周原而懊恼,反而被岐山上吹来的阵阵新风所陶醉,他们为自己的创新而骄傲,历史更为他们的华丽转身而狂喜不已。

岐山成了他们心中永远的尊者。"王用享于岐山"和"王用享于西山"中西山也指岐山,这两句是《易经》中的名句和吉卦,体现了周人对岐山的万分尊崇和敬仰。

"天作高山,大王荒之。彼作矣,文王康之。彼徂矣,岐有夷之行,子孙保之!"这首《诗经》中名为《天作》的诗歌,其实是专颂岐山的圣歌,每每举行国之大典及祭祀大礼时都要吟诵这首名曲。周人每年的春祭、秋祭和对岐山山神的专祭,这首诗是他们吟诵的重要旋律,充分表达了周人对岐山的崇高敬意。祭奠岐山,也成了周人祭礼的重要组成部分。无论节庆、五谷丰登或是交战取胜,他们都要隆重、庄严地举行祭礼,既感恩岐山,又祈求神圣之山佑助他们取得更辉煌的业绩。

公元前 1046 年初春,岐山又孕育着铺天盖地的希望之绿,他的脚下,祭台巍巍,战旗猎猎,鼓声阵阵,周武王的伐纣大军在这里整装待发,周室历史上规模最大、最有历史意义的祭奠岐山的活动正在有序进行,中国历史上绵延最久的一幕大戏拉开了猩红的大幕。这场祭礼上的编钟、玉磬之音成了殷商王朝灭亡的丧音。祭岐的锣鼓声还依然在耳,600 年的商汤江山伴着倒戈声顷刻土崩瓦解,周朝崛地而起,他的根就这样深深扎在岐山肥沃的土壤里。岐山的浓荫绵延不绝,至今仍护佑着所有华人的生息之地。祭岐山的活动年复一年地进行着,周如聪明的雏凤,经过无数次血与火的洗礼,逐渐羽翼丰满,出落成楚楚动人的百鸟之王,在岐山翩翩起舞,引吭高歌。岐山春风化雨,周文化播种生根,茁壮成长。于是,周礼中有岐山规程的典雅大器,《周易》闪耀着如岐峰相峙般万事万物的对立统一,周乐如凤哕般的和谐,龟甲兽骨在镂刻无数神秘的同时,刻下了浩如烟海的汉字最结实的第一笔。我们完全可以理直气壮地说,岐山是数千年中华文明大厦中最核心的基本骨架,岐山给四海华人血液中溶入了仁、义、礼、智、信生生不灭的基因。

一代又一代的先人给岐山的后生说,中华文明的神秘先圣在古老、神奇的岐山,曾撒下三石六斗菜籽数量一样多的英雄圣贤之种,所以 5 000 年来,这里英雄辈出,群星荟萃。我们知道,仅周一代大贤圣者、王公贵胄就数不胜数,古公亶父、太伯、仲雍、王季、文王、武王、成王、周公、姜太公、召公、毛公、毕公,哪一个不震古烁今,彪炳史册?当然还有仓颉、岐伯、李淳风、梁星源、冯汉英,还有明清时期所出现的 24 位进士和 246 位举人等等,这些见诸于经传和还未留下姓名的大贤圣者,他们都以为国为民的光辉业绩诠释和展现了岐山仁、智、礼、义的风范,将如岐山之巅的松柏一样万古长青。

岐山大名垂宇宙，礼乐文明耀千古。高山仰之，景行行之。"孔子梦周公""孔子西进不敢入秦"，这里面除了孔大圣人对周公周礼的无限膜拜，未尝没有对岐山这座圣山的深深敬畏。"四书五经"多为圣人之杰作，其中对岐山的记述、歌咏不胜枚举，表达着往圣对这座圣山的敬重之情。在漫长的封建社会，历朝历代对这座仁者之山、智者之山、礼乐之山的尊崇和对儒学的尊崇一样绵延不绝。596年，一代明君隋文帝因仰慕岐山，在登基不久便命名岐山一带为岐山县，使岐山知名度进一步提高。历史上为了表达对岐山和周文明的敬仰，以"岐山"为名字的人、地、山、水更是难以胜数。岐山人更是喜欢在名字，特别是在官名中冠以"岐"字，取名宝岐、怀岐、永岐、长岐、百岐、明岐、忠岐、凤岐、岐凤、关岐、乃岐、润岐、岐周、宗岐、智岐、锁岐、宏岐的各村都有，不可胜数，这种刻意在名讳中冠以县名的现象，可能在其他地方不多见，这一奇特的取名习俗也可以折射出岐山人热爱家乡的优良传统。岐山，永远是岐山县的象征和骄傲。岐山，永远是礼乐文明的象征和骄傲。岐山属于岐山，岐山更属于中国，也属于全世界。岐山是中华文明史上不灭的灯塔，将永远指引、照耀中华民族和人类前进的方向。

听万民百世传唱，永留下圣者的飘逸。岐山苍苍，周原茫茫，渭水决决，漫步在周文王扶犁亲耕的田畴，禾黍已发新苗。但在这块土地上诞生的礼乐文化，将与江河共流，与日月同辉。岐山不老，周文化长青，历史又到了崭新的拐点，以周文化为基础的优秀传统文化大旗又一次高高飘扬。昂首吧，岐山，这一回，我们将走得更远！

一样的山，不一样的高度。周原上永恒的山峦——岐山，你是岐山儿女的根脉，你更是中华儿女的根脉，你是中华民族生生不息的精魂。能与无数圣人共生于同一块神奇的土地上，白天似有阵阵礼风雅乐熏陶着我们，晚上似有周公的好梦陪伴着我们。岐山是岐山人的伟大父母，也是全球华人的伟大父母，热爱你、孝敬你是世世代代岐山儿女的天职。

岐山，我心中永远的山之至尊者。

《诗经》散绎

岐山之歌

——《周颂·天作》

天作高山，大王荒之。

彼作矣，文王康之。

彼徂矣，岐有夷之行，子孙保之！

我们不得不饱含深情地歌吟。啊！巍峨的岐山，美丽的岐山，除了无人能比的上天，谁还有能力孕育这么美丽的地方？

岐山，您是名副其实的上天的宠儿！

岐山如璀璨的明珠，伟大的古公亶父慧眼独具，他在众多的山峰中一眼瞅准了你，便义无反顾在这里安营扎寨，带领勤劳的子民，伏下身子，夙兴夜寐，顽强拼搏。功无枉费，看，岐山每一块石头都像金子一样闪闪发光，古老的周原，每时每刻都在发生喜人的变化，这里的每寸土地都在迸发着无限的生机和活力。

古公亶父在岐山奠定的周室基业，如巍巍岐山一样厚重，坚不可摧。

周文王像岐山之巅鸣唱的凤凰，他继往开来，沿着古公亶父开辟的周道驰向前方。

太王、文王，两位圣人像岐山之巅的太阳，永放光芒。

从西岐延伸拓展的周道，四通八达，像巨龙一往无前。

无数后来人铭记圣人志向，不断在此开创新的辉煌！

文王的礼赞

——《大雅·文王》

文王在上,於昭于天。
周虽旧邦,其命维新。
有周不显,帝命不时。
文王陟降,在帝左右。

亹亹文王,令闻不已。
陈锡哉周,侯文王孙子。
文王孙子,本支百世。
凡周之士,不显亦世。

世之不显,厥犹翼翼。
思皇多士,生此王国。
王国克生,维周之桢。
济济多士,文王以宁。

穆穆文王,於缉熙敬止。
假哉天命,有商孙子。
商之孙子,其丽不亿。
上帝既命,侯于周服。

侯服于周,天命靡常。
殷士肤敏,裸将于京。

厥作祼将,常服黼冔。

王之荩臣,无念尔祖。

无念尔祖,聿修厥德。

永言配命,自求多福。

殷之未丧师,克配上帝。

宜鉴于殷,骏命不易。

命之不易,无遏尔躬。

宣昭义问,有虞殷自天。

上天之载,无声无臭。

仪刑文王,万邦作孚。

文王之灵在那高高的苍天之上,和太阳、月亮一样耀眼、辉煌。百年的岐周大邦,每天都会迎来崭新的气象。岐周的美好未来充满诱人的光芒,这个幸运的地方永远在上天的庇护之下。我们伟大文王的灵魂在天庭翱翔,他时时为我们播吉布祥。

一世勤勉不怠的文王,他的美好声誉将百世流芳。他把无尽的福泽无私地赐予我们可爱的周邦。我们子子孙孙永远都会享受他的绵绵福祉。广阔的周室王土,文王的福泽百世传播。

我们世世代代共享文王赐予的福禄。我们日思夜想,运筹帷幄,黾勉从事。人才是周室的宝贵财富。无数优秀的人才会聚到我们可爱的周邦,我们的周室永远富裕、安康。

我们英明、伟大的文王,正大光明,行为端庄。天命实在无常,想当年声名赫赫的商代的王公大臣,现在也臣服于我们的周邦。

惟德是辅的老天,无私、公正,谁有德、有信他就辅佐谁,这是不可抗拒的规律。商朝的大多数官吏,也是才华横溢、聪明有为的,只要你们忠心为周室效劳,一定会得到富贵荣华。现在是姬周天下,请你们一心一意服务周室,再不要有复辟的痴心。

祖先的大德大福应该永铭心扉,要忠心效法他们的优秀品行,顺应老天安排，不断提高修养。无穷的福祉自然会降临身边，并保世代康宁。请不要忘记商汤初期，王室爱民，民众也很拥戴他的统治，一旦失去民心，就难逃覆灭的命运，商纣的教训要时刻牢记在心。要时刻得到老天的倾心支持、庇护，实在不是一件容易的事情。

只有爱民、为民才能与天命保持一致，你们切不可掉以轻心。我们要牢记文王的德行，时刻不忘殷纣覆灭的惨痛教训。老天永远神秘莫测，他的一举一动没有颜色，没有声音。周室啊，要时刻像文王一样敬天爱民，万国诸侯就会来贺来朝，永远效忠！

文王的宗庙

——《周颂·清庙》

於穆清庙，肃雝显相。
济济多士，秉文之德。
对越在天，骏奔走在庙。
不显不承，无射于人斯。

　　啊，圣明的文王，您的宗庙多么庄严、肃穆，令人敬仰。不管何时，主持祭祀的名士都是那样雍容、谦恭、认真，您的子孙虔诚地肃立在您的神像面前，时刻不忘对您的怀念和歌颂，时刻不忘祖先，文王的高尚品德永远激励我们勇往直前。

　　我们勤勉不辍，时刻不忘报答文王的在天之灵。我们无论多么繁忙，也要从四面八方赶来祭奠文王。文王之灵永远都在高高的苍穹之上，像太阳一样光芒万丈，永远保佑我们幸福、安康。

武王颂

——《周颂·武》

於皇武王,无竞维烈。

允文文王,克开厥后。

嗣武受之,胜殷遏刘,耆定尔功。

啊,多么英明、伟大的武王。您的英才世上罕见,您的功业无比辉煌。您的父亲文王确实德隆望尊,他不懈努力,壮大了周室的实力,奠定了灭商的基础,他把周室的事业顺利传给武王。

啊,多么英明、伟大的武王,他勇挑重担,不辱使命。他继往开来,打败了凶残的商纣王,一举推翻他的腐朽统治。他是消灭商纣,建立西周的伟大英雄。

圣人的婚姻
——《大雅·大明》

明明在下，赫赫在上。
天难忱斯，不易维王。
天位殷适，使不挟四方。

挚仲氏任，自彼殷商，
来嫁于周，曰嫔于京。
乃及王季，维德之行。
大任有身，生此文王。

维此文王，小心翼翼。
昭事上帝，聿怀多福。
厥德不回，以受方国。

天监在下，有命既集。
文王初载，天作之合。
在洽之阳，在渭之涘。
文王嘉止，大邦有子。

大邦有子，伣天之妹。
文定厥祥，亲迎于渭。
造舟为梁，不显其光。

有命自天，命此文王，

于周于京。缵女维莘，
长子维行。笃生武王，
保右命尔，燮伐大商。

殷商之旅，其会如林。
矢于牧野："维予侯兴，
上帝临女，无贰尔心！"

牧野洋洋，檀车煌煌，
驷骠彭彭。维师尚父，
时维鹰扬。凉彼武王，
肆伐大商，会朝清明！

声名显赫的天帝，他威力强大、举世无双，他像天上的太阳永放光芒。

文王的美好德行，天下无人能比，他是万民效法的榜样。

天帝神秘莫测，喜怒虽很难捉摸，但他还是有一条准则可以遵循，就是为王为君一定要忠于职守，切莫像殷纣王一样高居天子之位，却一意孤行、作恶不断，这样的国王肯定会天怒人怨，最终灭亡。不珍惜、不合理使用权力，上天也不可能永远保护他。不管是谁，概莫能外。

周国受到上天的青睐，以至于殷商之地有个姓任的名门望族，竟然看中了周国古公亶父的三儿子王季，一心要把大女儿嫁给他。太王父子很高兴，这位美女答应了西岐人的求婚，她为能和王季结为夫妻感到高兴。这位后来被称作太任的女人，品行优良，和王季十分般配。他们恩恩爱爱，很快就生下一位了不起的孩子，就是后来的文王。

就是这位文王，他从小做事就谨慎，待人处事有礼有德，还很善良，他明白怎样侍上苍。好人有好报，他的福运绵长，他的前途一片光明，肯定要担起振兴邦国的大任。

文王的一举一动，被天帝看在眼里，喜在心上。上天将要给他送来一连串好运。文王接过执掌邦国的大任不久，上天赐予他一位贤淑、聪慧的新娘。文王很高兴，他亲自到洽水北面新娘的老家，就在莘国的渭水旁。他将要举行婚礼，她是莘国人人钦羡的贤惠女子。

这位举止落落大方的大家闺秀,美丽端庄,好比天仙来到了人间。周邦最讲礼仪,行完大彩礼,卜定良辰吉日,文王带领迎亲的队伍,一直赶到渭水边上。他们用装饰一新的船只搭起稳当、结实的桥梁,迎娶这位美丽的新娘。婚礼排场很大,人人兴高采烈,祝贺周国有了一位伟大的王后——太姒。

上天对此很满意,传来旨意,让文王在岐山建起宫殿,礼遇这位莘国的好姑娘。就是这位人见人爱的贤惠姑娘,上天保佑她,婚后不久就生下了伟大的周武王,让他出兵伐殷商。

上天就是这样善待着西岐的姬家,他一连给王季和文王两位圣人赐来两位大德济天的贤良之妇,护佑她们生下了文王、武王两位大圣人。贤妻生贤子,这难道不是上天的精心安排吗?在太姒的教育下武王长大成人,才华出众,接继文王成了新的周王。天帝说:"我保佑你们,赶快行动吧,联合天下诸侯,灭掉悖天害民的殷纣王。"

面对周朝的威武之师,殷商调动大军仓促应战,商纣大军浩浩荡荡,军旗如茂密的树林,随风劲舞,气势咄咄逼人。在一望无际的大平原上,英俊、威武的周武在冬天凛冽的寒风中大声宣誓,声震九天:我周国顺天应民,就要讨伐大逆不道的殷纣王,天帝将监护和保佑我们的这一正义行动,我们必须团结一致,奋勇前进,取得讨纣的全胜,为天帝和万民争光!

战场就在辽阔无边的牧野之上,周国的檀木战车煌煌耀眼,坚不可摧。一乘乘烈马战车,威风凛凛。伟大的前线统帅姜太公和众军士,好像雄鹰展翅,锐不可当。他们在武王的英明领导下,斗志昂扬,奋勇拼杀,一举击败了不可一世的商纣大军。西周庄严诞生,国家和人民迎来一派喜人的新景象。

太王迁岐建新都

——《大雅·绵》

绵绵瓜瓞。民之初生，
自土沮漆。古公亶父，
陶复陶穴，未有家室。

古公亶父，来朝走马；
率西水浒，至于岐下。
爰及姜女，聿来胥宇。

周原膴膴，堇荼如饴。
爰始爰谋，爰契我龟；
曰止曰时，筑室于兹。

乃慰乃止，乃左乃右；
乃疆乃理，乃宣乃亩。
自西徂东，周爰执事。

乃召司空，乃召司徒，
俾立室家。其绳则直，
缩版以载，作庙翼翼。

捄之陾陾，度之薨薨，
筑之登登，削屡冯冯。

百堵皆兴，鼛鼓弗胜。

乃立皋门，皋门有伉。
乃立应门，应门将将。
乃立冢土，戎丑攸行。

肆不殄厥愠，亦不陨厥问。
柞棫拔矣，行道兑矣。
混夷駾矣，维其喙矣。

虞芮质厥成，文王蹶厥生。
予曰有疏附，予曰有先后，
予曰有奔奏，予曰有御侮。

　　古公亶父开创的家业，像根深叶茂的瓜蔓，浑身结满甜美的瓜儿，绵绵不绝，一直向前匍匐蔓延。

　　周人的伟大祖先，告别清清的杜水，来到美丽的漆水河畔。漆水河畔风光迷人，土地肥沃。古公亶父决定在这里开始新的生活。他们抡起锋利、坚固的大锄，凿了一排排整齐、漂亮的窑洞，大家起早贪黑，挖一个个暖和的地窖。新窑洞，新地窖，统统都是好地方，住着冬暖夏又凉。虽然还没有宗庙官舍，虽然还没有房子，但美好的未来召唤着他们。

　　我们英明的祖先古公亶父，他有高远的志向，他要带领人们奔向更加美丽的地方。骑着健壮的马儿，迎着初升的朝阳，男女老幼，欢欢喜喜，告别古老的家乡。他们走过曲地弯曲的山间小路，他们沿着奔流不息的渭水向西走，他们风餐露宿，奋力前行，不久就走出了茫茫大山，来到岐山脚下。英武、睿智的古公亶父与他聪明、贤惠的姜姓夫人，四处奔走，反复比较，一心要把新家建在周原地势最好的地方。

　　周原的土地竟然如此肥沃、宽广，山里苦得不能下咽的堇葵和苦菜长在这里却比蜜糖还要甜许多，这不就是我们日夜思慕的天堂吗？古公亶父赶紧与大家商议，并且在卜房里细细地刻龟占卜，看老天是否同意他们的抉择。龟背上的纹路清晰地显示着上苍的旨意——天下再没有比这儿更好的去处了，这儿最适宜居住,宗庙建在周原最恰当不过了。

于是周原成了古公亶父一行最理想的落脚福地,他们决定在这里安营扎寨。他们这边那边同开荒,丈量土地定界畔。组织民众翻地松土,田垄一行行,从西到东一片地,男女老幼干活忙。

为了保护生活有序,他们推选有才之士,担任管理工程的司空和管人丁、土志的司徒。他们领工建新房,他们认真规划,细致放线,树起夹板筑土墙,建成的宗庙好端庄。

人们踊跃参加,埋头苦干,很快就装满了一筐黄土;轰轰轰,把湿漉漉的鲜土投入筑墙的夹板中;咚咚咚,夯砸得多么带劲;乒乒乒,墙顶收得光又平。所有人员都出动,百堵高墙很快就建成。火热的劳动场面气势太感人,声势比欢快的鼓声还醉人。

功夫不负有心人,我们的新都已建成。看,我们外城的大门多么有气势,我们宫殿的正门威严又庄重。我们的祭台雄伟又壮观,我们的民众最讲孝心,他们恭恭敬敬地排着长队,等候在这里,真心实意要祭祀我们的祖宗。

虽然戎狄的怒气还未消,文王的威名更加显赫。快把阻碍我们前行的荆棘统统砍光,让我们团结一致,勇往直前,去追逐美好的梦想。强大了的周人锐不可当,昆夷闻风丧胆,夹着尾巴灰溜溜地逃向远方。

文王用仁德使远方的虞、芮两国人民都受到感化,他们幡然悔悟,化干戈为玉帛,携手投靠英明的周文王,天下的英才纷纷归附泱泱周邦。周室群贤毕集,有无数国家的栋梁之才,文能治国,武能安邦,他们忠心耿耿,为国效命,周室的事业蒸蒸日上。

岐山与天帝

——《大雅·皇矣》

皇矣上帝，临下有赫。
监观四方，求民之莫。
维此二国，其政不获。
维彼四国，爰究爰度。
上帝耆之，憎其式廓。
乃眷西顾，此维与宅。

作之屏之，其菑其翳。
修之平之，其灌其栵。
启之辟之，其柽其椐。
攘之剔之，其檿其柘。
帝迁明德，串夷载路。
天立厥配，受命既固。

帝省其山，柞棫斯拔，
松柏斯兑。帝作邦作对，
自大伯王季。维此王季，
因心则友。则友其兄，
则笃其庆，载锡之光。
受禄无丧，奄有四方。

维此王季，帝度其心，
貊其德音。其德克明，
克明克类，克长克君。
王此大邦，克顺克比。
比于文王，其德靡悔。
既受帝祉，施于孙子。

帝谓文王，无然畔援，
无然歆羡，诞先登于岸。
密人不恭，敢距大邦，
侵阮徂共。王赫斯怒，
爰整其旅，以按徂旅。
以笃于周祜，以对于天下。

依其在京，侵自阮疆。
陟我高冈，无矢我陵，
我陵我阿；无饮我泉，
我泉我池。度其鲜原，
居岐之阳，在渭之将。
万邦之方，下民之王。

帝谓文王，予怀明德，
不大声以色，不长夏以革；
不识不知，顺帝之则。
帝谓文王，询尔仇方，
同尔弟兄；以尔钩援，
与尔临冲，以伐崇墉。

临冲闲闲，崇墉言言。
执讯连连，攸馘安安。

是类是祃，是致是附，

四方以无侮。临冲茀茀，

崇墉仡仡。是伐是肆，

是绝是忽，四方以无拂。

　　天帝永远都是伟大和神秘的，你看他老人家高居浩浩上苍，心如明镜、目光如炬，公正无私、不偏不倚，时刻洞察天上、人间一切风云际会，判断当今天下大势，评判王公士子的功过得失，了解百姓疾苦，不断调整主宰人间权柄的人选，尽量选贤任能，以使万民幸福、安康。

　　商朝末年，天帝在天上巡游时敏锐地觉察出，东土商朝的帝辛存在的问题实在太严重，早先他用地震、大旱、瘟疫、日食等灾异，一心想惊醒纣王麻木的神经，但这对昏庸透顶的恶主统统不管用，这位恶主仍然胡作非为，没有一点悬崖勒马的迹象，已到了自作孽不可活的地步。天庭的原则永远是"惟德是辅"，东方不亮西方亮，天下多的是贤能。他放眼四方，在国之西域，有一块净土荡漾着明媚的春光，那里就是岐山，他的新主人刚由豳迁来，立足还未稳，但到处充满蓬勃向上的喜人景象。

　　天帝怎能不知道太王是位难得的贤主？他出自名门后稷家族，和另一位叫公刘的周人先祖一样，都是聪明能干的优秀人士。公刘已在豳地干出了一番不俗的业绩，虽说太王后来遇到了一伙不太友好的邻居，但如果给那些昆夷们一点好处，太公怎么也在豳地可以生活几十年，人生也不就几十年吗？一直也不就是这么过来的吗？如果这样想问题，古公亶父就不是周太王了，他一心要为黎民着想，牺牲民众利益换取一时安稳不是他的处事风格。

　　树挪死，人挪活，古公亶父谙熟这个道理，他经过与族人反复商议，决定走出梁山另辟蹊径。但前面的路到底还是黑的，出走也无完全的胜算。即使风险重重，但还是有几千号人马，跟着他毅然走上了迁徙的漫漫征途。顺着漆水岸边，先向南又向西，风餐露宿，昼夜兼程，不几天就到了岐山。外面的世界确实很精彩，原来世上比豳地好的地方有的是，他卜定的岐山就是很好的福地，别处苦涩的野菜在这里比糖还甜，这里猫头鹰的叫声动听得好像歌手在唱歌。

　　天帝这时异常高兴，他瞅准的人选正好到了天庭钦点的岐山。他亲眼看到，衣着朴素的一伙人在岐山脚下日夜忙碌的身影，没有贵与贱，没有穷与富，不分老与少，人人都苦着，但人人都乐着。他们把那立着和倒了的枯木朽株清理得一干二净；他们把长不成材料的荆棘、枯藤统统收拾一空；他们把毫无用途的怪柳病杨全部铲除殆尽；他们把桑树、梓树这些良木嘉树管护得郁郁葱葱。天帝在他们身上看到了希望和未来。他们改天换地的劲头，他们兵强马壮的态势使得昆夷们再也无力抗衡，仓皇北逃。面对这样昂扬向上的情势，天帝下决心要辅助岐周这股新生的力量。

天帝又一次近距离视察新兴的岐山，那一眼望不到边的荆棘、野草已全部消失，阳光灿烂，满眼是青松翠柏，希望的田野上歌声飞扬，周人的事业发达兴旺，周人的道路平坦、宽广。这时，他又和古公亶父不谋而合，决定让王季接替太王做方伯，王季是贤能之辈，他对太伯、仲雍两位兄长十分爱戴和尊敬，虽然尊重父命就是孝敬，但他还是苦留太伯做首领，兄谦弟恭。二位兄弟毅然断发、纹身走向了陌生的吴国，身处瘴疬之地，仍然不畏艰辛传道授业，播德布仁。天帝从这三兄弟身上愈发看中这个知礼守德的周族，他要给他们添吉增福，授禄延寿，他要让周人拥有天下，四面臣服，国运亨通。

姬昌是太王看好的最佳接班人选，天帝肯定了太王的判断。天帝又仔细考察文王的种种现实表现，他要赋予文王很高的德行修养，不断巩固提高文王的地位声誉。文王能力过人，他明察秋毫，是非分明，赏罚严明，无人不敬畏佩服。天帝选准了文王，周人的事业将千秋万代绵延不绝。

天帝为了使文王更加优秀，堪为人师表，他教诲文王说："不要放任对手，凭其肆意妄为，骄横跋扈；不要让他们的贪婪之心无限膨胀，觊觎不属于他们的利益。当然你一定要公平、公正地对待友好邻邦，这样，像虞芮那样的国家会对你信赖大增，主动投向你的怀抱。"好一个任性的密国，不自量力，无理对抗周国，得寸进尺，占了阮国又要占领共国，气焰实在太嚣张，周国举国上下义愤填膺，文王带领英勇的正义之师，痛击入侵之敌，有效地遏制了密国疯狂扩张的势头，彻底熄灭了其侵略莒国的恶念，使周国威名天下扬，国势日益增强。

看看我们岐山的周国京城，坚不可摧，兵强马壮，谁敢冒犯？文王从抗密保阮的战场胜利归来，他兴致勃勃地登上岐山山冈，严肃地告诫密国等一切敌对势力："你们休想侵入我们美丽的岐山，不许在我们的附近陈兵，更不能喝我们渭河里的甜水，饮用我们的清泉水。"文王又在国内反复考察，决定在岐山的南面、渭水之畔大兴土木，扩都建府，要把周国建成无可匹敌的强国，成为各国效法的榜样。

　　看到如日中天的周国，天帝很满意。这时，他又告诉文王："你是一位很有德行的贤人，还要注意不能随意发号施令，不要滥施刑罚，防止伤及无辜，要顺天应人，不要自以为是。"天帝还叮咛文王："与友好国家和平共处，联合正义之师共同对付敌人。要采用机动、灵活的战略战术，要充分发挥先进兵器的作用，利用好攻城的援和钩，临车、冲车都很先进，攻打崇国的时候一定能派上大用场。虽然说崇国很强大，城墙又高又厚，非常牢固，但我们有对付它的临车和冲车，对敌人我们没有什么可畏惧的。士兵们还是要多抓俘虏，弄清敌情才能每仗必胜。攻崇国的战事连连取胜，俘敌无数，战士割下敌人的耳朵，争先恐后地立功献功。我们取得的每次胜利都离不开天帝祖先，每次获胜都要祭祀他们，回报诸神的支持，这样我们会越来越强大，将无敌于天下。无坚不摧的周国六师，时而强攻，时而偷袭，终于把那些负隅顽抗的敌人全部消灭了，看看四面八方，若有哪个敌人胆敢来挑衅，我们一定让他有来无回！

凤鸣卷阿声悠悠

——《大雅·卷阿》

有卷者阿，飘风自南。
岂弟君子，来游来歌，以矢其音。

伴奂尔游矣，优游尔休矣。
岂弟君子，俾尔弥尔性，似先公酋矣。

尔土宇昄章，亦孔之厚矣。
岂弟君子，俾尔弥尔性，百神尔主矣。

尔受命长矣，茀禄尔康矣。
岂弟君子，俾尔弥尔性，纯嘏尔常矣。

有冯有翼，有孝有德，
以引以翼。岂弟君子，四方为则。

颙颙卬卬，如圭如璋，
令闻令望。岂弟君子，四方为纲。

凤皇于飞，翙翙其羽，
亦集爰止。蔼蔼王多吉士，
维君子使，媚于天子。

凤皇于飞,翙翙其羽,

亦傅于天。蔼蔼王多吉人,

维君子命,媚于庶人。

凤皇鸣矣,于彼高冈。

梧桐生矣,于彼朝阳。

菶菶萋萋,雝雝喈喈。

君子之车,既庶且多。

君子之马,既闲且驰。

矢诗不多,维以遂歌。

　　背靠翠绿山冈的美丽卷阿啊,真是收风聚气的好地方。在这春光明媚的季节,有一群兴高采烈的游人,像和煦的风儿从南边潇洒地走来,这些平易近人的正人君子,一边尽情欣赏四周的美景,一边优雅地放声歌唱。

　　这些和蔼可亲、温文尔雅的君子,是周人的优秀子孙,他们落落大方,他们心情舒畅。上天眷顾他们,祖宗给他们赐福添祥,他们能保周室的王业千秋万代,周室的子民永远安康。

　　周室的地域广阔辽远,物产丰饶,气象万千。这都是上天赐予的恩惠,我们要铭记在心,并不忘天界百神,常常祭祀他们,祈愿他们一直庇佑我们。

　　周室有幸,老天赐予他江山,百代绵延。周室的福禄安康,每一样都占全。平和近人的谦谦君子,老天让他福寿不绝。

　　老天让周室贤能辈出,个个都是品德高尚的栋梁,有力地匡扶着周之社稷,干出了不朽的业绩。德高望重的贤良君子啊,不愧是天下人效法的榜样。

　　周室的股肱之臣啊,他们温和肃敬,器宇轩昂;他们品性高洁,就像那华美的圭和璋;他们声名显赫,美好的名声天下传扬。德高望重的贤良君子啊,永远是天下人学习的楷模。

　　卷阿的天空多么晴朗,美丽的凤凰愉快地翱翔,百鸟欢歌,伴随着凤凰的华丽舞姿,展翅飞向远方。周室里满是大智大勇的文臣武将,个个愿意为周室殚精竭虑,为周王效力,他们感到无比荣光。

凤凰高歌，百鸟唱和，播吉布祥。看，它们立在翠绿的梧桐树上，满身洒满迷人的朝阳的光辉。整个山冈上都是高大的梧桐，枝繁叶茂，郁郁葱葱。凤凰的丽影多么迷人，凤凰的歌吟越来越悠扬。

　　看，周室君臣的华美彩车，多么威武、雄壮。一批批御马膘肥体壮，车强马壮快如风，銮铃叮当向远方。才华横溢的王公大臣即兴歌吟，留下了一首首动人的诗歌，歌颂卷阿好风光，献给周王表衷肠。

召公与甘棠

——《召南·甘棠》

蔽芾甘棠,勿翦勿伐,召伯所茇。
蔽芾甘棠,勿翦勿败,召伯所憩。
蔽芾甘棠,勿翦勿拜,召伯所说。

　　好一棵浓荫密布的甘棠啊,它实在是一棵不平凡的大树。请人们千万不要砍断它的树干,剪断它的树枝。请不要忘记,我们敬爱的召公啊,曾在树下的草棚里为我们分忧解愁。

　　好一棵浓荫密布的甘棠啊,它实在是一棵不平凡的大树。请人们千万不要砍断它的树干,不要攀折它的枝条。请不要忘记,我们敬爱的召公啊,因工作太劳累,曾在这棵树下休息过。

　　好一棵浓荫密布的甘棠啊,它实在是一棵不平凡的大树。请人们千万不要砍断它的树干,不要扳弯它的树枝。请不要忘记,我们敬爱的召公啊,因为公务太辛劳,曾在树下的草棚里歇息过。

周公封国里的姜嫄庙

——《鲁颂·闷宫》

闷宫有侐,实实枚枚。

赫赫姜嫄,其德不回。

上帝是依,无灾无害。

弥月不迟,是生后稷。

降之百福:黍稷重穋,

稙稚菽麦。奄有下国,

俾民稼穑。有稷有黍,

有稻有秬。奄有下土,缵禹之绪。

后稷之孙,实维大王。

居岐之阳,实始翦商。

至于文武,缵大王之绪;

致天之届,于牧之野。

"无贰无虞,上帝临女!"

敦商之旅,克咸厥功。

王曰"叔父,建尔元子,

俾侯于鲁。大启尔宇,

为周室辅。"乃命鲁公,

俾侯于东,锡之山川,

土田附庸。周公之孙,

庄公之子，龙旂承祀，
六辔耳耳，春秋匪解，
享祀不忒。皇皇后帝，
皇祖后稷，享以骍牺，
是飨是宜，降福既多。
周公皇祖，亦其福女。

秋而载尝，夏而楅衡，
白牡骍刚。牺尊将将，
毛炰胾羹，笾豆大房。
万舞洋洋，孝孙有庆。
俾尔炽而昌，俾尔寿而臧，
保彼东方，鲁邦是常。
不亏不崩，不震不腾，
三寿作朋，如冈如陵。

公车千乘，朱英绿縢，
二矛重弓。公徒三万，
贝胄朱綅，烝徒增增。
戎狄是膺，荆舒是惩，
则莫我敢承。俾尔昌而炽，
俾尔寿而富，黄发台背，
寿胥与试。俾尔昌而大，
俾尔耆而艾，万有千岁，眉寿无有害。

泰山岩岩，鲁邦所詹。
奄有龟蒙，遂荒大东，
至于海邦，淮夷来同。
莫不率从，鲁侯之功。

保有凫绎，遂荒徐宅。

至于海邦，淮夷蛮貊。

及彼南夷，莫不率从。

莫敢不诺，鲁侯是若。

天锡公纯嘏，眉寿保鲁。

居常与许，复周公之宇。

鲁侯燕喜，令妻寿母。

宜大夫庶士，邦国是有。

既多受祉，黄发儿齿。

徂来之松，新甫之柏。

是断是度，是寻是尺。

松桷有舄，路寝孔硕，

新庙奕奕。奚斯所作，

孔曼且硕，万民是若。

周公的封国是鲁国，那里有一座姜嫄圣母的宗庙，殿宇高大巍峨，美轮美奂。它庄严、典雅，令人肃然起敬。啊，贤淑、聪慧的姜圣母，您品德高尚，您善良、正直。您是上天赐予周人的宝贵财富，有您庇佑，我们无灾无难，多么幸福。您生下了农神后稷，他是一个智慧无穷的圣人。后稷通晓种植五谷的高超技艺：豆子、小麦要趁早下种，成熟得也就早；高粱、谷子种得迟，收获得也就迟。他手把手教民众播种五谷，种下的五谷长势喜人，颗粒饱满，收成好。后稷被夏王重用，受封的邰地是个适宜种植的好地方，他年年月月教导民众种五谷，他是我们尊贵的五谷神。

后稷的子孙个个优秀，古公亶父数第一。为了有更大的发展空间，他带领众人，迁徙到美丽的岐山脚下，在富饶的周原积蓄力量，准备实现灭商的目标。文王、武王真优秀，立志继承太王的遗愿，周室的实力不断增强。武王遵从先辈的遗愿，在牧野打败了殷商。同心同德，戒骄戒躁，继续努力，上天会给我们降下更多的吉祥。乘胜追击，彻底消灭殷商的残余势力，我们要取得更大的成就。我们的祖先周公是成王的叔父,成王让周公的儿子到鲁地,治理鲁国做侯王,让周公辅佐自己处理国家大事。由于我们的祖先管理有方,鲁国的疆域不断扩展,它像周室的栋梁,辅佐周室千秋万代。

成王下令给鲁公,让他永远守护周室的东方。赐予他山川、土地,鲁国日益强大,周围的小邦国纷纷前来归附。周公的子孙个个优秀,庄公的儿子僖公屡立大功,他经常带领群臣去祭祀,祭祀队伍的龙旗鲜艳夺目,六匹马拉着车,一路飞奔向前进。春祭、秋祭是非常重要的,一点不能马虎,祭祀礼品既新鲜又丰盛,体现了我们的一片孝心。英明的上天和可敬的祖先后稷,请你们一定接纳子孙们的厚礼。鲜红的牛、羊、猪肉是主要的祭品,请各路神灵放心地享用子孙们的爱心。请你们多多赐福,使我们的国家强盛,人民幸福。我们的先祖周公肯定会大显神通,他要赐福给伟大的僖公。

秋天里五谷又丰收了,要把新米献给祖宗先品尝。夏天绿草多设栏先养牛,白猪赤牛养几头,到秋祭的时候,把它们宰杀掉祭祀我们英明的祖先。牛角酒杯里斟满新酿的美酒,杯盏交错发出叮叮当当的脆响。猪肉烤得香喷喷,肉汤熬得香又浓。把所有的祭器都盛满,献给我们敬爱的祖先。载歌载舞的场面真壮观,子孙祭祀神保佑。保佑鲁国日益强盛,就像那高山巍然挺立,就像那河流日夜流淌。让周公的子孙们健康长寿,福禄绵延不绝,像高大的山岭一样,永远平安、健壮。

鲁国的势力实在强大,拥有战车 1 000 余辆,无数弓矛锋利无比。鲁国拥有步卒 30 000 多人,坚固的头盔上镶嵌着明晃晃的玉贝,鲜艳的红飘带随风舞动,显示军威不凡,坚不可摧。向北出击,击败了狄族;向西出击,击败了戎族;还对那敢于冒犯的楚国和舒国进行了痛击,看谁敢和强大的鲁国作对。先祖保佑鲁国,国运繁荣又昌盛,鲁国的民众年年获得好收成,人人健康长寿,即使他们头发发黄、腰弯背驼,才干仍然不减当年,好运与他们紧密相连,鲁国国家繁荣,人民长寿,千秋万代无痛无疾。

巍巍的泰山屹立在鲁国,它高耸入云,展示着鲁国的威武气势。美丽的龟山和蒙山都归鲁国,它的疆域辽阔无边,沿海的小国一齐归附鲁国,势力强大的淮夷带头来朝贡,没人敢不服从鲁国,鲁侯是一位了不起的英主,他立下了盖世奇功。

鲁国还有凫山和绎山,广袤的徐地也都归他管理。东方的边境一直到了海边,淮夷蛮貊都畏惧,南面的国境与遥远的楚国相接壤。鲁国的势力十分强大,疆域辽阔无边,无人敢不听鲁国国君的话,无人敢违背国君的命令。

苍天英明,他要赐福给鲁公,让他健康、长寿保鲁国。常邑和许国终于归于鲁国,恢复周公旧封疆。鲁公举办喜庆宴,贤妻良母受颂扬。大夫诸臣都和睦相处,他们忠心耿耿为国效命,因此,鲁国才国泰民安。老天的鸿福人人享用,这里的老者越来越年轻。

砍伐下徂徕山上的大松树,从新甫运来粗壮的柏树,把这些树木又劈开,锯成长短栋梁材。松木的椽檩结实坚固,宫殿高大、宽敞,新庙和它紧相挨。奚思是个有才华的诗人,诗歌写得快又好,人人赞他好诗才。

岐周先民的劳动之歌

——《豳风·七月》

七月流火，九月授衣。

一之日觱发，二之日栗烈。

无衣无褐，何以卒岁？

三之日于耜，四之日举趾。

同我妇子，馌彼南亩；田畯至喜。

七月流火，九月授衣。

春日载阳，有鸣仓庚。

女执懿筐，遵彼微行，爰求柔桑。

春日迟迟，采蘩祁祁。

女心伤悲，殆及公子同归。

七月流火，八月萑苇。

蚕月条桑，取彼斧斨，

以伐远扬，猗彼女桑。

七月鸣鵙，八月载绩。

载玄载黄，我朱孔阳，为公子裳。

四月秀葽，五月鸣蜩。

八月其获，十月陨蘀。

一之日于貉，取彼狐狸，为公子裘。

二之日其同,载缵武功。
言私其豵,献豜于公。

五月斯螽动股,六月莎鸡振羽。
七月在野,八月在宇,九月在户,
十月蟋蟀入我床下。
穹窒熏鼠,塞向墐户。
嗟我妇子,曰为改岁,入此室处。

六月食郁及薁,七月亨葵及菽。
八月剥枣,十月获稻;
为此春酒,以介眉寿。
七月食瓜,八月断壶,九月叔苴。
采荼薪樗,食我农夫。

九月筑场圃,十月纳禾稼,
黍稷重穋,禾麻菽麦。
嗟我农夫! 我稼既同,上入执宫功:
昼尔于茅,宵尔索绹,
亟其乘屋,其始播百谷。

二之日凿冰冲冲,三之日纳于凌阴。
四之日其蚤,献羔祭韭。
九月肃霜,十月涤场。
朋酒斯飨,曰杀羔羊,
跻彼公堂,称彼兕觥,万寿无疆!

    时间过得飞快,转眼又到了七月,明亮的"火"星向西天方向慢慢移动。九月
很快来到了,树叶发黄飘落,天气渐渐寒冷了,妇女们开始缝制御寒的厚衣裳。
十一月已经是寒冷的冬季,腊月北风一个劲儿刮个不停,如果还没找见御寒的

棉衣，那怎么过这个难熬的冬天，更别说过个欢乐的新年。正月里新年刚刚过完，就赶紧维修农具。二月很快又到了，抓紧时间翻耕农田吧，农人要不违农时下籽种粮。正好天气晴朗，和风阵阵使人醉，老婆、孩子按约定时间出家门，高高兴兴去送饭。他们来到田间，田官老爷见后喜洋洋。

七月里"火"星慢慢移，一直偏向西方的天空，眼看秋天又来了，九月妇女们开始缝制过冬的衣裳。春天来了，天气渐渐暖起来，黄莺叫得人心里直发慌。姑娘们赶紧走出房门，提着圆圆的竹筐，匆匆忙忙走在窄窄的田垄上，趁早采摘那嫩绿的柔桑。春季的天又暖和又漫长，采蒿人闹嚷嚷。辛劳、细心的姑娘心里掠过一丝淡淡的忧伤，就怕公子看上把人抢。

七月里"火"星向西偏，八月里芦苇白茫茫，收割下来，既编席子又编箩筐。三月动手修桑树，拿起斧头将高枝长条砍个光，攀着短枝采嫩桑。七月到了，伯劳在树上叫个不停。八月里收割葛麻准备纺线织布，还要染成黑色的、黄色的，我染的红色的最漂亮，给我心爱的人儿做合体的衣裳。

四月里远志结满了籽儿，五月里知了叫个不歇，天气一天比一天热。八月里人们忙忙碌碌收割新谷子。十月秋风呼呼地吹个不停，枯黄的树叶纷纷向四处飘飞。冬天眼看又到了，四野多么辽阔，草黄兽肥，我们跑到山谷旷野，捕兔捉狐打貉，要给主人做柔软、温暖的皮袄。十二月里，虽然地里没有了农活，但我们的劳作哪能停，三五成群结伙伴，继续打猎、练武，打下的小猪归自己，肥大的猪送到公府上。

五月里蚂蚱弹腿响，六月里纺织娘抖翅膀，七月里蟋蟀还在土里鸣叫，八月里天气稍微一冷，聪明的蟋蟀就藏在屋檐下不停地唱歌，九月，它又跳进房里叫，十月到我床下藏。赶紧打扫垃圾，用烟熏走那藏在屋内的老鼠，人们把墙壁上的窟窿都塞得严严实实，把北边的小窗子堵起来，把透风的柴门用泥糊上，不让凛冽的西北风吹进来冻坏孩儿的身子。劳累后叮嘱妻儿老小，眼看就要过年关，赶快住进这间房。

六月里野果成熟了，红红的山葡萄、酸酸的野李子，尽管采来大伙吃。七月煮葵烧豆角。八月里采摘红艳艳的大枣，十月里收获黄灿灿的鲜稻，用它酿些甜美的新酒，让老人们高高兴兴地享用，祝贺老人寿命长。七月里采瓜食瓜瓤，八月里葫芦全摘光了，九月里收割麻子剥麻丝，用来做衣和麻绳。顺便捡些椿树枝条当柴烧，再采些苦菜防止遭饥荒。

九月又得筑好打谷场，十月里把新粮食统统装进粮仓。早谷子、晚谷子、高粱、麦子、豆子和糜子，把粮仓装得满满的。一年农活刚刚忙完，还要给公家义务修缮房子，白天到处割茅草，夜晚月下拧绳子，等把所有房子修理好，又要准备初春种谷子，农家一年四季哪有清闲的日子？

　　十二月天寒地冻，我们还得忙个不停，天天在河里凿冰块，正月里又要把冰块搬进冰窖里来。二月，把冰块抬出来，祭祀那些寒神，请他们多多保佑，别忘献上新鲜的韭菜和羊羔肉。九月里四野洒满白花花的厚霜，十月里清理打谷场。手捧两壶又甜又香的美酒，再宰杀一只大羊和一只小羊。大家一起恭恭敬敬赶到公堂，高高地举起牛角酒杯，祝福主人，祝福诸神万寿无疆！

《诗经》大音振岐山

《诗经》是周文化的重要组成部分，数千年来被奉为国学的经典。它之所以能成为享誉中外的经典，是因为它能深入到人的心灵深处，唤醒人性，培养人优雅的性情和敦厚的品格，开启人的聪明智慧。

古人将学习《诗经》作为移风易俗的手段，特别是在中国影响最大的儒家学派，一直主张通过学习《诗经》实施礼乐温和的教化作用，使人心向善，纯化社会风气，推进社会长治久安。在弘扬优秀传统文化，继承中华民族美德，实现民族复兴大业中，学习吟诵《诗经》，对陶冶个人性情、净化心境、开拓视野、启迪智慧、传承佳风良俗、抵御外来文化消极影响有重要作用，学好、用好《诗经》，在一定程度上能促进人的自我和谐以及人与自然、社会的和谐，促进人类文明的进步。

今天为什么要重提品读包括《诗经》在内的经典呢？这实在是一个苦涩的话题。著名学者卡尔维诺曾说："经典作品是一些产生某种特殊影响的书，它们要么自己以遗忘的方式给我们的想象力打上印记，要么乔装成个人或集体的无意识隐藏在深层记忆中。"正因为如此，几千年来，国人分外看重经典，看重饱读经典的读书人。读经典的重要性先贤们多有精辟论述，其意义之重大不言而喻，读经典完全是经久的社会潮流和人的自觉行动，像穿衣、吃饭一样自然而然不可或缺，但当代阅读经典几乎成为历史上最差的时期。政府提倡建立学习型社会，开展全民阅读活动，说明缺乏经典、远离经典已成为一种不可忽视的社会问题，已经引起党和政府的重视。经典受冷落，就是功利主义的"一切向钱看""读书不能当饭吃，读书不能当钱使，读书还要白白耽搁挣钱的时间"，这种错误意识使许多人纯洁的灵魂被玷污。恶花黑雨四野弥漫，有识之士痛心疾首，这些难道与远离并贬损经典毫无关联吗？我们已经体验到没有经典洗礼、熏陶的人群缺乏正义感,人们对多维的世界保持着可耻的沉默,他们对自身的社会属性和应有的社会正义感缺乏必要的、切入肌肤的认知与反思,更谈不上去促进和影响社会风气向好的方向转变,这实在是当代社会的悲哀,也是对优良传统的恶意背叛和践踏,与其他书香四溢的民族和国度相比较,令人汗颜。好在自党的十六大提出建设学习型社会,到2013年全国两会115位委员提出实施全民阅读战略以来,在党和国家大力倡导下,不少民众又开始注重阅读,逐步靠拢经典,渐渐地,人们又沉浸在书香中,向经典聚拢的队伍日益庞大,愿此蔚然成风,早日吹遍岐山大地。

岐山是《诗经》的重要发源地,目前国家力推中华民族文化大复兴、大繁荣的战略和读经典行动,为学、用《诗经》提供了前所未有的机遇。作为学、用《诗经》有得天独厚优势的岐山儿女,必须巧借国家建设周文化大景区的有利条件,在搞好诸多重要开发工作的同时,充分发掘《诗经》这个周文化富矿,丰富周文化大景区建设内涵,增强周文化景区实力,不断提高岐山知名度和影响力,提升民众素质,推动社会经济文化又好又快发展。

要积极倡导读诵《诗经》活动。雷抒雁先生说过:"真正的诗歌不是写在书上的,而是活在嘴巴上。"中国是礼仪之邦,3 000年前,周公制礼作乐,首次提出"礼治纲常",经孔子、孟子、荀子等大儒发扬光大,礼乐文明成为儒家文化的核心。西汉以后,《仪礼》《周礼》《礼记》和《诗经》成为古代文人必读的经典和历代王朝制礼作典的思想基础,礼乐文明对中国历史具有深远而重大的影响。礼乐文化也是东方文明的主要特色。礼的内涵之丰富,是时至今日仍没有人可以用"一言以蔽之"的方法给"礼"下一个定义。著名礼学家钱玄先生说,礼的"范围之广,与今日文化之概念相比,或有过之而无不及",因此,礼学实际上就是上古文化史之学,是儒家文化体系的总称。《诗经》是礼乐文明的重要组成部分,诗教是礼乐教育的重要内容之一。孔子以《诗》为六艺之一,教授弟子。《诗序》云:"发乎情,止乎礼仪。发乎情,民之性也。止乎礼仪,先王之泽也。"及《诗》以言志,《诗》以导志,志以导情和"不学礼,无以立;不学诗,无以言"等哲人名言,均说明诗教的重要作用。岐山是《诗经》的摇篮和故乡,自古就有读诗、用诗的传统,"学了诗经会说话,学了易经会算卦"是一句家喻户晓的俗语。"诗礼传家"被无数人家书之门楣,作为立家处世修身的座右铭。"知书达礼"一直是岐人教育子女的重要标准。许多朝代把岐山誉为首善之区,当与绵延不断的读诗风气有重要关系。在当下优秀传统文化复兴新春来临之际，更应回归传统良俗，回归读经正轨，先人一步，广泛开展《诗经》进校园、进机关、进农村、进工厂活动，将《诗经》作为乡土教育、继续教育的重要内容，提倡公民每天读一首诗活动，以这高雅之正声荡涤浮躁之杂音，陶冶情志，营造和谐。要在周公庙等景区开展背诵若干篇《诗经》作品免门票活动。定期开展《诗经》朗诵大赛、《诗经》书法楹联大赛，使包括《诗经》在内的经典通过各种形式做到如习近平总书记所说的"让书写在古籍里的文字活起来"，并使其"镶嵌在脑海里，成为中华民族文化的基因"。

争取《诗经》涉岐相关物象的申遗活动。《诗经》中反映和展示的一些地名和事物均富含厚重的历史、人文、社会学元素，是国内外绝无仅有、不可复制的珍贵文化遗产，要通过深入发掘研究，积极制定方案，提早将有关内容申报各级非物质文化遗产，诸如"岐山""卷阿""周原""甘棠""凤鸣岐山"等等，使这些地标性的历史遗产得到有效保护，在新时代文化大繁荣、大建设中发挥应有作用。同时恢复过去一些富含历史及本土文化特色的地名，如栖凤、鸑鷟、润德、仁岐、仁圣、怀贤、怀幽、周原、周召、尚善、召亭等。

开发《诗经》文化，丰富周文化景区内容。一是建设《诗经》广场。包括：布设《诗经》文化墙，周代群圣像，太王奔岐路线图，诗经歌舞展演厅，诗经图书屋等；二是建设《诗经》植物园。《诗经》中近200种植物大多能在岐地生长，可在周文化景区布点栽植，并以"风""雅""颂"次序配诗展示，让游客品诗览物，在诗意中观赏3 000年前曾经在古籍中出现的植物，零距离感受先民与自然的互动，把诗词欣赏与活生生实物体验相结合，深切体会诗人创作时的诸般感受，使诗作更能贴近当代人之心灵，使先民的智慧结晶经过岁月的淘洗再显晶莹光泽；三是在渭河公园、凤鸣湖公园、落星湿地公园建设中，围绕《诗经》有关诗篇打造布设相关景区，营造十里蒹葭情景区，布设大型《蒹葭》《关雎》等诗篇展示壁，以《蒹葭》《关雎》等命名小岛、游艇和有关建筑物，循环播放《在水一方》等歌曲，人工养殖雎鸠等《诗经》中经常出现的水鸟和鱼类，重现3 000年前人水和谐、情景交融之人文妙境；四是利用《诗经》相关景区，组织中小学生等相关群体开展乡土、乡情研学体验旅行。国务院《关于促进旅游业改革发展的若干意见》中要求，各地要建设一批研学旅行基地，循序渐进让学生以知乡情爱家乡为良好起始，逐步培养公民浓厚的爱国主义感情。这方面岐地基础雄厚，大有可为。可将以上景区纳入基地，必将对学习、了解岐山悠久文化，加深对《诗经》故乡的了解和热爱戴,提升莘莘学子浓浓的家乡情结,为建设新岐山打下坚实基础。

定期举办《诗经》文化艺术节。《诗经》影响力巨大,研习机构遍布海内外,爱好人群十分庞大。通过《诗经》艺术节的举办,使国内外受众多角度、全方位获得逼真的现场感受,提高文化学术交流的针对性和学术成果质量。要组织有关《诗经》方面的诗艺展演和《诗经》文化景区建设招商活动,全面推动周文化大景区建设,丰富旅游资源,不断提升周文化软实力,掀起《诗经》研学新高潮,推动文化建设跃上新台阶,为促进县域经济又好又快发展添砖加瓦。

附 录

附录1：

《诗经》与岐山相关的作品

国风·周南

关 雎

关关雎鸠,在河之洲;窈窕淑女,君子好逑。

参差荇菜,左右流之;窈窕淑女,寤寐求之。

求之不得,寤寐思服;悠哉悠哉,辗转反侧。

参差荇菜,左右采之;窈窕淑女,琴瑟友之。

参差荇菜,左右芼之;窈窕淑女,钟鼓乐之。

葛 覃

葛之覃兮,施于中谷;维叶萋萋。黄鸟于飞,集于灌木;其鸣喈喈。

葛之覃兮,施于中谷;维叶莫莫。是刈是濩,为絺为绤;服之无斁。

言告师氏,言告言归。薄污我私,薄澣我衣。害澣害否,归宁父母。

卷 耳

采采卷耳,不盈顷筐。嗟我怀人,寘彼周行:

陟彼崔嵬,我马虺隤。我姑酌彼金罍,维以不永怀!

陟彼高冈,我马玄黄。我姑酌彼兕觥,维以不永伤!

陟彼砠矣,我马瘏矣,我仆痡矣,云何吁矣!

樛　木

南有樛木，葛藟累之。乐只君子，福履绥之！
南有樛木，葛藟荒之。乐只君子，福履将之！
南有樛木，葛藟萦之。乐只君子，福履成之！

螽　斯

螽斯羽，诜诜兮。宜尔子孙，振振兮。
螽斯羽，薨薨兮。宜尔子孙，绳绳兮。
螽斯羽，揖揖兮。宜尔子孙，蛰蛰兮。

桃　夭

桃之夭夭，灼灼其华。之子于归，宜其室家。
桃之夭夭，有蕡其实。之子于归，宜其家室。
桃之夭夭，其叶蓁蓁。之子于归，宜其家人。

兔　罝

肃肃兔罝，椓之丁丁。赳赳武夫，公侯干城。
肃肃兔罝，施于中逵。赳赳武夫，公侯好仇。
肃肃兔罝，施于中林。赳赳武夫，公侯腹心。

芣　苢

采采芣苢，薄言采之。采采芣苢，薄言有之。
采采芣苢，薄言掇之。采采芣苢，薄言捋之。
采采芣苢，薄言袺之。采采芣苢，薄言襭之。

汉　广

南有乔木，不可休思。汉有游女，不可求思。
汉之广矣，不可泳思。江之永矣，不可方思。
翘翘错薪，言刈其楚。之子于归，言秣其马。
汉之广矣，不可泳思。江之永矣，不可方思。
翘翘错薪，言刈其蒌。之子于归，言秣其驹。

汉之广矣，不可泳思。江之永矣，不可方思。

汝 坟

遵彼汝坟，伐其条枚。未见君子，惄如调饥。

遵彼汝坟，伐其条肄。既见君子，不我遐弃。

鲂鱼赪尾，王室如毁。虽则如毁，父母孔迩。

麟 之 趾

麟之趾。振振公子，于嗟麟兮！

麟之定。振振公姓，于嗟麟兮！

麟之角。振振公族，于嗟麟兮！

国风·召南

鹊 巢

维鹊有巢，维鸠居之。之子于归，百两御之。

维鹊有巢，维鸠方之。之子于归，百两将之。

维鹊有巢，维鸠盈之。之子于归，百两成之。

采 蘩

于以采蘩？于沼于沚。于以用之？公侯之事。

于以采蘩？于涧之中。于以用之？公侯之宫。

被之僮僮，夙夜在公。被之祁祁，薄言还归。

草 虫

喓喓草虫，趯趯阜螽。未见君子，忧心忡忡。亦既见止，亦既觏止，我心则降。

陟彼南山，言采其蕨。未见君子，忧心惙惙。亦既见止，亦既觏止，我心则说。

陟彼南山，言采其薇。未见君子，我心伤悲。亦既见止，亦既觏止，我心则夷。

采 蘋

于以采蘋？南涧之滨。于以采藻？于彼行潦。

于以盛之？维筐及筥。于以湘之？维锜及釜。

于以奠之？宗室牖下。谁其尸之？有齐季女。

甘 棠

蔽芾甘棠，勿翦勿伐，召伯所茇。

蔽芾甘棠，勿翦勿败，召伯所憩。

蔽芾甘棠，勿翦勿拜，召伯所说。

行 露

厌浥行露，岂不夙夜？谓行多露！

谁谓雀无角，何以穿我屋？谁谓女无家，何以速我狱？虽速我狱，室家不足！

谁谓鼠无牙，何以穿我墉？谁谓女无家，何以速我讼？虽速我讼，亦不女从！

羔 羊

羔羊之皮，素丝五纰。退食自公，委蛇委蛇。

羔羊之革，素丝五緎。委蛇委蛇，自公退食。

羔羊之缝，素丝五总。委蛇委蛇，退食自公。

殷 其 靁

殷其靁，在南山之阳。何斯违斯？莫敢或遑。振振君子，归哉归哉！

殷其靁，在南山之侧。何斯违斯？莫敢遑息。振振君子，归哉归哉！

殷其靁，在南山之下。何斯违斯？莫或遑处。振振君子，归哉归哉！

摽 有 梅

摽有梅，其实七兮。求我庶士，迨其吉兮。

摽有梅，其实三兮。求我庶士，迨其今兮。

摽有梅，顷筐塈之。求我庶士，迨其谓之。

小　星

嘒彼小星,三五在东。肃肃宵征,夙夜在公。寔命不同!

嘒彼小星,维参与昴。肃肃宵征,抱衾与裯。寔命不犹!

江　有　汜

江有汜,之子归,不我以。不我以,其后也悔。

江有渚,之子归,不我与。不我与,其后也处。

江有沱,之子归,不我过。不我过,其啸也歌。

野　有　死　麕

野有死麕,白茅包之。有女怀春,吉士诱之。

林有朴樕,野有死鹿。白茅纯束,有女如玉。

"舒而脱脱兮!无感我帨兮!无使尨也吠!"

何　彼　秾　矣

何彼秾矣?唐棣之华。曷不肃雝?王姬之车。

何彼秾矣?华如桃李。平王之孙,齐侯之子。

其钓维何?维丝伊缗。齐侯之子,平王之孙。

驺　虞

彼茁者葭,壹发五豝。于嗟乎驺虞!

彼茁者蓬,壹发五豵。于嗟乎驺虞!

国风·豳风

七　月

七月流火,九月授衣。一之日觱发,二之日栗烈。无衣无褐,何以卒岁?三之日于耜,四之日举趾。同我妇子,馌彼南亩;田畯至喜。

七月流火,九月授衣。春日载阳,有鸣仓庚。女执懿筐,遵彼微行,爰求柔桑。春日迟迟,采蘩祁祁。女心伤悲,殆及公子同归。

七月流火，八月萑苇。蚕月条桑，取彼斧斨，以伐远扬，猗彼女桑。七月鸣鵙，八月载绩。载玄载黄，我朱孔阳，为公子裳。

四月秀葽，五月鸣蜩。八月其获，十月陨萚。一之日于貉，取彼狐狸，为公子裘。二之日其同，载缵武功。言私其豵，献豜于公。

五月斯螽动股，六月莎鸡振羽。七月在野，八月在宇，九月在户，十月蟋蟀入我床下。穹窒熏鼠，塞向墐户。嗟我妇子，曰为改岁，入此室处。

六月食郁及薁，七月亨葵及菽。八月剥枣，十月获稻；为此春酒，以介眉寿。

七月食瓜，八月断壶，九月叔苴。采茶薪樗，食我农夫。

九月筑场圃，十月纳禾稼，黍稷重穋，禾麻菽麦。嗟我农夫！我稼既同，上入执宫功：昼尔于茅，宵尔索绹，亟其乘屋，其始播百谷。

二之日凿冰冲冲，三之日纳于凌阴。四之日其蚤，献羔祭韭。九月肃霜，十月涤场。朋酒斯飨，曰杀羔羊，跻彼公堂，称彼兕觥，万寿无疆！

鸱鸮

鸱鸮鸱鸮！既取我子，无毁我室。恩斯勤斯，鬻子之闵斯！

迨天之未阴雨，彻彼桑土，绸缪牖户。今女下民，或敢侮予！

予手拮据，予所捋荼，予所蓄租，予口卒瘏，曰予未有室家！

予羽谯谯，予尾翛翛。予室翘翘，风雨所漂摇，予维音哓哓！

东　山

我徂东山，慆慆不归。我来自东，零雨其濛。我东曰归，我心西悲。
制彼裳衣，勿士行枚。蜎蜎者蠋，烝在桑野。敦彼独宿，亦在车下。
我徂东山，慆慆不归。我来自东，零雨其濛。果臝之实，亦施于宇。
伊威在室，蠨蛸在户。町畽鹿场，熠耀宵行。不可畏也，伊可怀也！
我徂东山，慆慆不归。我来自东，零雨其濛。鹳鸣于垤，妇叹于室。
洒埽穹窒，我征聿至。有敦瓜苦，烝在栗薪。自我不见，于今三年！
我徂东山，慆慆不归。我来自东，零雨其濛。仓庚于飞，熠耀其羽。
之子于归，皇驳其马。亲结其缡，九十其仪。其新孔嘉，其旧如之何？

破　斧

既破我斧，又缺我斨。周公东征，四国是皇。哀我人斯，亦孔之将！

既破我斧，又缺我锜。周公东征，四国是吪。哀我人斯，亦孔之嘉！

既破我斧，又缺我銶。周公东征，四国是遒。哀我人斯，亦孔之休！

伐　柯

伐柯如何？匪斧不克。取妻如何？匪媒不得。

伐柯伐柯，其则不远。我觏之子，笾豆有践。

九　罭

九罭之鱼鳟鲂。我觏之子，衮衣绣裳。

鸿飞遵渚，公归无所，于女信处。

鸿飞遵陆，公归不复，于女信宿！

是以有衮衣兮，无以我公归兮，无使我心悲兮！

狼　跋

狼跋其胡，载疐其尾。公孙硕肤，赤舄几几。

狼疐其尾，载跋其胡。公孙硕肤，德音不瑕？

小　雅

十月之交

十月之交，朔日辛卯。日有食之，亦孔之丑。彼月而微，此日而微。今此下民，亦孔之哀。

日月告凶，不用其行。四国无政，不用其良。彼月而食，则维其常。此日而食，于何不臧！

烨烨震电，不宁不令。百川沸腾，山冢崒崩。高岸为谷，深谷为陵。哀今之人，胡憯莫惩！

皇父卿士，番维司徒，家伯维宰，仲允膳夫，棸子内史，蹶维趣马，楀维师氏，艳妻煽方处。

抑此皇父！岂曰不时。胡为我作，不即我谋！彻我墙屋，田卒污莱。曰"予不戕，礼则然矣。"

皇父孔圣，作都于向。择三有事，亶侯多藏。不慭遗一老，俾守我王。择有车马，以居徂向。

黾勉从事，不敢告劳。无罪无辜，谗口嚣嚣。下民之孽，匪降自天。噂沓背憎，职竞由人。

悠悠我里，亦孔之痗。四方有羡，我独居忧。民莫不逸，我独不敢休。天命不彻，我不敢效我友自逸。

大 雅

文 王

文王在上，於昭于天，周虽旧邦，其命维新。有周不显，帝命不时。文王陟降，在帝左右。

亹亹文王，令闻不已。陈锡哉周，侯文王孙子。文王孙子，本支百世。凡周之士，不显亦世。

世之不显，厥犹翼翼。思皇多士，生此王国。王国克生，维周之桢。济济多士，文王以宁。

穆穆文王，於缉熙敬止。假哉天命，有商孙子。商之孙子，其丽不亿。上帝既命，侯于周服。

侯服于周，天命靡常。殷士肤敏，祼将于京。厥作祼将，常服黼冔。王之荩臣，无念尔祖。

无念尔祖，聿修厥德。永言配命，自求多福。殷之未丧师，克配上帝。宜鉴于殷，骏命不易。

命之不易，无遏尔躬。宣昭义问，有虞殷自天。上天之载，无声无臭。仪刑文王，万邦作孚。

大 明

明明在下，赫赫在上。天难忱斯，不易维王。天位殷適，使不挟四方。

挚仲氏任，自彼殷商，来嫁于周，曰嫔于京。乃及王季，维德之行。

大任有身，生此文王。维此文王，小心翼翼。昭事上帝，聿怀多福。厥德不回，以受方国。

天监在下，有命既集。文王初载，天作之合。在洽之阳，在渭之涘。文王嘉止，大邦有子。大邦有子，俔天之妹。文定厥祥，亲迎于渭。造舟为梁，不显其光。

有命自天，命此文王，于周于京。缵女维莘，长子维行，笃生武王。保右命尔，燮伐大商。

殷商之旅，其会如林。矢于牧野："维予侯兴，上帝临女，无贰尔心！"

牧野洋洋，檀车煌煌，驷騵彭彭。维师尚父，时维鹰扬。凉彼武王，肆伐大商，会朝清明！

绵

绵绵瓜瓞。民之初生，自土沮漆。古公亶父，陶复陶穴，未有家室。

古公亶父，来朝走马；率西水浒，至于岐下。爰及姜女，聿来胥宇。

周原膴膴，堇荼如饴。爰始爰谋，爰契我龟；曰止曰时，筑室于兹。

廼慰廼止，廼左廼右；廼疆廼理，廼宣廼亩。自西徂东，周爰执事。

乃召司空，廼召司徒，俾立室家。其绳则直，缩版以载，作庙翼翼。

捄之陾陾，度之薨薨，筑之登登，削屡冯冯。百堵皆兴，鼛鼓弗胜。

廼立皋门，皋门有伉。廼立应门，应门将将。廼立冢土，戎丑攸行。

肆不殄厥愠，亦不陨厥问。柞棫拔矣，行道兑矣。混夷駾矣，维其喙矣。

虞芮质厥成，文王蹶厥生。予曰有疏附，予曰有先后，予曰有奔奏，予曰有御侮。

皇矣

皇矣上帝，临下有赫。监观四方，求民之莫。维此二国，其政不获。维彼四国，爰究爰度。上帝耆之，憎其式廓。乃眷西顾，此维与宅。

作之屏之，其菑其翳。修之平之，其灌其栵。启之辟之，其柽其椐。攘之剔之，其檿其柘。帝迁明德，串夷载路。天立厥配，受命既固。

帝省其山，柞棫斯拔，松柏斯兑。帝作邦作对，自大伯王季。维此王季，因心则友。则友其兄，则笃其庆，载锡之光。受禄无丧，奄有四方。

维此王季，帝度其心，貊其德音。其德克明，克明克类，克长克君。王此大邦，克顺克比。比于文王，其德靡悔。既受帝祉，施于孙子。

帝谓文王，无然畔援，无然歆羡，诞先登于岸。密人不恭，敢距大邦，侵阮徂共。王赫斯怒，爰整其旅，以按徂旅。以笃于周祜，以对于天下。

依其在京，侵自阮疆。陟我高冈，无矢我陵，我陵我阿；无饮我泉，我泉我池。度其鲜原，居岐之阳，在渭之将。万邦之方，下民之王。

帝谓文王，予怀明德，不大声以色，不长夏以革；不识不知，顺帝之则。帝谓文王，询尔仇方，同尔弟兄；以尔钩援，与尔临冲，以伐崇墉。

临冲闲闲，崇墉言言。执讯连连，攸馘安安。是类是祃，是致是附，四方以无侮。临冲茀茀，崇墉仡仡。是伐是肆，是绝是忽，四方以无拂。

卷 阿

有卷者阿，飘风自南。岂弟君子，来游来歌，以矢其音。

伴奂尔游矣，优游尔休矣。岂弟君子，俾尔弥尔性，似先公酋矣。

尔土宇昄章，亦孔之厚矣。岂弟君子，俾尔弥尔性，百神尔主矣。

尔受命长矣，茀禄尔康矣。岂弟君子，俾尔弥尔性，纯嘏尔常矣。

有冯有翼，有孝有德，以引以翼。岂弟君子，四方为则。

颙颙卬卬，如圭如璋，令闻令望。岂弟君子，四方为纲。

凤皇于飞，翙翙其羽，亦集爰止。蔼蔼王多吉士，维君子使，媚于天子。

凤皇于飞，翙翙其羽，亦傅于天。蔼蔼王多吉人，维君子命，媚于庶人。

凤凰鸣矣，于彼高冈。梧桐生矣，于彼朝阳。菶菶萋萋，雝雝喈喈。

君子之车，既庶且多。君子之马，既闲且驰。矢诗不多，维以遂歌。

周 颂

清 庙

於穆清庙，肃雝显相。济济多士，秉文之德。对越在天，骏奔走在庙。不显不承，无射于人斯。

天 作

天作高山，大王荒之。彼作矣，文王康之。彼徂矣，岐有夷之行，子孙保之！

武

於皇武王，无竞维烈。允文文王，克开厥后。

嗣武受之，胜殷遏刘，耆定尔功。

酌

於铄王师，遵养时晦。时纯熙矣，是用大介。我龙受之，蹻蹻王之造。载用有嗣，实维尔公允师。

赉

文王既勤止，我应受之。敷时绎思，我徂维求定。时周之命，於绎思！

般

於皇时周，陟其高山，嶞山乔岳，允犹翕河。敷天之下，裒时之对，时周之命。

时 迈

时迈其邦，昊天其子也，实右序有周。薄言震之，莫不震叠。怀柔百神，及河乔岳。允王维后！明昭有周，式序在位。载戢干戈，载櫜弓矢。我求懿德，肆于时夏。允王保之。

桓

绥万邦，娄丰年。天命匪解。桓桓武王，保有厥土，于以四方，克定厥家。於昭于天，皇以间之！

鲁 颂

闷 宫

闷宫有侐，实实枚枚。赫赫姜嫄，其德不回。上帝是依，无灾无害。弥月不迟，是生后稷。降之百福：黍稷重穋，稙稚菽麦。奄有下国，俾民稼穑。有稷有黍，有稻有秬。奄有下土，缵禹之绪。

后稷之孙，实维大王，居岐之阳，实始翦商。至于文武，缵大王之绪；致天之届，于牧之野。"无贰无虞，上帝临女！"敦商之旅，克咸厥功。王曰"叔父，建尔元子，俾侯于鲁。大启尔宇，为周室辅。"

乃命鲁公，俾侯于东，锡之山川，土田附庸。周公之孙，庄公之子，龙旂承祀，六辔耳耳，春秋匪解，享祀不忒。皇皇后帝，皇祖后稷，享以骍牺，是飨是宜，降福既多，周公皇祖，亦其福女。

秋而载尝，夏而楅衡，白牡骍刚。牺尊将将，毛炰胾羹，笾豆大房。万舞洋洋，孝孙有庆。俾尔炽而昌，俾尔寿而臧，保彼东方，鲁邦是常。不亏不崩，不震不腾；三寿作朋，如冈如陵。

公车千乘，朱英绿縢，二矛重弓。公徒三万，贝胄朱綅，烝徒增增。戎狄是膺，荆舒是惩，则莫我敢承。俾尔昌而炽，俾尔寿而富，黄发台背，寿胥与试。俾尔昌而大，俾尔耇而艾，万有千岁，眉寿无有害。

泰山岩岩，鲁邦所詹。奄有龟蒙，遂荒大东，至于海邦，淮夷来同。莫不率从，鲁侯之功。

保有凫绎，遂荒徐宅。至于海邦，淮夷蛮貊。及彼南夷，莫不率从。莫敢不诺，鲁侯是若。

天锡公纯嘏，眉寿保鲁。居常与许，复周公之宇。鲁侯燕喜，令妻寿母。宜大夫庶士，邦国是有。既多受祉，黄发儿齿。

徂来之松，新甫之柏，是断是度，是寻是尺。松桷有舄，路寝孔硕，新庙奕奕。奚斯所作，孔曼且硕，万民是若。

周原行 辨"二南"

杨 斌

岳崇崇,岐山振, 　　　　稷青青,周原稔。

周原一展三百里, 　　　　土腴水丽物完润。

炎帝神农曾濯足, 　　　　后稷播谷九州驯。

太王亶父创大业, 　　　　岐下聚邑周姜聘。

数百年间聚人脉, 　　　　姬氏定鼎商周殡。

周人繁盛文王间, 　　　　歌台舞榭朝野宣。

又诗三百歌一统, 　　　　频采频删五百年。

吊缅先王归"雅""颂", 　　缱绻情怀属"二南"。

周召二公本显赫, 　　　　东西分域治周原。

"周南"民腔兼民调, 　　　委婉恻悱乡邑传。

"召南"俚谣秉浑曲, 　　　莺啭翠啼闾巷间。

"二南"无疑周原歌, 　　　《诗序》当年露倪端。

好事之徒别开境, 　　　　生把"二南"当淮南。

周召封壤无限大, 　　　　贵在想象少根源。

宋郑樵,持成论, 　　　　朱夫子,细甄勘。

清儒考据各持论, 　　　　不经之说欲自圆。

近代大家循谬误, 　　　　无视周召嫁婵娟。

可怜周原少硕儒, 　　　　国粹移宗信茫然。

诗经十五风, 　　　　　　首二何为"南"?

"南"非方位语, 　　　　名与歌相关。

风为民间流行歌, 　　　　"南"是里间小吹活。

"南"音非南而为"呐", 　　望文生义腐儒折。

"南""呐"古义可通假，　　厘定为"呐"妱无讹。

呐是民间小吹奏，　　　粗细短长百仿摹。

小如口笛手把音，　　　仿制嗓腔可乱真。

中为"啼呐"声嘹亮，　　百鸟朝凤似沐春。

大为"唢呐"声裂帛，　　长空雁叫泪缤纷。

巨为"大号"牛不让，　　吼声震乱海底尘。

李大吹，张二颂；　　　捉喇叭，颂诗跟。

直吹得鸟停树静江山流泪云不渡，

直唱得花放叶展屋梁回。

至今尚有"乱弹会"，　　同音乡情醉而馨。

"二南"之中现"汉""江"，须知鳙族进陈仓。

鱼族本从江淮来，　　　助周灭纣有封疆。

鱼并通婚周原近，　　　"渃"带江音岂平常。

辨析"二南"相关事，　　莫教周原蒙冤殇。

征引书籍及文章、诗作名录

【汉】司马迁:《史记》,中华书局,1959 年 9 月第一版。

【南宋】朱熹:《诗集传》,中华书局,2011 年 1 月第一版。

【唐】孔颖达:《毛诗正义》,中华书局影印本。

【明】许仲琳:《封神演义》,广东人民出版社,1980 年 11 月第一版。

杨宽:《西周史》,上海人民出版社,2003 年 4 月第一版。

许倬云:《历史分光镜》,中华书局,2015 年 8 月北京第一版。

《辞海》编辑委员会:《辞海·文学分册》,上海辞书出版社,1981 年 12 月第二版。

傅斯年:《诗无邪》,中国华侨出版社,2013 年第一版。

朱东润:《诗三百篇探故》,上海古籍出版社,1981 年版。

袁梅:《诗经译注》(雅颂部分),齐鲁出版社,1982 年 6 月第一版。

李山:《诗经的文化精神》,东方出版社,1997 年版。

易中天:《易中天中华史奠基者》,浙江文艺出版社,2013 年 7 月第一版。

国学典藏书系编委会:《诗经》,吉林出版集团有限公司,2010 年 12 月第一版

姚小鸥:《诗经译注》,当代世界出版社,2009 年 9 月第一版。

裴溥言:《先民的歌唱》,中国友谊出版公司,2013 年 3 月第一版。

彭林:《中国古代礼仪文明》,中华书局,2004 年 1 月第一版。

刘蟾:《诗经密码》,湖南文艺出版社,2013 年 9 月第一版。

苏缨:《诗经讲评》,哈尔滨出版社,2010 年 1 月第一版。

鲍鹏山,王骁:《美丽诗经》,黄山书社,2012 年 3 月,第一版。

吕庙军:《周公研究》,人民出版社,2012 年 8 月第一版。

姬传东,汪承兴,杨慧敏:《解读周公》,新华出版社,2015 年 8 月第一版。

何志虎,惠瑛,王岁孝:《西周的历史与文化》,陕西人民出版社,2013 年 3 月第一版。

霍彦儒:《炎帝与民族复兴》,陕西人民出版社,2006 年 7 月第一版。

岐山县县志编纂委员会:《岐山县志》,陕西省人民出版社,1992 年 8 月第一版。

麟游县县志编纂委员会:《麟游县志》,陕西人民出版社,1993 年 12 月第一版。

旬邑县县志编纂委员会:《旬邑县志》,三秦出版社,2014 年 6 月第一版。

宝鸡市政协文史委:《宝鸡名人传》,溱出版社 1992 年出版。

宝鸡市地方志编纂委员会:《宝鸡市志》,三秦出版社,1998 年 12 月第一版。

岐山县政协:《文史资料》第十一辑,陕内资批字(2009)cb46 号。

李辛儒:《李辛儒民俗学研究文存》,陕内资图批字(2015)cb60 号,2015 年 12 月第一版。

王效文:《岐邑野史》,中国文化出版社,2009 年 8 月第一版。

岐山县周公庙管理处:《周公庙志》(初稿)

杨斌:《周秦故里行——周原行辨"二南"》,中国文化出版社,2013 年 11 月第一版。

岐山县周文化研究会会刊《凤鸣岐山》1—9 期部分文章。陕内字图批字 2013 年 cb35 号。

后　记

　　《诗经》是从岐山走出的中国最早的诗歌总集，是举世公认的千古名作，享誉时间之久，读者人数之众、影响力之大，诗歌界少有能出其右者。古往今来，多少圣者边诵读领悟其韵味，边深入研究，各种解读如满天星斗，熠熠生辉，使《诗经》越来越光辉动人，研究的领域越来越广阔。贤能巨匠们对这部名著的研究做出了不可磨灭的贡献，永远值得人们学习。

　　《诗经》微言大义，要在研究领域取得成绩，绝不是轻而易举的，特别是诸如吾侪一般爱好者，天赋不足，学养底子薄，见识陋寡，那就更别奢望在《诗经》研学方面有新的斩获，即使不懈苦学，也有许多东西难于弄明白，更不要梦想能有建树，能有一鳞半爪的新体会就很不错了。

　　胡适先生早就说过："今日提倡读经的人们，梦里也没想到'五经'至今还只是一半懂得，一半不懂得的东西。这也难怪，毛公、郑玄以下，说《诗》的人谁肯说《诗》三百有一半不可懂？王弼、韩康伯以下，说《易》的人谁肯说《周易》有一大半不可懂？古人且不谈，三百年中的经学家……又何尝肯老实承认这些古经他们只懂得一半？……王国维先生忽然公开揭穿了这张黑幕，老实地承认，《诗经》他不懂的有十之一二，《尚书》他不懂的有十之五。王国维尚且如此说，我们可不可以请今日妄谈读经的诸公细细想想？"大儒们的硕论使一般人对《诗经》这座高山更加望而生畏，而对于我们只有敬仰之情，哪敢轻易生出评说之意。

　　明代文学家钟惺编著的《古名儒毛诗解》，在序里说："'六经'有解乎？'六经'而无解，不名其为'六经'矣。'六经'有一定之解乎？'六经'而有一定之解，不成其为'六经'矣。"这位学者认为凡是奉为经典的，起码使人能够理解，并且不一定为一种理解，就是说，凡"经"都可以有多种解读，否则怎么理解、发挥经典的重要作用？

　　胡适和钟惺两大学者观点看似不一致，胡适强调：20世纪的人们对那些古老的儒家经典"还只是一半懂得，一半不懂得的东西"。但钟惺认为这些经典还是可以学、研究并逐步加深了解的，但又不存在固定模式的唯一解释。两位大儒所站角度不同，因而所持的观点都不无道理。因为儒家的经典在他们眼里并不是一模一样的。以政治哲学论，经义无妨此一时彼一时；以现代史学与文献论，则永远要追求一个终极答案——尽管无法达到，但总在无限接近。

《诗经》确实已有太多的深意、疑义，以后还会有更多深意、疑义，需要人们不断地精研细究，不过这也应验了文学作品的一般规律："歧义空间越大，作品就越显深度。"就一定意义而言，董仲舒的"诗无达诂"说的即是这个意思。歧义和不确定性越多，琢磨的内涵就越丰富，这也是文学的魅力所在，当然更是《诗经》的魅力所在。就像人们所言："有一万个读者就有一万个哈姆雷特。"不太恰当地比附着说：有多少个读者就有多少个《诗经》，这是《诗经》内涵深邃的表现，也是"百花齐放，百家争鸣"在《诗经》研究中的正常反映。这也是多少人，包括像我辈也敢于对《诗经》斗胆发表闲言碎语的原因。

《岐山方志》书籍屡次记载，岐山的文人代代相传，《诗经》的故乡在岐山，岐山是哺育《诗经》的摇篮，这是岐山人一直深感骄傲和自豪的事情。我们是土生土长的岐山人，无论上学还是从事的工作，都还与《诗经》有些联系，加之本土人热爱本土的诗作，就像热爱家乡的山水物产一样天经地义，因而，学习、研究《诗经》也自觉不自觉地就成了我们的一大业余爱好。只是这部过去属于幼儿启蒙读物的经典，我们却只能在青年以后才逐渐接触，滋味实在有点苦涩。好在到底还是有机会能够诵读、研究、学习这部出自故乡的经典了。以别样的心情一点一点地诵读、思考，一天一天在圣人活动过的地方游走，一点一点地领悟，有时睹物思《诗》，有时诵诗情起，不由得会有联想生发，偶尔记录点滴，闲了看看，孤芳自赏，也觉得是一种意趣。这种思索日积月累、集腋成裘，慢慢地竟积累了许多零乱的文字。

在大家的支持、鼓励下，历时一年多时间，我们把多年的积存翻出来，去粗取精，进行汇总、分类，整理成几十篇文章，汇集成册，总觉得这些文章还粗陋疏散，缺憾和问题不少，充其量只能算支差之作。我们深感才疏学浅，对《诗经》研学还在起步阶段，而且永远将苦行在路上，现在写出来的这些文章，谬误也在所难免，自感未达到许多同仁和关心者所期望的效果。这些文章多为自己所了解到的《诗经》与岐山的相关事象的述说和对一些篇目的阅读心得，之所以敢大胆说出来，完全为了抛砖引玉，所以不怕专家和同仁及读者笑话，只要能表达我们对这部千古名著的尊崇和敬仰，以及故土的热爱，就已达到我们的初衷了。

初稿形成后，北京大学考古文博学院教授雷兴山老师、《延河》杂志原主编徐岳老师、长安大学戴生岐教授、霍忠义教授，宝鸡炎帝周秦文化研究会会长霍彦儒老师等，挤出时间审阅了部分书稿，并提出了不少宝贵意见；著名作家、诗人蔡晖撰写了序言；书法家寇克让题写了书名；书法家胡宝岐题诗插画；书法家李中篆印鼓励；沈得科先生、李三虎先生、杨炳礼先生、李锁奎先生、贺芳女士详细校阅书稿，修正失误；陈军仓先生拍摄了有关照片；郑鼎文先生、黄宗科先生、李伍明先生、李振宇先生、李周宣先生、王恭先生及岐山县社科联、地下水管理监测站、周公庙管理处、诗联学会、周文化研究会及老科协领导、同事，以及不少亲友对这项工作给予关心和支持，在此表示诚挚的谢意！

杨慧敏

2016 年 12 月